1

INVASION

THE
AWAKENING

Von Alexander Epple

Impressum

Bibliografische Information der Deutschen Nationalbibliothek: Die Deutsche Nationalbibliothek verzeichnet diese Publikation in der Deutschen Nationalbibliografie; detaillierte bibliografische Daten sind im Internet über dnb.dnb.de abrufbar.

© 2020 Alexander Epple
Herstellung und Verlag: BoD – Books on Demand, Norderstedt
ISBN: 978-3-7519-6988-8

PROLOG

Hätten Ron und Ash gewusst, was sie verursacht hatten, dann hätten sie das Spiel vermutlich niemals entwickelt. Dann wäre alles nicht so gekommen, wie es gekommen ist und es hätte nicht die ganze Menschheit gefährdet...

„Dies ist vermutlich die letzte Rede, die ich an die Menschheit richten werde", sagte der Präsident vor den Augen der entsetzten Zuschauer, die den amerikanischen Präsidenten nun auf der ganzen Welt im Fernsehen sehen und hören konnten.

„Heute werden wir uns nicht gegenseitig bekämpfen", sprach er weiter vor den Fernsehkameras im Weißen Haus. „Heute werden wir uns gemeinsam dem Feind entgegenstellen und uns wie in einer großen Familie gegenseitig unterstützen. Egal woher Sie kommen und egal welcher Religion Sie angehören. Denn heute sind wir keine einzelnen Gruppen oder Länder. Heute sind wir eine Einheit. Also rufe ich Euch auf. Lasst die Feindseligkeiten untereinander. Denn wir wollen schließlich alle, dass wir weiterhin auf der Erde leben können und deshalb müssen wir auch gemeinsam dafür sorgen, dass wir es in Zukunft auch noch können...“

KAPITEL 1
TAUROS

„Ja, wir haben es endlich geschafft", jubelte Ash, „unser Spiel wurde innerhalb von einer Woche über eine Millionen Mal heruntergeladen. Das ist ein neuer Rekord."

„Darauf müssen wir anstoßen", sagte Ron und ging zum Kühlschrank, um zwei Bier zu holen.

„Auf das Spiel", sagte Ron, als er wieder zurückkam. Er gab Ash ein Bier in die Hand.

„Auf das Spiel", sagte Ash und stieß mit Ron an.

„Was glaubst du", fragte ihn Ron. „Werden wir in zwei Wochen zwei Millionen Downloads haben?" Er setzte sich auf das Sofa.

„Bestimmt", sagte Ash und grinste ihn an.

„Das hat zuvor noch kein anderes Spiel geschafft", murmelte Ron. „Vielleicht bekommen wir ja eine Urkunde von Guinness World Records oder so etwas. Ich sehe es sogar schon vor mir. Die zwei Freunde Ron und Ash programmierten das Spiel „Catching Monsters", welches mit über einer Millionen Downloads in nur einer Woche das am meisten gedownloadete Spiel der Welt ist."

Er stand auf und machte, während er das alles erzählte, mit seiner Hand eine Art Kreisbewegung. „Wir werden steinreich und berühmt", ergänzte er noch und ließ sich wieder auf das Sofa fallen. Ash sah ihn etwas skeptisch an.

„Jetzt komm mal wieder runter", sagte er. „Das wird vielleicht einmal in den Medien kommen und das war es."

Als ob er es schon ahnen konnte, was Ron im nächsten Moment tun würde, nahm er die

Fernbedienung vom Wohnzimmertisch, der sich direkt vor dem Sofa befand und schaltete damit den Fernseher ein. Es war gerade acht Uhr und somit hatte er gerade rechtzeitig zu den Nachrichten eingeschalten. Zu Ashs Verwunderung war das erste Thema der Nachrichten ihr neues Spiel, das über eine Millionen Downloads hatte.

„Siehst du?", sagte Ron zu ihm „Ich hab dir doch gesagt, dass wir berühmt werden."

Ash rollte etwas genervt mit den Augen .

„Nur weil unser Spiel der erste Punkt in den Nachrichten ist, muss es uns deshalb ja nicht gleich reich und berühmt machen. Du wirst schon sehen, morgen interessiert das keine Sau mehr".

Er stand vom Sofa auf und ging zum Kühlschrank.

„Willst du auch noch ein Bier?", fragte er Ron, der immer noch auf dem Sofa saß und Nachrichten schaute.

„Ja", bemerkte Ron etwas abwesend.

Ash machte den Kühlschrank auf und holte zwei Bier heraus. Dann ging er wieder zurück zum Wohnzimmer und stellte eins davon auf den Tisch.

Ron bedankte sich. Er hatte den Fernseher starr im Blick. Ash stellte nun auch sein Bier auf den Tisch und lief in Richtung Toilette.

„Wo willst du hin"?, fragte Ron etwas irritiert. „Aufs Klo", nuschelte Ash etwas genervt und lief davon.

Die Nachrichten waren inzwischen zu Ende und Ron holte nun sein Handy aus seiner Hosentasche und öffnete das Spiel, Catching Monsters, dass Sie gemeinsam entwickelt hatten. Dann lief er durch das Zimmer und suchte nach Monstern.

„Jetzt hab ich dich", murmelte Ron und stolperte bei dem Versuch, das Monster zu fangen fast über den Wohnzimmertisch. Plötzlich begann Rons Handy blau zu leuchten, woraufhin er es erschrocken auf den Boden fallen ließ. Er hielt sich seine Hand vor die Augen, um sich vor dem grellen Licht zu schützen, das immer stärker wurde und das ganze Zimmer erhellte. Ron wich erschrocken zurück und stieß dabei versehentlich einen Blumentopf um, der auf den Boden fiel.

„Was machst du eigentlich?", fragte Ash, der immer noch auf der Toilette war.

„Ash", schrie Ron auf einmal voller Panik. „Komm schnell ins Wohnzimmer, das musst du dir ansehen." „Mein Handy hat auf einmal angefangen zu leuchten, als ich unser Spiel gespielt habe."

Ash machte die Türe auf und eilte ins Wohnzimmer. Er konnte schon von weitem das grelle Licht erkennen, das aus dem Wohnzimmer kam. Es war so grell, dass er die Augen zusammenkneifen musste.

„Was hast du angestellt?", fragte Ash etwas panisch.

„Ich weiß es nicht," erklärte Ron. „Es hat auf einmal einfach angefangen zu leuchten, als ich unser Spiel gespielt habe."

Das grelle Licht ließ kurz darauf nach und sie konnten nun schemenhaft etwas erkennen, das langsam aus dem Handy-Display heraustrat.

„Was passiert hier?", schrie Ron und auch Ash sah mit vor Angst weit aufgerissenen Augen auf das nun immer klarer erkennbare Etwas. Nach ein paar Sekunden konnten sie es erkennen. Es sah aus wie eine Art Stier mit gewaltigen Hörnern. Es hatte jedoch wie ein Nashorn ein spitzes Horn auf der Nase und einen Schwanz, wie von einer Raubkatze. Die Augen des Wesens, waren blutrot und an den Füßen hatte es Hufen, wie ein Pferd.

„Oh mein Gott", flüsterte Ash „Es sieht genauso aus, wie Tauros, das Monster aus unserem Spiel."

Ron war vor Angst wie versteinert und hielt seinen Blick starr auf das Monster gerichtet.

„Wenn das wirklich Tauros ist, dann müsste es ja auch Feuer spucken können." Ehe Ron diesen Satz beendet hatte, öffnete das Monster seinen Mund, sodass man seine spitzen Zähne sehen konnte.

„In Deckung", schrie Ash und warf Ron auf den Boden. In diesem Moment schoss eine gigantische Flamme, wie aus einem Flammenwerfer, aus seinem Maul und verfehlte sie nur knapp. Das Feuer entzündete den Wandschrank, der sich genau hinter Ron und Ash befand.

„Wir müssen hier sofort raus", schrie Ash. Das Monster brüllte und lief auf sie zu.

„Komm schon Ron, steh auf." Er packte Ron am Arm und zog ihn mit sich durch die Türe. Das Monster lief ihnen hinterher.

„Schneller", rief Ash. Sie rannten durch das Haus, während Sie das Monster weiter verfolgte.

„Wir müssen es irgendwie abhängen". Sie sahen wie das Maul des Monsters bereits wieder zu glühen begann.

„Pass auf", warnte Ash „Gleich spuckt er wieder Feuer."

Schließlich erreichten sie die Treppe, die zur Haustüre führte.

„Schneller", schrie er.

Sie hatten gerade das Geländer der Treppe passiert, als das Monster einen weiteren Feuerstrahl auf sie abfeuerte.

„Runter", schrie Ash. Wieder verfehlte der Strahl sie nur knapp.

„Los zur Haustüre". Er rannte die Treppen hinab. Ron folgte ihm.

Vor der Haustüre befand sich eine Kommode, auf der sich Rons Autoschlüssel befand.

„Nimm die Autoschlüssel", schrie Ron, als sie die Haustüre fast erreicht hatten. Ash zögerte nicht lange und schnappte sich die Autoschlüssel, als er an der Kommode vorbeirannte. Als sie aus dem Haus waren, warf Ash die Türe zu.

„Komm weiter, das wird ihn nicht lange aufhalten." Sie rannten über den Rasen bis zum Auto. Als sie es erreicht hatten, sahen sie, wie das Monster die Haustüre durch einen Feuerstrahl so zerstörte, dass die Einzelteile der Türe mehrere Meter weit flogen. Das Feuer hatte sich bereits so stark ausgebreitet, dass ihr komplettes Haus in Flammen stand.

„Los, steig ein", schrie Ash und riss die Autotür auf. Das Monster hatte sie inzwischen wieder entdeckt und rannte mit vor Wut glühenden Augen auf sie zu.

„Fahr los", schrie Ron. Ash steckte den Schlüssel ins Zündschloss und drehte ihn hastig um.

„Schneller, er hat uns gleich erreicht."

Das Monster setzte erneut für einen weiteren Feuerstoß an.

„Festhalten", rief Ash und drückte das Gaspedal des SUV bis zum Anschlag durch, sodass sie in die Autositze gedrückt wurden. Die Reifen quietschten und der Motor heulte auf, während sie der Feuerstrahl des Monsters am Heck des SUVs traf und es schwarz färbte.

„Ich glaube wir haben ihn abgehängt", rief Ron etwas erleichtert. Ash sah in den Rückspiegel des SUV.

„Das glaube ich nicht", enttäuschte ihn Ash etwas nervös. „Er ist uns dicht auf den Fersen."

Ash sah, wie das Monster wütend dem SUV hinterher rannte und erneut zum Angriff ansetzte.

„Pass auf", schrie Ron „Er spuckt gleich wieder Feuer."

„Halte dich fest", schrie Ash und machte eine starke Lenkbewegung nach links. Gerade noch rechtzeitig, denn eine Sekunde später verfehlte der Feuerstrahl nur knapp den SUV. Der Strahl verfehlte das Auto so knapp, dass die Scheiben des SUV zum Teil geschmolzen waren und das Metall an Rons Türe qualmte.

„Noch ein Feuerstoß und wir sind erledigt,“ bangte Ron, der sich weiter in Ashs Richtung beugte, da eine Berührung der Türe oder der Scheibe zu schweren Verbrennungen führen könnte.

„Hier auf der offenen Straße, können wir ihn auf keinen Fall abhängen.“

Die anderen Autofahrer hatten inzwischen rechts und links der Straße angehalten und verließen panisch ihr Auto. Andere machten eine Vollbremsung, als sie das Monster erblickten. Dabei kam es zu mehreren Auffahrunfällen, da die Autofahrer ihren Blick auf Rons SUV und das Monster richteten.

„Wir müssen die Straße verlassen“, rief Ron. „Sonst gefährden wir noch andere Autofahrer.“

Ash sah sich um und suchte nach einer Möglichkeit, um die Straße zu verlassen. Dann sah er auf einmal ein Schild: *„Lake Nessy“ 1 Mile.*

„Ich hab eine Idee“, sagte Ash und nahm die Abzweigung, die zum Lake Nessy führte.

„Was hast du vor?“, fragte Ron.

„Das siehst du gleich“, versprach Ash. „Ich hoffe nur, dass es klappt.“

Das Monster verfolgte sie immer noch und setzte wieder zu einem Feuerstoß an.

Lake Nessy 800 Meter.

„Warum fahren wir zum Lake Nessy?“, fragte Ron etwas irritiert.

Plötzlich traf der Feuerstrahl den SUV und sie hörten einen Knall, der von den Hinterrädern kam. Dann zog der SUV ohne Vorwarnung nach rechts.

„Mist, Tauros hat uns getroffen", schrie Ron. „Ich glaube er hat unseren rechten Hinterreifen zerstört."

Ash trat weiter aufs Gas, doch je schneller er fuhr, desto mehr steuerte der Wagen nach rechts.

„Fahr schneller", schrie Ron.

Lake Nessy 500 Meter.

„Komm schon", rief Ash wütend „Komm, noch 500 Meter". Er drückte weiter aufs Gas, doch das geschmolzene Gummi des zerstörten rechten Hinterreifens bremste den Wagen immer weiter ab.

„Er hat uns gleich erreicht und dann werden wir gegrillt", schrie Ron.

Dann sah Ash durch den Rückspiegel, wie Tauros erneut einen Feuerstoß vorbereitete, der sie, da war sich Ash sicher, bei dem nächsten Treffer grillen wird.

„Kopf runter", brüllte Ash. Ron schützte mit seinen Händen seinen Kopf und duckte sich. In der nächsten Sekunde traf sie der Feuerstrahl und durchbrach die Heckscheibe des SUV. Die Flamme schoss genau zwischen Ash und Ron hindurch, die sich schreiend vor dem Feuerstrahl weg duckten. Ash verlor die Kontrolle über den SUV und prallte gegen einen Baum, der sich rechts von der Fahrbahn befand.

„Aaaaaaaaah", schrie Ron und rieb sich den Kopf.

„Alles Okay?", fragte ihn Ash.

„Ja geht schon", beruhigte ihn Ron. „Falls wir das überleben, gibt das eine fette Beule."

Aus der Motorhaube des SUV stieg Rauch empor.

„Wir müssen hier raus“, hetzte Ash.

Er befahl Ron seine Türe aufzustoßen und dann so schnell er konnte in den Wald in Richtung des Sees zu rennen. Ron stieß mit aller Kraft seine Türe auf und stolperte aus dem Wagen. Ash folgte ihm. Sie sahen sich kurz hektisch um, damit sie Tauros nicht in die Arme liefen.

„Los, lauf so schnell du kannst“, schrie Ash.

„Wo ist der See?“, schrie Ron. „Ich kann überhaupt nichts sehen.“

Es dämmerte bereits, so dass es nicht mehr lange dauerte, bis es dunkel wurde.

„Wir müssen beim See ankommen, bevor es dunkel wird“, rief Ash. „Wir müssen nahe an der Straße entlang laufen aber trotzdem im Wald bleiben, sonst sind wir gleich verloren.“

Tauros spuckte währenddessen wütend Feuer in die Luft.

„Gut, er hat uns noch nicht gesehen“, sagte Ash. „Aber wir müssen trotzdem irgendwie dafür sorgen, dass er uns folgt.“

Dann spuckte Tauros auf einmal Feuer in Ash und Rons Richtung. Dabei setzte er einige Bäume in Brand.

„Lauf weiter“, schrie Ash.

Dann bemerkte Tauros sie plötzlich durch das Licht der Flammen und sah sie mit wütenden Augen an.

„Lauf schneller, er hat uns entdeckt", schrie Ash. Es waren nun nur noch etwa 100 Meter bis zum Lake Nessy.

„Wir haben es gleich geschafft, ich kann den See schon sehen."

Tauros war ihnen dicht auf den Fersen und spuckte immer wieder Feuer in den Wald.

„Pass auf, dass er dich nicht trifft", rief Ron.

Sie hatten inzwischen eine Anhöhe erreicht und waren aus dem Wald draußen.

„Komm", schrie Ash.

Tauros hatte ebenfalls die Anhöhe erreicht und rannte mit leuchtendem Maul auf sie zu.

„Lauf bis zum Rand der Anhöhe und spring dann in den See", schrie Ash.

Ron blickte ihn ängstlich an.

„Was ist, wenn dein Plan nicht funktioniert oder der See an dieser Stelle nicht tief genug ist, dann sterben wir."

„Jetzt mach einfach, wir haben keine andere Wahl. Er ist ein Feuermonster, also ist das die einzige Möglichkeit ihn aufzuhalten. Außerdem kann er nicht schwimmen, wir schon," sagte Ash.

Tauros hatte sie nun erreicht und setzte zum Feuerstoß an.

„Jetzt", schrie Ash „Spring!".

Ron nahm seinen ganzen Mut zusammen und sprang mit Ash in die Tiefe hinab, während ihnen Tauros folgte. Sie spürten die Hitze des Feuerstrahles über ihren Köpfen. Kurz darauf landeten sie in dem kalten See. Sie sahen, wie das Wasser an der Stelle kochte, wo Tauros im See gelandet war. Sie sahen das orange Leuchten seines Körpers unter Wasser und wie er brüllte. Nach ein paar Sekunden erlosch das orange Leuchten und sein schlaffer Körper sank auf den Boden des Sees.

„Wir haben es geschafft", rief Ron erleichtert und grinste Ash an. „Ja, mein Plan hat tatsächlich funktioniert," triumphierte Ash und lachte. Die Beiden schwammen zum Ufer, während die brennenden Bäume die Nacht erhellten. Es fing an zu regnen und allmählich wurden die Flammen kleiner, bis sie schließlich komplett erloschen.

„Siehst du? Wasser besiegt Feuer", sagte Ash und sah zu den Bäumen hinüber, wo nur noch ein leichtes Glühen zu sehen war.

„Ja", bestätigte Ron erleichtert. „Das hätte aber auch ganz anders ausgehen können."

KAPITEL 2
DIE FLUCHT

Sie liefen den dunklen Weg zurück, bis sie wieder an der Straße angekommen waren.

„Und was jetzt?", fragte Ron. „Tauros hat unser Haus zerstört und unser Auto ist auch kaputt."

„Wir können für heute Nacht in einem Hotel schlafen davon gibt es in Washington D.C ja jede Menge", schlug Ash vor.

„Und wie sollen wir bitte dorthin kommen?", fragte Ron. Ash blickte sich um. Gegenüber der Fahrbahn befand sich eine kleine Bushaltestelle.

„Wir nehmen einfach den nächsten Bus, der in die Stadt fährt", erklärte Ash und lief auf die andere Straßenseite. An der Bushaltestelle befand sich eine Laterne, sodass man im Dunkeln auf dem Fahrplan die Abfahrtszeiten ablesen konnte. Ron sah auf sein Handy, das glücklicherweise den Sprung ins Wasser ohne größere Schäden überstanden hatte.

„Zum Glück habe ich mir damals ein wasserdichtes Handy zugelegt", dachte er sich. Es war bereits kurz nach zehn.

„Na super", sagte Ron, „der nächste Bus kommt erst in einer halben Stunde."

Sie setzten sich auf die Wartebank an der Bushaltestelle.

„Ich verstehe das nicht", sagte Ash auf einmal zu Ron.

„Was verstehst du nicht?"

„Wie gelangt ein erfundenes Monster aus der fiktiven Welt in die Realität und warum war es nur hinter uns her und hat nicht einfach wahllos andere Menschen angegriffen?"

„Ich weiß es nicht Ash", sagte Ron.

„Was wäre, wenn das ganze kein Einzelfall war. Was, wenn die Monster aus unserem Spiel aus jedem Handy in unsere Welt gelangen, die das Spiel besitzen? Dann würden unsere erfundenen Monster die ganze Welt gefährden."

„Du meinst, dass das Spiel so etwas wie ein Portal zwischen der Realität und unserem Spiel ist und dass aus jedem Handy, das auch das Spiel besitzt, ein Monster aus dem Spiel in die Realität gelangt?", fragte Ron ihn etwas besorgt.

„Genau das vermute ich", sagte Ash.

„Und warum hat uns dann Tauros verfolgt und warum hat er die anderen Menschen ignoriert?", fragte ihn Ron.

„Wir sind die Entwickler des Spieles. Deshalb wissen wir auch als einzige, wie es funktioniert und welche Fähigkeiten die jeweiligen Monster haben. Wenn sie uns töten, dann weiß niemand welche Zerstörung sie anrichten können, bis es zu spät ist."

„Und warum sind sie dann so sauer auf uns?"

„Na ja", sagte Ash. „Ich vermute mal weil wir in unserem Spiel Monster jagen und bekämpfen. Jetzt wollen sie sich vermutlich bei uns und den anderen Spielern dafür rächen."

„Du glaubst also sie haben so lange auf die Rache gewartet, bis es möglichst viele Menschen heruntergeladen haben?".

„Genau das vermute ich", sagte Ash.

Ron sah in der Ferne, wie der Bus kam, mit dem sie in die Stadt fahren wollten.

„Der Bus kommt", sagte Ron und stand auf.

Als der Bus schließlich an der Haltestelle angekommen war, stiegen sie ein. Er war bis auf ein paar einzelne Fahrgäste fast komplett leer. Ash und Ron setzten sich auf eine Sitzbank. Ron holte sein Handy heraus und tippte auf dem Display das Spiel an, um es vom Handy zu löschen. Doch als er gerade versuchen wollte das Spiel zu deinstallieren, tauchte es ein paar Sekunden später wieder auf dem Handybildschirm auf.

„Das Spiel lässt sich nicht deinstallieren", rief Ron.

„Was?", rief Ash so laut, dass sich die anderen Fahrgäste zu ihnen umdrehten und sie ansahen.

„Aber natürlich", fuhr es aus Ash heraus. „Solange es das Spiel gibt, kann man es auch nicht vom Handy löschen, da es immer noch existiert."

„Wie meinst du das?", fragte Ron. „Jedes Spiel kann man löschen."

„Ja", sagte Ash. „Aber unser Spiel funktioniert wie ein Portal, das man nicht so einfach löschen oder in diesem Falle schließen kann."

„Um das Spiel löschen zu können, müssten wir es komplett löschen, sodass es niemand mehr herunterladen kann. Das heißt, wenn unsere Überlegungen stimmen, müssten wir es vom Hauptserver deinstallieren können, sodass es auch auf den Handys der Spieler gelöscht wird."

Plötzlich stoppte der Bus.

„Wir müssen aussteigen", sagte Ash.

Sie standen von ihren Sitzen auf und stiegen aus dem Bus. Die Bushaltestelle befand sich direkt neben dem Hotel, das in der Innenstadt von Washington D.C lag. Es war nicht gerade groß, aber wenigstens hatten sie nun eine Unterkunft für die Nacht. Es hatte inzwischen wieder aufgehört zu regnen und vom Dach des Hotels strömte Wasser auf sie hinab.

„Na toll, als wären wir nicht schon nass genug", beschwerte sich Ash.

Sie liefen durch die Eingangstüre des Hotels und kamen in einen kleinen Aufenthaltsraum. Ihnen gegenüber befand sich eine kleine Rezeption. Ash und Ron liefen auf die Rezeption zu.

„Herzlich Willkommen im Hotel Sunshine. Wie kann ich Ihnen behilflich sein?", begrüßte sie eine nette Frau. Sie trug ein blaues Shirt mit der gelben Aufschrift „Hotel Sunshine".

„Hallo", sagte Ash. „Wir hätten gerne ein Doppelzimmer für eine Nacht bitte."

„Haben Sie denn reserviert?", fragte die Frau. Ash schüttelte den Kopf.

„Dann muss ich zuerst sehen, ob wir noch ein Zimmer frei haben." Sie wandte ihren Blick für einen Moment von ihnen ab und schaute im Computer nach, ob noch ein Zimmer frei war.

„Sie haben Glück", sagte die Frau. „Wir haben noch ein Zimmer frei."

„Gut", antwortete Ash. „Dann nehmen wir das."

Sie gab Ash den Schlüssel. „Ich wünsche Ihnen einen angenehmen Aufenthalt", schob sie noch hinterher.

„Danke", sagten Ash und Ron und liefen zu den Aufzügen. Ihr Zimmer befand sich im zweiten Stock des Hotels. Als sie mit dem Aufzug schließlich in der zweiten Etage des Hotels angekommen waren, suchten sie ihr Zimmer mit der Nummer 47.

„Hier ist es", erkannte Ron und deutete mit dem Finger auf eine rote Türe, auf der die Zahl 47 stand. Ash nahm den Zimmerschlüssel und steckte ihn ins Schlüsselloch. Er drehte ihn um, bis die Türe aufging. Das Zimmer war nicht besonders groß. Es hatte lediglich ein Badezimmer mit einer Dusche und einer Toilette und einen größeren Raum, in dem ein Doppelbett stand. Vor dem Bett befand sich ein kleiner Fernseher. Ron zog seine Schuhe aus und warf sich erschöpft auf das Bett. Dann nahm er die Fernbedienung, die auf einem kleinen Nachttisch neben dem Bett lag und machte den Fernseher an. Es war gerade elf Uhr und er zappte durch die Sender. Plötzlich wurde das aktuelle Programm unterbrochen und eine Eilmeldung wurde gezeigt. Ron saß wie versteinert auf dem Bett.

„Was ist los?", fragte Ash. „Schaust du gerade einen Horrorfilm an oder was?"

„Nein", stotterte Ron. „Aber das ist schon nah dran."

Er machte den Fernseher lauter.

„In den letzten Stunden, wurde die Stadt Washington D.C von monsterähnlichen Kreaturen

angegriffen, die anscheinend aus den Handys von „Catching Monsters"-Spielern erscheinen, berichtete eine etwas aufgebrachte Nachrichtensprecherin. Dann sah man einen Reporter, der gerade einen aufgeregten Jungen interviewte.

„Ich habe ganz normal mit meinem Handy das Spiel gespielt und auf einmal, als ich ein Monster fangen wollte, hat mein Handy angefangen zu leuchten. Ich hab es vor lauter Schreck fallen gelassen. Das Leuchten ist immer stärker geworden und auf einmal ist da ein Monster, das ich gerade noch in meinem Spiel gejagt habe, in meinem Zimmer aufgetaucht."

Der Junge hatte Tränen in den Augen.

„Ich konnte gerade noch das Haus verlassen." Im Hintergrund konnte man brennende Häuser und zerstörte Autos sehen. Sie sahen schreiende und aufgelöste Menschen, die im Hintergrund wahllos umher rannten. Dann wechselte das Bild wieder und man konnte nun wieder die Nachrichtensprecherin sehen.

„Die Polizei und Rettungskräfte bestätigen bereits mehrere Todesopfer. Bei der Bekämpfung der Monster ist auch das Militär beteiligt. Den Menschen wird geraten nicht nach draußen zu gehen und auf keinen Fall das Spiel herunterzuladen oder zu spielen. Nach den beiden Entwicklern des Spieles wird derzeit gefahndet."

Dann sahen Ash und Ron plötzlich ihre beiden Gesichter im Fernsehen.

„ Wir halten sie über die Entwicklung des Ganzen weiter auf dem Laufenden."

Anschließend wechselte das Programm wieder. Ron schaltete den Fernseher aus und sah Ash entsetzt an.

„Du hattest Recht", sagte Ron entsetzt. „Deine Theorie ist wirklich wahr geworden."

„Vor ein paar Stunden waren wir noch glücklich über eine Millionen Downloads unseres Spiels", sagte Ash. „Aber jetzt wünschte ich, wir hätten es nie erfunden."

„Vor ein paar Stunden", wiederholte Ron, „wollte ich, dass wir durch das Spiel berühmt werden, doch jetzt sind wir von den Typen, die das angesagteste Spiel der Welt erfunden haben zu den am meisten gehassten Schwerverbrechern geworden".

„Wir müssen hier sofort weg", sagte Ash. „Die Frau an der Rezeption hat uns bestimmt im Fernsehen gesehen und die Polizei alarmiert. Wenn sie uns schnappen, dann verbringen wir den Rest unseres Lebens im Knast und wir sind außerdem die Einzigen, die wissen, wie gefährlich die Monster wirklich sind."

Plötzlich hörten sie die Sirenen eines Polizeiautos.

„Aber wie sollen wir hier raus ohne, dass uns jemand sieht?", fragte Ron. Ash lief zum Fenster des Zimmers und machte es auf. Das Fenster führte ins Freie.

„Wir gehen über das Fenster raus", sagte Ash.

„Bist du verrückt", entgegnete Ron.

„Hast du eine bessere Idee?", konterte Ash.
Dann hörten die Beiden auf einmal Schritte, die nach oben kamen.

„Nein", antwortete Ron.

Von ihrem Zimmer bis zum Boden, waren es etwa sechs Meter. Ash stieg mit einem Fuß aus dem Fenster und hielt sich mit seiner Hand am unteren Fensterrahmen fest. Dann stieg er mit seinem anderen Fuß aus dem Fenster und sah nach unten, um sicher zu gehen, dass dort kein Polizist war, der sie entdecken könnte. Er bemerkte unter sich einen offenen Müllcontainer, in welchem gelbe Säcke lagen.

„Vergiss es", warnte ihn Ron. „Das ist zu riskant".

„Wir haben keine andere Wahl", sagte Ash.

Er sah noch einmal nach unten und ließ dann den Fensterrahmen los. kurze Zeit später landete er im Müllcontainer.

„Alles ok bei dir?", fragte Ron, als er versuchte aus dem Müllberg zu klettern.

„Ja", antwortete Ash. „Der Müll federt deinen Sturz gut ab."

Die Schritte kamen immer näher.

„Komm schon", forderte Ash „sprIng".

„Das kann ich nicht", sagte Ron zu ihm.

Plötzlich klopfte es an die Türe.

„Hier spricht die Polizei. Bitte machen sie die Türe auf, ansonsten werden wir sie mit Gewalt öffnen."

„Jetzt komm schon", drängte Ash. Ron stieg vorsichtig mit einem Fuß über das offene Fenster.

„Ich zähle jetzt bis drei“, sagte eine Stimme vor der Zimmertüre.

„Wenn Sie die Türe bei drei nicht geöffnet haben, bin ich gezwungen sie mit Gewalt zu öffnen.

„Eins…“

„Jetzt spring endlich“, rief Ash.

Ron stieg nun mit seinem zweiten Fuß über das offene Fenster.

„Zwei…“

„Los spring“, rief Ash erneut.

Ron nahm noch einmal seinen ganzen Mut zusammen und hing sich an den Fensterrahmen des Fensters.

„Drei…“, ertönte die Stimme.

„Okay ich habe Sie gewarnt“.

Ron machte seine Augen zu und ließ den Fensterrahmen los. Im gleichen Moment hörte er, wie ein Polizist die Türe durchbrach. Ron landete schließlich im Müllcontainer.

„Schnell, wir müssen hier weg“, ermutigte ihn Ash und half Ron aus dem Müllcontainer. Sie liefen die schmale Gasse entlang, bis sie an der Hauptstraße angekommen waren.

„Warte“, flüsterte Ash und sah sich um. Vor dem Hotel stand ein Polizist und hielt Wache vor den Streifenwagen.

„Komm mit“, flüsterte Ash. Sie liefen die Hauptstraße entlang.

„Wir müssen uns irgendwie vor der Polizei verstecken“, erkannte Ash. Dann hörten sie auf einmal ein Hilferuf.

„Was war das?", fragte Ron.

„Da hat jemand um Hilfe geschrien", flüsterte Ash.

Sie sahen sich um, um festzustellen woher der Hilferuf stammte. Dann entdeckte Ron plötzlich ein Licht, das aus einer Seitengasse kam.

„Da! aus der Seitengasse", rief er. „Komm schnell", sagte Ash. „Vielleicht schaffen wir es noch rechtzeitig, bevor das Monster aus dem Portal erscheint."

KAPITEL 3
CLARA

Als sie die Gasse erreichten, sahen sie ein Mädchen, das vor Schreck ihr Handy auf den Boden geworfen hatte. Das Leuchten wurde wieder schwächer und man konnte durch das Licht einer Straßenlaterne einen dunklen Schatten erkennen.

„Wir müssen hier sofort weg", sagte er zu dem Mädchen, das sich erschrocken zu ihnen umdrehte. Sie hatte Tränen in ihren Augen und der Schock war ihr immer noch anzusehen.

„Wer seid ihr?", stotterte das Mädchen.

„Das erfährst du noch früh genug", drängte Ash. „Aber wir müssen jetzt von hier weg".

Er packte das Mädchen am Arm und zog es mit sich.

„Lauf", schrie er. „Lauf, so schnell du kannst."

Das Monster verfolgte sie und es war genauso wütend, wie Tauros.

„Was ist das für ein Monster?", fragte er Ron, der ihnen hinterherrannte.

„Ich glaube es ist Aqua", vermutete Ron und drehte sich noch einmal kurz um. Das Monster hatte Schuppen, die es wie einen Panzer schützten. Es besaß einen Fischschwanz, der diesem von einem Wal sehr ähnelte. Die Zähne des Monsters waren gefährlich spitz und sein Kopf sah aus, wie der eines Krokodils.

„Los, schneller", schrie Ash.

Das Monster rannte ihnen wütend hinterher.

„Was passiert hier?", schluchzte das Mädchen.

„Das erkläre ich dir später", versprach ihr Ash.

Sie rannten weiter. Auf einmal bemerkten sie auf der anderen Straßenseite einen Brunnen. Plötzlich fing wie aus dem Nichts das Handy von Ron an blau zu Leuchten.

„Ah, Ash", rief Ron. „Ich weiß nicht, aber irgendwie gefällt mir die Situation gar nicht."

„Was ist los?", fragte Ash.

Dann bemerkte er, wie Rons Handy blau aufleuchtete. Es war jedoch ein anderes Leuchten, wie zuvor, als das Monster erschienen war. Ron holte es heraus. Es war das Spiel.

„Oh, ich hab da ein ganz mieses Gefühl", murmelte Ash. Kurz darauf bemerkten sie, wie das Monster unerwartet stehen blieb und ebenfalls begann blau zu leuchten.

„Was passiert hier?", sprach Ron aus, was alle in diesem Moment dachten.

Das Mädchen, fing auf einmal wieder an zu schreien und zu weinen.

„Ich glaube das ist so eine Art Update", interpretierte Ash.

Plötzlich bemerkten Sie, wie aus dem Hydranten auf der anderen Straßenseite Wasser tropfte.

„Ich glaube, wir sollten hier schnell weg", rief Ash. Im selben Moment schoss eine riesige Wasserfontäne aus dem Hydranten heraus und das Wasser im gegenüberliegenden Brunnen begann unruhig hin und her zu schwappen. Ohne Vorwarnung bäumte sich das Wasser auf einmal zu einer riesigen Wassersäule auf, die das Monster allmählich zu umhüllen schien. Nun wurde auch die Polizei auf das

Geschehen aufmerksam und fuhr mit Blaulicht ihnen entgegen.

„Los wir müssen weiter, wiederholte sich Ash.

Sie rannten weiter die Straße entlang, während sie das Monster weiterverfolgte. Plötzlich hörten Sie, wie die Polizisten mit quietschenden Reifen anhielten und ausstiegen. Sie sahen, wie sie ihre Waffen zückten und auf das Monster schossen. Das Monster drehte sich daraufhin wütend zu den Polizisten um. Sie sahen, wie das Monster sein Maul öffnete und einen gewaltigen Wasserstrahl auf die Polizisten abfeuerte. Der Strahl war so heftig, dass er die Polizisten zu Boden warf. Die anderen versuchten in ihr Polizeiauto zurückzukehren, doch es schoss einen weiteren Wasserstrahl ab, der das Polizeiauto traf und es umwarf. Weitere Streifenwagen kamen die Straße entlang, um die hilflosen Polizisten zu unterstützen. Die wenigen Menschen, die sich um diese Uhrzeit noch auf der Straße befanden, gerieten in Panik und rannten ziellos umher. Das Monster riss wütend sein Maul auf und sah die Polizisten mit wütenden Augen an.

„Los, kommt", rief Ash. „Jetzt ist es gerade durch die Polizei abgelenkt".

Er rannte weiter, während ihm Ron und das Mädchen folgten. Sie konnten sehen, wie die Kugeln der Pistolen an dem Monster einfach abprallten oder in die schutzschildartige Wasserschicht, welche das Monster aus dem Brunnenwasser erzeugt hatte, einschlugen. Inzwischen kamen immer mehr Streifenwagen zur Unterstützung. Auf einmal holte das

Monster mit seinem flossenartigen Schwanz aus und
traf dabei einen Streifenwagen, der durch die Wucht
des Aufschlages durch die Luft geschleudert wurde
und sich anschließend auf dem Boden weiter
überschlug. Dabei verfehlte es nur um ein paar
Zentimeter einen weiteren Streifenwagen, der gerade
als Verstärkung gerufen wurde.

„Wir müssen weiter!". Plötzlich bemerkte Ash
ein Blaulicht, das genau in ihre Richtung kam.

„Schnell, wir müssen uns verstecken."

Sie liefen in eine schmale Gasse, in der sich
nichts außer einem grünen Müllcontainer befand.
Zudem gab es in dieser Gasse keine Straßenlaternen,
weshalb sie fast nichts erkennen konnten.

„Puh", seufzte Ron erleichtert. „Das war
knapp".

„Hier sind wir fürs erste in Sicherheit",
versicherte Ash dem Mädchen.

„Danke für eure Hilfe", sagte das Mädchen, das
sich mittlerweile wieder etwas von dem Schock erholt
hatte.

„Wer seid ihr überhaupt?", fragte sie Ash auf
einmal.

„Ich bin Ash und das ist Ron", antwortete er
und zeigte mit seiner Hand auf ihn.

„Hi", sagte Ron und streckte dem Mädchen
seine Hand entgegen. „Freut mich dich
kennenzulernen" und grinste.

„Ich bin Clara", sagte das Mädchen.

„Schöner Name", erwiderte Ron und grinste sie
erneut an.

Clara lächelte. „Danke".

Ash gab Ron einen Klaps auf den Hinterkopf.

„Au", rief Ron .„Was soll das? Warum hast du mich geschlagen?"

„Lass den Scheiß".

„Warum? Ich wollte doch nur höflich sein", beschwerte sich Ron und rieb sich mit seiner Hand den Hinterkopf.

„Woher wusstet ihr eigentlich, dass das passiert? Ich meine, dass da ein Monster aus dem Handy kommt und dass es uns verfolgt und so…?", fragte Clara nach einer Weile.

Als Ash gerade etwas sagen wollte, kam ihm Ron zuvor. „Naja, wir sind die Entwickler des Spieles und deshalb wissen wir auch, was die Monster für Fähigkeiten haben und uns ist das zuvor schon einmal passiert, dass ein Monster aus dem Handy aufgetaucht ist."

Er sah Clara mit etwas angeberischem Blick an. Dann sah er, wie ihn Ash mit finsterem Blick ansah.

„Seid ihr wirklich die Entwickler des Spieles „Catching Monsters, das in einer Woche mehr als eine Millionen Downloads geschafft hat?", fragte Sie Clara ungläubig.

Ron nickte grinsend: „Ja".

„Könnt ihr das auch beweisen?"

Ron sah zu Ash hinüber, der ihn immer noch wütend ansah. Ron wusste, sollte er etwas falsches sagen, dann würde sie Clara vielleicht an die Polizei verraten.

„Also", stotterte Ron.

„Nein", unterbrach ihn Ash, „wir haben dich nur verarscht".

„Aber warum?", fragte Clara etwas verwirrt. Dann hörten sie plötzlich die Sirene eines Streifenwagens, der direkt vor der Gasse hielt.

„Wir müssen uns verstecken", erkannte Ash.

Clara sah sie verwirrt an. „Warum müssen wir uns vor der Polizei verstecken?", fragte sie Ash. „Wartet. Kann es sein, dass ihr mir etwas verschweigt?". „Seid ihr etwa Schwerverbrecher oder so etwas, weil wenn das so sein sollte, dann laufe ich gleich zur Polizei und sage bescheid, dass sich in dieser Gasse zwei Schwerverbrecher herumtreiben, die auf der Flucht sind. Es sei denn, ihr sagt mir jetzt endlich die Wahrheit."

Sie blieb stehen und sah Ash und Ron mit ernstem Blick an.

„Warum flüchtet ihr vor der Polizei?"

Ash und Ron sahen sich an und seufzten. Dann begann Ash ihr alles zu erzählen.

„Ja, wir sind die Entwickler des Spieles und ja, wir laufen vor der Polizei davon. Seitdem die Monster aus unserem Spiel in die reale Welt gelangen, sind wir so etwas wie Schwerverbrecher für die Polizei, da wir an dem Ganzen schuld sind."

Er machte eine kurze Pause.

„Hör zu", sagte er zu Clara gewandt. „Ich weiß, dass du jetzt am liebsten nach vorne zu dem Streifenwagen laufen willst, um uns zu verraten. Aber bitte hör dir zuerst an, warum wir uns der Polizei nicht stellen können."

Er sah sie mit bettelndem Blick an.

„Warum sollte ich euch jetzt nach allem, was ihr mir gesagt habt noch etwas glauben?", fragte sie Ash etwas wütend.

„Bitte Clara", forderte Ron. Sie seufzte.

„Also gut", sagte sie, „ich gebe euch eine Chance, um mich zu überzeugen. Wenn ihr es jedoch nicht schafft, werde ich euch verraten."

„Versprochen?", fragte Ron.

„Ja, ich verspreche es euch," versicherte sie.

„Also gut", sagte Ash. „Wir haben durch das Spiel großen Schaden verursacht und das wissen wir auch. Aber wir sind auch die einzigen, die den Fehler wieder korrigieren können".

„Und wie wollt ihr das bitteschön machen?", fragte sie ihn mit einer Mischung aus Interesse und Ungläubigkeit.

„Wir wollen mithilfe eines Virus das Spiel vom Hauptserver löschen", erklärte er. „Durch die Satellitenverbindung wird der Virus auf alle Handys, die das Spiel besitzen, übertragen und schließlich gelöscht."

„Ich habe von dem, was ihr mir hier gerade erzählt keine Ahnung," sagte Clara.

„Ich weiß, das hört sich nach einer guten Ausrede an", sagte Ash. „Aber das ist die Wahrheit. Wenn wir es nicht machen, dann sterben jede Minute mehr Menschen. Wenn sie uns verhaften, dann würden sie der Menschheit nicht helfen, sondern nur noch mehr Opfer fordern."

Clara wusste langsam nicht mehr, was sie glauben sollte.

„Clara", flehte Ash. „Das ist die Wahrheit".

„Also gut", erwiderte Clara nach einer Weile. „Ich glaube euch. Aber wir können uns hier drin auch nicht ewig verstecken", sagte sie.

Plötzlich hörten sie eine Stimme, die ihnen entgegenkam.

„Hallo, ist da jemand?", fragte die Stimme. Sie sahen, wie jemand mit einer Taschenlampe in die dunkle Gasse leuchtete und sich langsam dem Müllcontainer näherte. Ash und die anderen hielten den Atem an und versuchten sich nicht zu bewegen, während ein Polizist mit seiner Taschenlampe immer näher kam. Sie saßen in einer Falle, da es zum einen nur einen Ausgang aus der Gasse gab und dieser aufgrund des Polizisten nun unpassierbar war und zum anderen, konnten sie sich nicht bewegen, da sie der Polizist sonst bemerken würde. Sie drückten sich näher gegen eine Hauswand, um dem Licht der Taschenlampe zu entfliehen. Als sie sahen, dass der Polizist nur noch ein paar Meter von ihnen entfernt war, stand Clara plötzlich auf und lief aus dem Versteck heraus ins Licht der Taschenlampe.

„Ist alles okay bei Ihnen?", fragte der Polizist.

„Ja", antwortete sie.

„Warum sind Sie überhaupt in dieser dunklen Gasse um diese Uhrzeit und dazu noch allein?".

„Naja", erklärte Clara etwas ängstlich. „Ich wollte mich hier vor dem Monster verstecken".

„Sie müssen jetzt keine Angst mehr haben", beruhigte sie der Polizist. „Ich bringe Sie hier weg".

Ash und Ron sahen, wie das Licht der Taschenlampe wieder schwächer wurde und sich von ihnen entfernte. Ron streckte vorsichtig seinen Kopf hinter dem Müllcontainer hervor und sah, wie der Polizist Clara aus der Gasse führte und wie sie vor dem Streifenwagen stehen blieben.

„Sind sie weg?", flüsterte Ash.

„Noch nicht", antwortete Ron. „Sie stehen vor dem Streifenwagen an der Straße."

„Ich weiß Sie sind bestimmt noch unter Schock aber haben Sie vielleicht diese zwei jungen Männer gesehen?"

Er gab Clara ein Foto, auf dem Ash und Ron abgebildet waren und leuchtete mit der Taschenlampe darauf.

„Nein", log Clara. „Die habe ich nicht gesehen."

„Sind Sie sicher?"

„Ja", antwortete Clara.

Ihre Stimme zitterte dabei etwas.

„Okay", sagte er und öffnete eine Türe des Streifenwagens.

„Dann bringe ich Sie mal nach Hause."

Ron sah, wie sich Clara noch einmal umdrehte und in die dunkle Gasse blickte. Dann stieg sie in den Streifenwagen ein.

„Puh", sagte Ash erleichtert, als sie hörten, wie der Streifenwagen losfuhr.

„Das war wieder knapp".

Er kroch aus der Deckung heraus. Ron folgte ihm. Sie hörten immer noch Schüsse und das wütende Brüllen von Aqua. Vorsichtig liefen sie aus der dunklen Gasse heraus auf die beleuchtete Straße. Als sie dort angekommen waren, sahen sie sich erneut um.

„Okay, die Luft ist rein", erkannte Ash und lief auf die Straße. Auf einmal hörten sie einen Hilfeschrei.

„Das ist Clara", rief Ron etwas panisch. „Wir müssen ihr helfen".

Er rannte ohne nachzudenken los.

„Warte", rief Ash. „Wir werden noch entdeckt".

Ron rannte die Straße entlang und sah sich dabei hektisch um.

„Ron bleib sofort stehen", rief Ash wütend. „Das ist es nicht wert".

Dann sahen sie auf einmal einen Streifenwagen, der mitten auf der Straße umgedreht auf dem Dach lag. Ron und Ash blieben geschockt vor dem Polizeiauto stehen. Sie sahen, dass bereits einige Polizisten um den Streifenwagen herumstanden und versuchten Clara aus dem völlig zerstörten Wrack zu befreien.

„Clara!", rief Ron entsetzt und rannte auf den völlig zerstörten Streifenwagen zu.

„Ron, nicht", brüllte Ash.

Doch Ron hörte nicht auf ihn und rannte weiter. Ash rannte ihm hinterher.

„Ron, das ist es nicht wert," schrie Ash erneut, doch Ron achtete nur noch auf den Streifenwagen und schien alles andere um sich herum auszublenden.

Zu spät bemerkte Ron einen Polizisten, der auf ihn zu rannte und ihn am Arm packte.

„Halt", entgegnete er. „Bleiben Sie bitte zurück, das ist zu gefährlich."

Ron versuchte sich loszureißen, doch der Polizist ließ nicht locker, sondern hielt nun beide Arme fest.

„Ich muss ihr helfen", rief Ron verzweifelt.

„Bleiben Sie ruhig", forderte der Polizist nun etwas strenger.

Ash war inzwischen stehen geblieben, als er bemerkte, dass Ron von einem Polizisten festgehalten wurde.

„He", rief plötzlich ein weiterer Polizist zu Ash. „Da sind sie! Das sind die beiden Entwickler des Spieles, nach denen wir schon die ganze Zeit suchen".

Ron versuchte sich verzweifelt loszureißen, doch als der Polizist bemerkte, dass Ron gesucht wurde, drückte er ihn auf den Boden und legte ihm Handschellen an. Ash versuchte währenddessen wegzulaufen, doch ein Polizist war schneller als er und hielt ihn im letzten Moment am Arm fest.

„Hiergeblieben Freundchen!" Auch Ash versuchte sich loszureißen, doch der Polizist war stärker als er und drückte ihn ebenfalls zu Boden.

„Es ist vorbei", sagte er zu Ash und legte ihm Handschellen an.

„Sie machen einen riesigen Fehler", wehrte sich Ash. „Sie müssen uns gehen lassen. Die Monster werden sich wie ein Virus weiterverbreiten und wenn wir nichts dagegen tun, ist bald die ganze Menschheit davon betroffen."

„Machen Sie sich darüber keine Sorgen. Das Militär und wir werden uns schon darum kümmern. Außerdem seid ihr für diese Situation auch selbst verantwortlich. Schließlich haben Sie das Spiel ja auch entwickelt."

Er half Ash auf die Beine und führte ihn zu einem Streifenwagen.

„Ich weiß", sagte Ash. „Wir haben das Spiel entwickelt und es mag sein, dass wir an der ganzen Situation schuld sind, aber wir wussten nicht, dass so etwas passieren würde. Bitte", flehte Ash. „Sie müssen uns gehen lassen. Wir sind die einzigen, die wissen, wie das Spiel funktioniert und wie man es aufhalten kann."

„Ich würde Ihnen ja gerne glauben", sagte der Polizist zu ihm. „Aber wie gesagt, das Militär und wir werden uns schon um die Monster kümmern."

„Aber Sie sehen doch, dass Ihre Waffen ihnen nichts anhaben können," versuchte es Ash flehend weiter.

Der Polizist sah zu den anderen Polizisten hinüber, die immer noch versuchten das Monster aufzuhalten, doch die Kugeln prallten einfach an seiner Haut ab oder gingen in der Wasserschicht, die es umgab, unter. Ron sah währenddessen, wie Clara aus dem völlig zerstörten Streifenwagen geborgen und von den inzwischen eingetroffenen Rettungssanitätern auf einer Trage zum Krankenwagen transportiert wurde.

„Keine Sorge", sagte der Polizist zu ihm. „Sie wird es überstehen".

Er führte ihn zum selben Streifenwagen, zu welchem auch Ash gebracht wurde. Ron drehte sich noch einmal zum Krankenwagen um und beobachtete, wie Clara in den Krankenwagen geschoben wurde. Als sie am Streifenwagen ankamen, sah Ron, wie Ash ihn mit finsterem Blick ansah, bevor sie in das Polizeiauto einstiegen. Ash sah genervt aus dem Seitenfenster des Streifenwagens.

„Das haben wir jetzt davon", schmollte er. Wir hätten uns einfach davonschleichen können aber nein - du musstest ja unbedingt Clara helfen und lauthals durch die Gegend schreien, damit uns auch jeder hören kann."

„Ruhe jetzt dahinten", rief ein Polizist. „Informieren sie das Weiße Haus, dass wir die Entwickler des Spieles gefasst haben", befahl einer der Polizisten dem anderen.

Dieser nickte und informierte sofort über ein Handy das Weiße Haus. Ron sagte nichts, sondern schaute ebenfalls aus dem Seitenfenster hinaus. Plötzlich hörten Sie im Radio, wie in den Nachrichten eine aufgebrachte Nachrichtensprecherin über Ron und Ashs Spiel redete.

„Die Bedrohung durch das Spiel Catching Monsters, hat sich inzwischen stark verschärft, aus aller Welt erreichen uns Meldungen über Tote und Verletzte. Zudem sind einige Stadtteile von Städten auf der ganzen Welt teilweise zerstört. Der Katastrophenschutz schätzt die Anzahl der Toten auf

etwa 100.000 weltweit. Zu der aktuellen Situation beruft der Präsident morgen früh eine Krisensitzung ein. Die Behörden raten weiterhin nicht nach draußen zu gehen und auf keinen Fall das Spiel zu spielen. Gerade erreicht uns die Nachricht, dass die beiden Entwickler des Spieles von der Polizei geschnappt wurden. Über den weiteren Verlauf der Situation halten wir Sie natürlich auf dem Laufenden.“

„Hören Sie“, bat Ash den Polizisten. „Sie müssen uns gehen lassen. Die Situation wird immer schlimmer, wenn wir nichts dagegen tun.“

„Es tut mir Leid“, entgegnete einer der Polizisten. „Aber der Befehl euch zu fassen, kam vom Weißen Haus. Dagegen können wir nichts tun.“

Ash sah verzweifelt aus dem Fenster, da er merkte, dass es ihm nichts nützte, wenn er weiter versuchte die Polizei zu überreden, sie gehen zu lassen. Sie fuhren aus dem Zentrum der Stadt hinaus zum Stadtrand, wo sich das Hochsicherheitsgefängnis von Washington D.C befand. Plötzlich bemerkte Ron, wie sein Handy erneut blau leuchtete.

„Ash“, flüsterte Ron etwas nervös. „Das Handy leuchtet wieder.“

Ash sah immer noch etwas sauer zu Ron herüber.

„Ich glaube das Spiel wird gerade geupdated “, vermutete Ron entsetzt und zeigte Ash das Handy. Das Spiel leuchtete blau und darüber stand der Text *Update wird installiert.*

„Was ist da hinten los?“, fragte einer der Polizisten auf einmal etwas nervös.

„Was hat das zu bedeuten?", fragte Ron Ash.

„Ich weiß es nicht", auf jeden Fall nichts Gutes".

„Was ist da hinten los?", fragte der Polizist erneut etwas strenger und drehte seinen Kopf zu ihnen nach hinten.

„Nichts", versicherte ihm Ash. „Ich bin gerade nur versehentlich auf die Handytaschenlampe gekommen".

Der Polizist sah ihn etwas ungläubig an, drehte sich jedoch kurz darauf wieder nach vorne um.

KAPITEL 4
AQUA

Es dämmerte bereits, als der Streifenwagen am Eingang des Gefängnisses ankam. Der Bereich um das Gefängnis war mit einer Stacheldrahtmauer versehen, die aus 50 cm dickem Beton bestand und etwa vier Meter hoch war. An den Ecken der Betonwand stand jeweils ein Wachturm und überall ragten Überwachungskameras aus der Betonwand heraus. Der Eingang des Gefängnisses bestand aus einer ebenfalls vier Meter hohen Stahltüre, die sich nur durch einen Sicherheitscode öffnen ließ. Als der Streifenwagen beim Eingang des Gefängnisses ankam, mussten sich die Polizisten zuerst per Funk identifizieren, bevor sie die Erlaubnis bekamen in das Gefängnis hineinzufahren. Die Polizisten hielten vor einem kleinen Gerät, das so ähnlich aussah, wie die Geräte aus den Parkhäusern und gaben den Sicherheitscode ein.

„Mann das ist ja mehr gesichert als Fort Knox", flüsterte Ron.

Plötzlich ertönte eine Art Sirene. Ash und Ron sahen erstaunt dabei zu, wie sich die vier Meter hohe Stahltüre langsam und quietschend öffnete. Als sie offen war, fuhr der Streifenwagen hindurch und man konnte erneut das Ertönen der Sirene vernehmen. Kurze Zeit später ging die Stahltüre hinter ihnen wieder zu. Im inneren der Mauer, befand sich das eigentliche Gefängnis. Die Fenster des Gefängnisses waren mit Metallstangen versehen, so dass man nicht durch die Fenster fliehen konnte. Ron und Ash sahen, wie einige Gefangene ihre Hände durch das Metallgitter zwängten oder ihr Gesicht an die

Metallstangen pressten, um zu sehen, was im Innenhof des Gefängnisses vor sich ging. Der Streifenwagen hielt auf einem Parkplatz vor dem Gebäude.

„Los, aussteigen", befahl einer der Polizisten und öffnete ihnen die Türen.

Ron und Ash stiegen aus dem Streifenwagen aus, bevor sie von den beiden Polizisten zur Sicherheitsschleuse gebracht wurden. Vor dem Eingang der Sicherheitsschleuse stand ein Polizist, der ihnen die Türe öffnete. Im Inneren der Sicherheitsschleuse befand sich wie bei einer Sicherheitskontrolle an Flughäfen ein Sicherheitsgate, durch das man durchgehen musste. Damit sollte sichergestellt werden, dass die Gefangenen keine Waffen oder andere gefährliche Gegenstände mit in die Zelle nahmen. Nachdem Ash und Ron durch die Sicherheitskontrolle gegangen waren, mussten sie ihr Handy abgeben und ihre Kleidung wechseln. Dazu musste jeder von ihnen eine orangene Uniform anziehen, wie die Beiden es von amerikanischen Filmen her kannten. Anschließend wurden sie durch eine weitere Türe in das Innere des Gefängnisgebäudes geführt, wo sich die Zellen befanden. Sie wurden eine Metalltreppe hinaufgeführt, die zum zweiten Stock führte. Die Zellen sahen aus, wie Hotelzimmer. Nur, dass es keine Hotelzimmer, sondern Gefängniszellen waren. Nachdem sie an ein paar Zellen vorbeigelaufen waren, blieb der Polizist schließlich vor einer Türe stehen und öffnete sie. Die Gefängniszellen waren wie die

Sicherheitstüren ebenfalls elektronisch gesichert, so dass man sie nur mit einer elektronischen Karte oder durch die Gefängniszentrale öffnen konnte. Der Polizist hielt seine Karte vor das Türschloss, bis sie entsichert war. Anschließend bat er Ron und Ash in die Zelle zu gehen. Als beide in der Zelle waren, machte der Polizist die Zellentüre wieder hinter ihnen zu. Die Zelle war nicht besonders groß. Sie hatte lediglich zwei Betten, ein vergittertes Fenster, einen kleinen Tisch, ein Waschbecken und einen kleinen Schrank.

„Das war es jetzt also", sagte Ash verzweifelt und setzte sich auf eines der beiden Betten. „Vermutlich werden wir jetzt bis zum Ende der Menschheit hier in dieser Zelle sitzen."

„Ash", antwortete Ron resigniert. „Du hattest Recht. Wäre ich nicht zu der Unfallstelle gerannt, dann würden wir jetzt vielleicht nicht hier sitzen. Es tut mir leid".

Ron senkte schuldbewusst den Kopf. „Ja, das war ziemlich dumm von dir aber jetzt können wir es auch nicht mehr ändern," erwiderte Ash etwas genervt.

Währenddessen ging in der Gefängniszentrale ein Anruf ein. Er kam von einem Polizisten.

„Es tut uns Leid, wir konnten es nicht mehr lange aufhalten. Es war einfach zu stark. Dutzende unserer Männer sind verletzt oder tot. Wir haben es noch geschafft dem Monster einen Peilsender zu verpassen. Er stoppte für einen Moment und man konnte durch das Telefon hören, dass er verletzt war und vor Schmerz stöhnte. Es sieht so aus… ‚als liefe es direkt auf das Hochsicherheitsgefängnis zu." Er machte erneut eine kurze Pause und rief anschließend gequält in sein Handy. „D-das Militär ist bereits auf dem Weg um euch zu helfen. V-viel Glück", stotterte er noch, bevor er verstummte.

„Warten Sie", rief ein Polizist. „Wann wird das Militär eintreffen?"

Doch der Polizist meldete sich nicht mehr.

„Was ist los?", wollten die anderen Polizisten wissen.

„Wir werden angegriffen", sagte der Polizist ernst.

„Von wem, von Terroristen?". „Nein von einem Monster."

Als er den Satz gerade beendet hatte, hörten Sie plötzlich, wie die Polizisten, die den Eingang des Gefängnis bewachten, voller Panik in ihre Funkgeräte schrien.

„Es läuft direkt auf den Eingang des Gefängnisses zu."

„ Alle Mann bereit machen für den Angriff", schrie der Kommandant auf einmal. „Es ist jetzt nur noch ein paar Meter vom Eingang entfernt, wir werden versuchen es vom Eingang fernzuhalten. Oh Mann, ist das Ding riesig… es läuft direkt auf uns zu, es ist zu stark, wir können es nicht aufhalten, aaaaaah…."

Die Stimme im Funkgerät verstummte und die Polizisten konnten sehen, wie Aqua mit zerstörerischer Wut das Sicherheitsgebäude vor dem Gefängniseingang zerstörte und nun dabei war die Stahltüre zu überwinden.

„Macht euch bereit“, schrie der Kommandant mit etwas zittriger Stimme. Sie konnten hören, wie es gegen die Stahltüre drückte und blickten angespannt auf das Eingangstor.

„Was war das?“, rief Ron auf einmal und lief zum Fenster. Das Geräusch, als Aqua gegen die Stahltüre schlug, hörte sich an, als würde jemand mit einem Ball gegen eine Metallplatte schießen.

„Hörst du das auch?“, fragte er Ash etwas nervös.

Ash nickte: „Ich habe da ein ganz mieses Gefühl.“

Die Stahltüre hatte sich bereits stark verbogen und hielt Aqua nicht mehr lange stand. Dann konnte man hören, wie die Stahltüre ohne Vorwarnung aus ihrer Verankerung gerissen wurde.

„Haltet euch bereit“, rief der Kommandant erneut. Kurz darauf zersprang die Türe wie nach einer Explosion in mehrere Einzelteile und flog über das gesamte Gefängnisareal. Ein Teil der Türe traf einen Streifenwagen und durchschlug die Windschutzscheibe.

„Schießt!“, brüllte der Kommandant.

Die Polizisten, die auf Befehl des Kommandanten in den Innenhof des Gefängnisses gelaufen waren, schossen ohne nachzudenken auf Aqua. Die Kugeln prallten an seiner Haut, wie zuvor, einfach ab.

„Wo bleibt das Militär, wir brauchen dringend Verstärkung“, rief der Kommandant wütend.

„Das hat keinen Sinn", sagte einer der Polizisten auf einmal. „Die Kugeln prallen an seiner Haut einfach ab."

Aqua riss wütend sein Maul auf. Die Polizisten konnten das Funkeln in seinen blauen Augen sehen. Plötzlich holte es mit seinem Schwanz aus und schleuderte dabei mehrere Polizisten durch die Luft, die anschließend schreiend auf dem Boden aufprallten.

„Es ist zu stark, wir können es nicht aufhalten", rief ein weiterer Polizist.

„Halten Sie durch", schrie der Kommandant. „Das Militär ist auf dem Weg."

Aqua war unerbittlich und holte zu einem erneuten Schlag aus.

„Passt auf", schrie ein Polizist und warf sich auf den Boden. Auch die anderen Polizisten, gingen vor Angst in Deckung wobei sie der Schwanz nur um wenige Zentimeter verfehlte und einen Streifenwagen rammte, der daraufhin durch die Luft flog und in die Seitenwand des Gefängnisses krachte...

„Was war das?", fragte Ron etwas ängstlich.

„Ich weiß es nicht", antwortete Ash. Plötzlich ertönte eine Sirene.

„Wir müssen hier sofort raus", hetzte Ash.

„Ich hab da ein ganz mieses Gefühl", sagte Ron erneut.

Sie liefen zur Zellentüre und rüttelten daran, doch sie war immer noch verschlossen.

„Wir müssen irgendwie an das Handy kommen", sagte Ash. „Aber wie sollen wir hier raus kommen? Die Türe ist zugeschlossen und einfach dagegen rennen können wir auch nicht", erkannte Ron.

„Glaubst du das Monster ist uns hierher gefolgt?", fragte Ron auf einmal.

„Ich weiß es nicht aber ich vermute, dass es uns irgendwie gewittert haben muss und wenn wir hier nicht so schnell wie möglich rauskommen, dann wird es das ganze Gefängnis zerlegen, um uns zu töten", befürchtete Ash.

„Es tut uns Leid, wir konnten es nicht aufhalten", funkte ein Polizist niedergeschlagen in sein Funkgerät.

Hilflos sahen sie dabei zu, wie das Monster den Eingang zur Sicherheitsschleuse durchbrach.

„Es ist nun in das Gefängnisgebäude vorgedrungen", funkte ein weiterer Polizist verzweifelt.

Auf einmal hörten die Polizisten das Geräusch eines Helikopters.

„Da kommt endlich unsere Verstärkung", jubelte ein Polizist.

Kurz darauf konnte man den grünen Kampfhubschrauber des Militärs erkennen, der mit Raketen bestückt direkt auf das Gefängnis zuflog.

„Riegeln Sie sofort alles ab. Das Monster darf nicht durch die Sicherheitsschleuse kommen", befahl der Kommandant einem Polizisten, der daraufhin einen Knopf betätigte, woraufhin sich mehrere Tore an den Türen des Gefängnisses schlossen.

Aqua war inzwischen im Innenbereich der Sicherheitsschleuse angekommen und lief zielstrebig auf die Verbindungstüre zu, die den Sicherheitsbereich vom Zellentrakt trennte. Als es bemerkte, wie sich die Tore vor den Verbindungstüren schlossen, riss es wütend sein Maul auf und zerstörte ein Kontrolltor der Sicherheitsschleuse. Die Polizisten, die sich noch in der Sicherheitsschleuse befanden, duckten sich und rannten panisch ins Freie.

„Die Sicherheitstore werden es nicht lange aufhalten", rief der Kommandant.

Der Militärhubschrauber hatte das Gefängnis inzwischen erreicht und landete auf dem Gefängnisareal. Sobald der Helikopter den Boden berührt hatte, öffnete sich die Türe des Helikopters und mehrere Soldaten mit Maschinengewehren bewaffnet strömten auf das Gelände. Der Gefängniskommandant, der sich eben noch in der Gefängniszentrale befand, lief nun auf den Helikopter zu und gab dem Kommandanten des Militärs Auskünfte über die aktuelle Lage.

„Gott sei Dank", sagte der Gefängniskommandant, als er den Kampfhubschrauber erreicht hatte. „Wir konnten mit unserer Feuerkraft nichts gegen das Monster ausrichten".

„Wir erhielten den Befehl Sie zu unterstützen vom Präsidenten persönlich", erklärte der Kommandant des Militärs.

Aqua war inzwischen dabei das Sicherheitstor zu überwinden, indem es ununterbrochen

Wasserfontänen dagegen feuerte. Dabei zerstörte es die elektronische Sicherheitssperre, die sich neben der Türe befand, welche die Türe elektronisch verriegelte sobald diese wieder geschlossen wurde und löste dabei einen Kurzschluss aus.

„Hörst du das?", fragte Ron Ash. „Die Sirene hat aufgehört".

Plötzlich bemerkten sie, wie das Licht, das sich in der Mitte der Zelle befand, ausging.

Ash lief vorsichtig zur Zellentüre und drückte die Klinke nach unten. Zu Ashs Verwunderung, öffnete sich dabei die Türe.

„Natürlich, durch den Stromausfall werden alle elektronischen Sicherungen deaktiviert", erkannte Ash.

„Los, komm wir müssen schnell das Handy wiederbekommen und dann ganz schnell von hier verschwinden."

Vorsichtig blickten sie aus der Zellentüre heraus, um zu sehen, ob ein Polizist in der Nähe war. Dabei bemerkten sie, wie auch andere Gefangene aus den Zellen liefen und vor Freude schrien, dass sie endlich wieder frei waren. Währenddessen versuchten ein paar Polizisten, die sich im Gang zwischen den einzelnen Zellen aufhielten, die Gefangenen wieder zurück in ihre Zellen zu drängen, doch es waren zu viele Gefangene, sodass sie keine Chance hatten auch nur einen von ihnen wieder zurück in die Zelle zu bringen.

Auf einmal meldete sich ein aufgebrachter Polizist über ein Funkgerät bei dem Kommandanten.

„Sir, das Monster hat vermutlich die elektronische Sicherheitstüre zerstört und dabei einen Kurzschluss verursacht. Die Gefangenen rennen überall im Flur herum und greifen uns an, wir brauchen hier sofort Verstärkung…“

Plötzlich hörte man wie das Funkgerät auf den Boden fiel und die Stimme des Polizisten verstummte.

„Wir müssen sofort in den Zellenbereich“, rief der Gefängniskommandant und befahl ein paar Polizisten ihn zu begleiten. Auch der Militärkommandant schickte ein paar Soldaten, die die Polizisten unterstützen sollten.

„Ein paar meiner Männer werden sie zusätzlich begleiten“, sagte der Militärkommandant zum Gefängniskommandanten.

„Gut, die anderen sollen zur Sicherheitsschleuse gehen, dort befindet sich das Monster.“

Der Militärkommandant nickte und befahl ein paar Soldaten zur Sicherheitsschleuse zu gehen. Durch den Kurzschluss wurden die Sicherheitstore deaktiviert, sodass sie sich ohne weiteres öffnen ließen.

Das Monster konnte nun ohne Mühe in den Zellenbereich gelangen. Währenddessen versuchten sich Ron und Ash zur Treppe durchzukämpfen, um nach unten zu kommen. Als sie die Treppe gerade erreicht hatten, sahen sie, wie Aqua in den Zellenbereich vordrang.

„Oh mein Gott“, stotterte Ron und blieb vor Schreck wie versteinert stehen.

Aqua hatte sein Maul weit aufgerissen und sah Ash und Ron mit wütenden blauen Augen an.

„Wir müssen hier schnell weg", drängte Ash.

Als er diesen Satz gerade zu Ende gesagt hatte, sahen sie, wie Aqua brüllend auf die Treppen zulief.

„Wir müssen uns aufteilen", rief Ash. „Ansonsten haben wir keine Chance."

Ron blickte ihn etwas verängstigt an. „Bist du dir sicher, dass das eine gute Idee ist?".

„Ich weiß es nicht, aber wenn du eine bessere Idee haben solltest: bitte."

Ron schüttelte den Kopf. „Na gut versuchen wir´s", sagte er schließlich mit einem mulmigen Gefühl.

„Also gut", sagte Ash. „Ich versuche Aqua in meine Richtung zu locken. Du versuchst währenddessen einen Weg nach unten zu finden."

Ron nickte.

Als er gerade loslaufen wollte, hielt ihn Ash noch einmal zurück.

„Ron. Viel Glück!".

„Dir auch", sagte Ron und kämpfte sich anschließend durch den Pulk aus Polizisten und Gefangenen.

Währenddessen versuchte Aqua über die engen Gefängnistreppen nach oben zu gelangen, doch die Treppe war zu schmal, sodass es keine Chance hatte. Wütend feuerte es Wasserfontänen gegen die Treppe, was ihm jedoch auch nicht viel nutzte. Plötzlich holte es mit seinem Schwanz aus und stieß damit gegen die Metalltreppe, so dass diese in

Schwingung versetzt wurde. Die Gefangenen im unteren Zellenbereich schrien und liefen vor Panik ziellos umher. Einige von ihnen gingen sogar wieder zurück in ihre Zelle oder rannten durch die völlig zerstörte Sicherheitsschleuse ins Freie. Dann holte das Monster zu einem weiteren Schlag aus, so dass die Metalltreppe unter der Wucht des Schlages ächzte und noch stärker in Schwingung versetzt wurde, als beim ersten Schlag. In der Zwischenzeit waren die Soldaten mit dem Gefängniskommandanten im oberen Zellentrakt angekommen und versuchten die aufgebrachten Häftlinge wieder zurück in ihre Zellen zu drängen. Doch so sehr sie sich auch bemühten es half nichts, da die elektronischen Sicherungen, die die Türen normalerweise automatisch abschlossen, sobald diese geschlossen wurden nicht funktionierten und so die Häftlinge jedes Mal wieder aus den Zellen rannten, sobald sich die Soldaten wieder von ihnen entfernten.

Ron hatte zur gleichen Zeit eine schmale Wendeltreppe entdeckt, die sich am Ende des oberen Zellentraktes befand und nach unten führte. Er kämpfte sich weiter durch den Tumult aus Gefangenen und Wärtern, bis er schließlich bei der Wendeltreppe ankam. Vor der Wendeltreppe befand sich eine Gittertüre, die normalerweise ebenfalls elektronisch verriegelt war. Auf der Gittertüre befand sich ein Warnschild auf dem „Only for Jailers stand. Ron sah sich vorsichtig um, ob ihn gerade jemand beobachtete, doch die Wärter waren so damit beschäftigt die Gefangenen wieder in ihre Zellen zu bringen, dass sie ihn gar nicht beachteten. Er drückte vorsichtig die

Metallklinke der Türe nach unten. Sie ließ sich, wie Ron bereits vermutete, öffnen. Als er auf der ersten Treppenstufe stand, die ebenfalls aus kleinen Metallgittern bestand, machte er die Gittertüre vorsichtig wieder hinter sich zu. Die Treppe war etwas wackelig und schon etwas älter. Ron versuchte so leise er konnte die Treppen hinab zu steigen, doch bei jedem Schritt knarzte die Treppe. Langsam tastete er sich weiter die Treppe hinunter und versuchte dabei so wenig Gewicht auf seinen Fuß zu verlagern, dass die Treppe möglichst wenig Geräusche machte.

Als er schließlich unten ankam, musste Ron erneut durch eine Gittertüre laufen, bevor er im unteren Zellenbereich des Gefängnisses ankam. Plötzlich vernahm Ron Stimmen, die aus der Sicherheitsschleuse kamen. Es waren die Soldaten, die der Gefängniskommandant zum Eingang der Sicherheitsschleuse geschickt hatte. Sie hatten nun den Zellenbereich erreicht. Ron suchte nach einem Versteck, um von den Soldaten nicht entdeckt zu werden. Doch als Ron gerade etwas Passendes gefunden hatte, hörte er, wie die Soldaten lautstark das Feuer auf Aqua eröffneten. Etwas irritiert und mit funkelnden Augen, drehte es sich daraufhin um und zeigte dabei den Soldaten mit weit aufgerissenem Maul seine Zähne. Schließlich entdeckte einer der Soldat Ron, der gerade dabei war in sein Versteck zu gelangen.

„He, du", rief er aufgebracht. „Stehen bleiben".

Ron blieb vor Schreck wie versteinert stehen, als er bemerkte, dass ihn ein Soldat entdeckt hatte. Als

er sich gerade dazu entschied wegzulaufen, bemerkte
er, wie die Soldaten aufgehört hatten zu schießen und
mit einer Mischung aus Verwunderung und Angst auf
Aqua blickten, dass auf einmal angefangen hatte am
ganzen Körper blau zu leuchten. Auch Ron blieb bei
dem Anblick des leuchtenden Monsters vor Entsetzen
stehen und konnte sich vor lauter Angst nicht
bewegen. Die Polizisten, die gerade noch versucht
hatten die Gefangenen in ihre Zellen zu bringen,
starrten nun ebenfalls wie gebannt nach unten auf das
leuchtende Monster. Es schien, als würde das Monster
das komplette Gefängnis durch sein kaltes blaues
Leuchten zum Erstarren bringen. Das blaue Leuchten
wurde mit jeder Sekunde, die verging, stärker. Es
wurde so stark, dass es den kompletten Zellentrakt
erhellte und man die Hände vor die Augen halten
musste, um nicht geblendet zu werden.

Auf einmal bemerkte Ron, wie aus den Zellen
Wasser herausfloss und wie Nägel von einem
Magneten von Aqua angezogen wurde. Auch aus den
oberen Zellen, floss Wasser heraus und stürzte wie bei
einem Wasserfall vom oberen Zellentrakt in den
Unteren. Mit jeder Sekunde, die verstrich, wurde es
mehr Wasser, das von Aqua angezogen wurde. Ron
erinnerte sich, wie sie auf dem Weg zu ihrer Zelle an
einem Waschraum vorbeigelaufen waren, der sich im
oberen Zellenbereich befand. Kurz darauf hörte Ron
ein leises Knacken, bevor die Türe dem Wasser nicht
mehr standhalten konnte und durch dessen Druck
regelrecht aufgesprengt wurde. Die Wassermassen
bahnten sich den Weg nach unten. Dabei riss der

Wasserstrom einige Gefangene und Wachleute mit sich, die schreiend versuchten sich irgendwo festzuhalten. Einige wurden sogar bis an den Rand des Geländers gespült.

„Haltet euch bereit", schrie plötzlich der Kommandant des Militärs, der nun auch mit weiteren Soldaten im Zellenbereich angekommen war. Die Soldaten hielten mit zitternden Händen ihre Maschinengewehre in der Hand und zielten auf Aqua. Alle warteten angespannt auf ein Zeichen des Kommandanten. Man konnte ihnen ihre Angst regelrecht ansehen. Ihre Augen waren vor Angst weit aufgerissen und Schweiß lief ihnen die Wangen herunter. Aqua hatte anscheinend nun genug Wasser angezogen, da Ron bemerkte, dass kein Wasser mehr aus den Zellen herausströmte. Alle sahen angespannt auf Aqua, das immer noch leuchtete.

„Anlegen", rief der Kommandant auf einmal. Ron hörte, wie die Soldaten ihre Waffen luden und wieder auf Aqua zielten.

„Sir", rief ein Soldat mit zitteriger Stimme.

„Noch nicht", sagte der Kommandant. „Erst wenn es seinen Kopf in unsere Richtung dreht".

Als hätte Aqua verstanden, was der Kommandant gerade zu seinen Soldaten gesagt hatte, drehte es seinen Kopf zu ihnen um und riss sein Maul weit auf.

„Feuer", brüllte der Kommandant. Als die Soldaten gerade schießen wollten, wurden sie von einer gewaltigen Druckwelle gegen die Wand geschleudert. Es war, als würde eine gigantische

Wasserbombe mit enormer Sprengkraft explodieren. Auch Ron wurde von den Beinen gerissen und gegen die Wand geschleudert. Es schien, als wäre das ganze Gefängnis von einem Tsunami getroffen. Einige Metallstangen hielten der Wucht des Wassers und der Druckwelle nicht stand, sodass Teile des oberen Zellenbereiches nach unten stürzten. Gefangene und Wärter wurden mit in die Tiefe gerissen. Auch Ash hatte gegen die Wucht des Wassers keine Chance, sodass er von ihm ebenfalls nach unten gezogen wurde. Er flog etwa einen Meter, bevor er auf einem Metallstück nach unten rutschte und auf dem Boden des unteren Zellenbereiches aufschlug.

Aqua riss wütend sein Maul auf und lief anschließend zielstrebig auf Ash zu, der bewusstlos auf dem Boden lag. Ron, der wieder zu sich gekommen war, sah mit noch etwas verschwommenem Blick, wie Aqua auf Ash zulief. Langsam versuchte er aufzustehen. Sein Kopf fühlte sich an, als hätte jemand mit einem Hammer dagegen geschlagen. Er fasste sich mit einer Hand an den Kopf und zog sie anschließend sofort wieder zurück. Als er sie betrachtete, bemerkte er, dass er am Kopf blutete. Er konnte das Stöhnen und Jammern von verletzten Gefangenen und Wärtern hören, die teilweise unter den herabfallenden Metallteilen eingeklemmt waren. Noch etwas benebelt lief er auf Ash und Aqua zu, dass ihn schon fast erreicht hatte.

„He, ich bin hier", schrie Ron und fuchtelte mit seinen Armen herum. „Nimm mich".

Aqua blieb plötzlich stehen und drehte seinen Kopf zu Ron. Es sah ihn mit funkelnden Augen an und lief daraufhin mit weit aufgerissenem Maul auf ihn zu. Ron wartete, bis es nur noch etwa fünf Meter von ihm entfernt war und lief anschließend los. Er hatte keine Orientierung und rannte ziellos umher, während Aqua versuchte ihn mit seinem Maul zu schnappen. Plötzlich bemerkte Ron einen Soldaten, der ihm und Aqua folgte.

„He, du", schrie der Soldat auf einmal, als er Ron erblickte. „Stehen bleiben".

Ron achtete gar nicht auf ihn, sondern rannte einfach weiter und versuchte dabei nicht gefressen zu werden, während der Soldat ihn weiter verfolgte.

KAPITEL 5
DER SOLDAT

Kurze Zeit später landete Ron in einer Sackgasse, sodass es für ihn keinen Ausweg mehr gab und er Aqua schutzlos ausgeliefert war. Ron drehte sich um und lief mit langsamen Schritten rückwärts, bis er die Wand hinter sich spüren konnte. Aqua beugte seinen Kopf zu ihm hinunter und brüllte ihn mit blauen funkelnden Augen an. Ron konnte seine riesigen Zähne erkennen und seinen stinkenden Atem riechen. Er versuchte so ruhig zu bleiben, wie er konnte und sich nicht zu bewegen. Plötzlich hörte Ron, wie jemand auf Aqua schoss, das sich anschließend wütend umdrehte. Es war der Soldat, dem Ron die ganze Zeit gefolgt war. Er sah, wie er versuchte, Aqua von ihm wegzulocken.

„Los, lauf", befahl ihm der Soldat, als er es durch gezielte Schüsse ins Gesicht ablenkte. Diese Gelegenheit ließ sich Ron nicht entgehen und rannte Los.

„Zu mir", winkte der Soldat, der Aqua mit seinem Maschinengewehr immer noch in Schach halten konnte.

„Lange wird ihn das nicht aufhalten", befürchtete der Soldat, als Ron bei ihm angekommen war. „Mein Magazin ist gleich Leer".

Ron sah sich in der Zwischenzeit hektisch nach einem Fluchtweg um, während das Magazin des Soldaten schließlich aufgebraucht war.

„Ich glaube wir sollten jetzt lieber weglaufen", sagte der Soldat zu Ron, während Aqua sich wütend das Gesicht mit seiner rechten Hand rieb und anschließend brüllend auf Ron und den Soldaten zu rannte.

„Gute Idee", bestätigte Ron.

Sie rannten los, während sie Aqua erneut verfolgte.

„Schneller", drängte der Soldat.

„Es hat uns gleich erreicht". Ron sah sich um.

Vor ihnen erstreckte sich die völlig zerstörte Sicherheitsschleuse. Ron erinnerte sich, wie ein Polizist bei ihrer Ankunft ihre Kleidung und sein Handy in einen Nebenraum gebracht hatte, der sich direkt neben der Sicherheitsschleuse befand.

„Ich weiß wo wir hingehen können", sagte Ron schließlich zu dem Soldaten.

Sie rannten weiter auf die Sicherheitsschleuse zu, bis sie endlich bei ihr ankamen.

„Was hast du vor?", fragte ihn der Soldat etwas streng.

„Uns in Sicherheit bringen", antwortete Ron. „Das glaube ich zumindest."

Sie rannten weiter durch die zerstörte Sicherheitsschleuse, bis sie schließlich an der Türe ankamen, die sich hinter dem Tresen befand, hinter welchem die Polizisten zuvor gestanden hatten. Dieser war aufgrund der zerstörerischen Kraft von Aqua stark beschädigt worden. Zu Rons Erleichterung, war die Türe des Nebenraumes nahezu unbeschädigt. Sie schoben den Tresen etwas beiseite, da ihn Aqua zuvor direkt vor die Türe geschleudert hatte und öffneten sie, während Aqua ihnen gefährlich nahe kam.

„Mach die Türe zu", rief der Soldat, der hinter Ron mit einem Hechtsprung in das Zimmer sprang, während ihn Aqua mit seinem Maul fast erwischt hatte. Ron drückte die Türe hinter sich zu. Der Soldat blickte sich hektisch im Raum um und schob kurz darauf einen Tisch und Stühle vor die Türe.

„Das wird es auch nicht lange aufhalten", sagte der Soldat zu ihm.

Ron sah sich in der Zwischenzeit nach seinem Handy um, das sich hier irgendwo in diesem Raum befinden musste.

„Wonach suchst du?", fragte der Soldat mit einer Mischung aus Neugier und Misstrauen.

„Nach meinem Handy", antwortete Ron.

„Warum, was willst du damit machen?", fragte der Soldat streng und mit etwas nervöser Stimme.

„Denn wenn du irgendwie versuchen solltest von hier abzuhauen, dann kannst du das ganz schnell vergessen, weil ich dich nämlich daran hindern werde."

„Ich werde nicht versuchen von hier abzuhauen. Erst recht nicht, wenn mich dabei ein Monster versucht zu töten", versicherte Ron dem Soldaten etwas gereizt.

„Ich weiß, Sie vertrauen mir nicht und Sie denken bestimmt immer noch, dass wir die Monster absichtlich zum Leben erweckt haben, aber das haben wir nicht", sagte Ron. „Außerdem weiß ich, dass Sie tief im Inneren auch nicht daran glauben, dass wir die Monster zum Leben erwecken wollten. Denn wenn Sie es geglaubt hätten, dann hätten sie das Monster bestimmt nicht daran gehindert, mich zu töten."

Der Soldat sah ihn mit emotionslosem Blick an. „Das ist mein Job Menschenleben zu retten, dafür wurde ich ausgebildet".

Ron sah ihn mit ungläubigem Gesicht an. „Sie wissen, dass der Befehl des Präsidenten keinen Sinn hat. Er sieht uns als Terroristen. Er weiß nicht, dass wir die Monster nicht zum Leben erwecken wollten." Er blickte den Soldaten mit ernstem Blick an. „Aber Sie wissen es".

Der Soldat, wich Rons blick aus und Ron sah, dass er gerade dabei war über seine Worte nachzudenken. Plötzlich hörten sie, wie Aqua gegen die Türe schlug, so dass der Berg aus Tischen und Stühlen anfing zu wackeln. Schließlich hielt die Barrikade den Schlägen von Aqua nicht mehr stand und die Tische und Stühle vielen krachend in sich zusammen, sodass die Türe nun das Einzige war, was sie von Aqua trennte…

„Sie sahen, wie mich das Monster töten wollte und ab diesem Zeitpunkt wussten Sie, dass nicht wir die Monster kontrollieren, sondern dass sie unkontrollierbar sind und versuchen uns zu töten. Hören Sie", sagte Ron nun etwas ernster zu dem Soldaten. „Sobald Sie es geschafft haben mich oder mein Freund zu töten, gibt es keinen Weg mehr sie aufzuhalten. Denn wir sind die Einzigen, die wissen, wie das Spiel funktioniert und wir sind auch die Einzigen, die Zugang zum Zentralrechner haben, auf dem das Spiel installiert ist. Es gibt niemanden außer uns, der das Spiel löschen und somit den Untergang der Menschheit verhindern kann."

Währenddessen war Aqua immer noch dabei in den Raum zu gelangen. Schließlich konnte er sehen, wie er es nicht mehr aushielt gegen sein inneres Gefühl anzukämpfen. Er wusste, dass Ron recht hatte.

„Also gut", sagte der Soldat schließlich zu Ron.

„Ich glaube dir, weil ich gesehen habe, wie es versucht hatte dich zu töten. Doch wie du zuvor schon gesagt hattest: Der Präsident und der Offizier, werden uns nicht glauben und wenn sie sehen, dass ich dich unterstütze, dann werde ich gefeuert und ins Gefängnis gebracht."

„Nicht wenn wir es töten", sagte Ron zu ihm.

Plötzlich hörten sie ein Knacken. Es war die Metalltüre, die an einer Seite aus der Verankerung gerissen wurde.

„Wie sollen wir das machen?", fragte ihn der Soldat misstrauisch.

„Ich weiß es nicht", gab Ron zu.

Plötzlich wurde die Türe mit einem lauten Schlag regelrecht aufgesprengt. Ron und der Soldat sprangen auf den Boden und duckten sich, während die Türe über sie hinweg gegen die gegenüberliegende Wand flog. Sie sahen, wie das Monster den Kopf durch den Türrahmen streckte und versuchte ins Innere des Raumes zu gelangen, was ihm jedoch nicht gelang. Wütend riss es sein Maul auf und feuerte Wasserstrahlen ab.

„Pass auf", rief Ron. Sie liefen geduckt in eine Ecke des Raumes, in welcher sie Aqua nicht mit den Wasserstrahlen treffen konnte.

„Der Raum ist zu klein, es kann nicht ins Innere des Raumes gelangen,“ sagte Ron zu dem Soldaten.

„Gut, wir werden hier zwar nicht getötet, aber dafür sitzen wir jetzt hier fest,“ sagte der Soldat.

Auf einmal entdeckte Ron einen Schrank mit verschiedenen Fächern, auf denen jeweils unterschiedliche Zahlen standen.

„Ich glaube, wir haben ein kleines Problem“, rief Ron zu dem Soldaten, der gerade dabei war sein Magazin zu wechseln.

„Das Handy muss sich in einem der Fächer befinden“, überlegte Ron und zeigte mit dem Finger auf das Regal, dass sich etwas schräg gegenüber der Türe befand.

Der Soldat folgte Rons Finger zu dem Schrank. Dann blickte er in Richtung des Türrahmens, wo Aqua immer noch seinen Kopf hereinstreckte.

„Das ist zu gefährlich, das Monster wird dich mit den Wasserstrahlen treffen“, sagte der Soldat.

„Wir brauchen aber das Handy, um zu wissen, wie sich das Spiel verhält,“ sagte Ron.

„Also gut“, sagte der Soldat, nachdem er kurz überlegt hatte. „Ich werde versuchen das Monster abzulenken, während du versuchst an das Handy zu kommen.“

Ron sah, wie der Soldat seine Waffe lud.

„ Auf mein Zeichen rennst du zu den Fächern, verstanden?“, sagte er zu Ron gewandt.

„Ok“, nickte Ron etwas nervös.

„Ok, los!“, rief der Soldat.

Ron rannte ohne zu überlegen los. Sein Herz pochte wie wild, als er bei den Fächern angekommen war. Währenddessen versuchte der Soldat Aqua erneut durch gezielte Schüsse ins Gesicht abzulenken.

„Beeil dich", hetzte er. „Meine Munition hält auch nicht ewig".

Ron suchte hektisch nach dem Handy. „Die Zahlen mussten für die Zellen stehen", überlegte Ron, während er die Fächer abscannte.

„Ich hab gleich keine Munition mehr", informierte ihn der Soldat.

Ron überlegte, welche Zellennummer sie zuvor hatten.

„Ich hab das Fach gefunden", rief Ron dann doch erleichtert und blieb vor einem Fach stehen, das sich in der dritten Reihe befand.

„Gut, worauf wartest du noch? Hol das Handy", sagte der Soldat etwas aufgebracht.

Ron versuchte das Fach zu öffnen, doch es ließ sich nicht öffnen.

„Es Ist verschlossen", rief Ron verzweifelt. „Das Fach ist durch einen Zahlencode gesichert".

„Scheiße", murmelte der Soldat. „Lauf in eine Ecke, in der du sicher bist".

Ron nickte und rannte in die Ecke zurück, aus welcher er zuvor gekommen war.

„Was haben Sie vor?", fragte Ron etwas verwirrt. Der Soldat stellte das Feuer auf Aqua ein.

„Ich werde versuchen das Fach aufzuschießen". Aqua riss wütend sein Maul auf und rieb sich das Gesicht.

„Wenn ich das Fach aufgeschossen habe, dann rennst du los und holst das Handy", rief er.

„Verstanden", sagte Ron. Der Soldat nahm seine Waffe und zielte auf das Fach, vor dem Ron gerade gestanden hatte. Das Fach war aus Metall, es hatte jedoch keine elektronische Sicherung, so dass es nicht durch den Stromausfall entsperrt wurde. Der Soldat schoss so lange auf das Fach, bis sein Magazin leer wurde.

„Also gut", sagte er. „Jetzt müsste es aufgehen."

Das Fach war durch die Kugeln völlig durchlöchert und ähnelte mit seinem Aussehen einem Schweizer Käse.

Wieder rannte Ron zu den Schließfächern, dieses Mal jedoch zielgerichteter, da er nun genau wusste, wo sich das Fach befand. Plötzlich hörte er, wie die Waffe des Soldaten stoppte.

„Nein, Nein, Nein", rief der Soldat wütend. „So ein Mist". „Meine Waffe hat eine Ladehemmung", rief der Soldat. Ron öffnete panisch das Fach und tastete nach dem Handy, welches zu seiner Erleichterung unversehrt geblieben war.

„Pass auf", schrie der Soldat auf einmal. Ron drehte seinen Kopf blitzschnell in Aquas Richtung, das gerade einen Wasserstrahl auf ihn feuern wollte. Im letzten Moment warf sich Ron auf den Boden, wobei ihn der Strahl nur um Haaresbreite verfehlte und gegen den Schrank prallte, welcher daraufhin an der entsprechenden Stelle stark beschädigt wurde.

„Sieh zu, dass du von da weg kommst", rief der Soldat, der dabei war seine Waffe wieder funktionstüchtig zu machen.

Ron stand wieder auf, während Aqua zu einem erneuten Strahl ansetzte. Er tastete erneut nach dem Handy.

„Ich habs!", er zog das Handy aus dem Fach, während Aqua einen weiteren Strahl abfeuerte.

„Runter", schrie der Soldat.

Er rannte auf Ron zu und warf ihn zu Boden, während der Strahl sie wieder nur knapp verfehlte und den Schrank in tausende Teile zerfetzte.

„Alles Ok?", fragte der Soldat Ron.

„Ja, danke", antwortete Ron. „Das war knapp".

Sie standen vom Boden auf, der nun mit Metallstücken übersät war.

„All das nur für ein Handy", sagte der Soldat. „Also gut, du hast das Handy. Was zeigt es an?"

Ron blickte auf sein Handy, das auf einmal anfing blau zu leuchten.

„Ich glaube wir sollten hier ganz schnell weg", sagte er etwas beunruhigt.

„Warum, was siehst du?", fragte ihn der Soldat.

„Wenn das Handy blinkt, dann bedeutet das, dass das Monster seine Energie wieder auflädt."

„Und was heißt das jetzt im Klartext?"

„Es gibt wieder eine gigantische Wasserbombe", antwortete Ron. Auf einmal bemerkten sie, wie der Wasserspender, der sich im Raum befand, anfing zu wackeln und schließlich durch den Druck des Wassers aufplatzte, so dass das Wasser in mehreren Strahlen durch den ganzen Raum spritzte. Schließlich hielt der Wasserspender dem Druck des Wassers nicht mehr stand und schien dabei regelrecht zu zerplatzen. Das Wasser floss nun wie zuvor auf Aqua zu und umgab es.

„Wir müssen hier weg", wiederholte Ron. „Sie wissen ja, was beim letzten Mal passiert ist. Sollte es seine Spezialfähigkeit hier einsetzen, dann wird der Raum in seine Einzelteile zerlegt".

Plötzlich hörten sie Stimmen, die aus der Sicherheitsschleuse kamen. Kurz darauf konnten Sie auch die Schüsse von Maschinengewehren vernehmen. Aqua, das bis jetzt den Ausgang versperrt hatte, drehte sich nun wütend um und entfernte sich vom Eingang.

„Das ist unsere Chance", rief Ron.

Sie rannten aus dem Raum hinaus in die Sicherheitsschleuse, wo sie einige Soldaten erkennen konnten, die mit ihren Maschinengewehren auf Aqua schossen, während dies immer mehr Wasser aufnahm.

„Wir müssen irgendwie verhindern, dass es mehr Wasser anzieht", sagte Ron zu dem Soldaten.

„Oder wir versuchen es zu töten", schlug der Soldat vor.

Schließlich bemerkten sie, wie Aqua einen Soldaten mit einem Wasserstrahl traf, welcher daraufhin durch die Luft flog und schließlich regungslos auf dem Boden aufschlug.

„Wenn wir es töten wollen, dann müssen wir uns schnell etwas einfallen lassen, bevor es seine

Energie vollständig aufgeladen hat", sagte Ron und sah sich um.

Immer mehr Soldaten waren inzwischen bei Aqua angekommen und nahmen es unter Beschuss. Auf einmal holte das Monster mit seinem Schwanz aus und schleuderte dabei mehrere Soldaten auf den Boden.

„Wir müssen uns beeilen", rief Ron. „Das Monster wird immer stärker."

Die Soldaten, die von der Wucht des Schlages auf den Boden geschleudert wurden, stöhnten vor Schmerz und wälzten sich hilflos auf dem Boden umher. Aqua hatte inzwischen angefangen zu leuchten und mit jeder Sekunde, die verstrich, wurde es stärker. Plötzlich bemerkte der Soldat, wie einer seiner Kammeraden eine Granate in der Hand hielt und gerade den Stift herausziehen wollte, als dieser von einem Wasserstrahl getroffen wurde und leblos liegen blieb.

„Ich glaube ich habe eine Idee, aber sie könnte riskant sein."

Er rannte zu dem Soldaten, der immer noch die Granate in seiner Hand hielt. Ron folgte ihm.

„Was haben Sie vor?", fragte er ihn schließlich.

„Das wirst du gleich sehen", sagte der Soldat zu ihm.

Er nahm dem toten Soldaten seinen Brustgürtel ab und öffnete dessen Reißverschluss.

„Bingo".

In dem Brustbeutel befanden sich noch drei weitere Handgranaten.

„Pass auf", rief Ron auf einmal.

Der Soldat sah vom Brustbeutel auf und erblickte den Schwanz des Monsters, der in ihre Richtung ausschlug. Ron und der Soldat konnten sich gerade noch mit einem Hechtsprung in Sicherheit bringen, jedoch ließ der Soldat dabei den Brustbeutel los, der daraufhin durch den Schwanz des Monsters weggeschleudert wurde.

„Mist", knurrte der Soldat.

Kurz darauf erblickte er ihn etwa zehn Meter von ihm entfernt direkt unter Aqua.

„Ich muss an den Brustbeutel gelangen," sagte der Soldat zu Ron.

Er gab Ron seine Waffe in die Hand.

„Hier. Wenn ich sage, dann schießt du damit auf das Monster."

„Was haben Sie vor?", fragte Ron.

„Frag nicht so viel und gib mir einfach Deckung, wenn ich es dir sage", sagte der Soldat.

„Ich weiß aber nicht einmal, wie man so ein Ding überhaupt bedient", sagte Ron, der etwas nervös war.

„Das ist ganz einfach. Einfach durch die Zielvorrichtung schauen und auf das Monster zielen."

„Und dann?", fragte Ron.

„Abdrücken", erwiderte der Soldat etwas genervt.

„Ok, ich gebe mein Bestes", versprach Ron und nahm mit etwas zittrigen Händen das Maschinengewehr in die Hand.

„Bist du bereit?", rief er Ron zu.

„Ja, ich glaube schon", bestätigte dieser mit etwas zittriger Stimme.

Plötzlich drehte sich das Monster zu Ron und dem Soldaten um. Es leuchtete inzwischen so stark, dass es einen schon fast blendete, wenn man es ansah.

„Schieß!", brüllte der Soldat und rannte auf das Monster zu.

Ron zielte auf das Monster und drückte ab. Die Waffe hatte einen so großen Rückstoß, dass Ron sie mit beiden Händen festhalten musste. Dabei vibrierten seine Hände so stark, als hätte er einen Presslufthammer in der Hand. Er musste seinen ganzen Körper nach vorne beugen, um vom Rückstoß der Waffe nicht umgeworfen zu werden. Aqua brüllte und versuchte sich wegzudrehen, während der Soldat unter Aqua hindurch rutschte und den Brustbeutel holte.

„Ich hab ihn", rief er schließlich triumphierend.

Aqua brüllte und schwenkte wütend seinen Schwanz umher. Als der Soldat wieder bei Ron ankam, nahm er ihm die Waffe wieder ab und sie liefen zurück zu dem toten Soldaten. Aqua hatte sich inzwischen wieder von ihnen abgewandt, da es immer noch von einigen Soldaten unter Beschuss genommen wurde.

„Ich hoffe, es klappt", sagte der Soldat. Das Monster hatte inzwischen genug Wasser angesammelt und war kurz davor seine Spezialfähigkeit einzusetzen.

„Wir haben nur diesen einen Versuch", betonte der Soldat. Nun kapierte auch Ron, was er vorhatte.

„Was ist, wenn die Granaten zu schwach sind und es nicht töten?", fragte Ron.

„Es muss klappen", hoffte der Soldat. „Entweder wir oder das Monster. Ich muss warten, bis es seinen Kopf in unsere Richtung dreht. Dann nimmst du den Brustbeutel und wirfst ihn gegen seinen Kopf oder noch besser in sein Maul. Ich werde dann die Granaten durch gezielte Schüsse auslösen."

Er entnahm dem getöteten Soldaten die Handgranate und legte sie zu den anderen in den Brustbeutel.

„Vier Granaten müssen reichen", überlegte er.

„Ich versuche das Monster in unsere Richtung zu locken. Sobald es mit seinem Kopf in unsere Richtung zeigt, wirfst du den Brustbeutel. Denk daran, du hast nur einen Versuch, also versuche nicht daneben zu werfen".

Ron nickte.

„Bist du bereit?", fragte der Soldat.

Ron nickte erneut.

„Gut, dann werden wir mal das Monster zum Schweigen bringen".

Das Leuchten war inzwischen so stark, dass man fast nicht mehr erkennen konnte, wo sich der Kopf von Aqua befand. Der Soldat nahm seine Waffe in die Hand und schoss auf Aqua, das sich daraufhin zu ihnen umdrehte. Es war so grell, das Ron nicht genau sehen konnte, wo er hinwerfen sollte.

„Wirf den Beutel", schrie der Soldat.

Ron warf den Brustbeutel in das grelle Licht, während der Soldat auf den Brustbeutel feuerte.

„Granate", schrie dieser.

Plötzlich gab es eine gewaltige Explosion. Ron und der Soldat wurden zu Boden geschleudert. Ron sah, wie das Leuchten des Monsters immer wieder erlosch und anschließend neu aufflackerte. Er konnte das Schreien von Aqua hören, bevor es auf den Boden aufschlug und regungslos liegen blieb. Das Leuchten hatte inzwischen aufgehört und man konnte nun Aquas völlig zerfetztes Maul erkennen, das durch die Explosion verursacht wurde.

„Wir haben es geschafft!", jubelte Ron.

„Ja, wir haben es tatsächlich geschafft", stimmte ihm der Soldat zu und grinste. „Jetzt macht es keinen Ärger mehr."

Zur gleichen Zeit saß der Präsident im Weißen Haus und hielt eine Rede an die Nation. Vor ihm befanden sich dutzende Kameramänner, die ihre Kameras auf ihn richteten und ihm aufmerksam zuhörten. Seine Rede konnte jeder Mensch auf der Welt hören und sehen.

„Seit der Mensch denken kann, führen wir untereinander Kriege", begann er seine Rede. „Kriege, die Millionen von Menschen das Leben kosten. Im Sezessionskrieg bekämpften sich sogar Bruder und Bruder, Menschen aus demselben Fleisch und Blut. Kriege und Elend - das sind Zeichen der Abscheulichkeit der menschlichen Spezies. Doch heute kämpfen wir nicht gegeneinander. Heute sind wir nicht Freunde oder Feinde. Heute sind wir nicht Verbündete oder Gegenspieler. Nein!". Er machte eine kurze

Pause, während er sehen konnte, wie die Kameramänner seine Worte verarbeiteten. „Heute sind wir eine Einheit, eine Familie, die gemeinsam ums Überleben kämpft, um den Fortbestand unserer Spezies zu gewährleisten. Denn nur gemeinsam haben wir eine Chance, den Feind zu besiegen. Denn so grausam der Mensch auch sein mag: Wenn es darauf ankommt, dann können Freunde und Feinde Hand in Hand zusammenarbeiten. Denn wenn es Eines gibt, was uns von den Monstern unterscheidet, dann ist es der Zusammenhalt der Menschheit in schweren Zeiten, wie dieser."

Plötzlich öffnete sich die Türe des Oval Office und eine Sekretärin des Präsidenten trat in den Raum.

„Mr. President…".

Als sie bemerkte, dass der Präsident gerade dabei war die Rede an die Menschheit zu halten, unterbrach sie ihren Satz. Der Präsident unterbrach ebenfalls seine Rede und blickte in Richtung der Türe. Auch die Kameramänner hatten sich umgedreht und sahen die Sekretärin erwartungsvoll an.

„Mr. President es ist dringend", sagte sie. Der Präsident nickte und gab ihr ein Zeichen, dass sie warten solle.

„Meine Herren, wären Sie so nett und würden für einen Augenblick den Raum verlassen?", fragte er die Kameramänner, welche daraufhin ihre Kameras stehen ließen und das Oval Office verließen.

Als sie draußen waren, schloss die Sekretärin die Türe.

„Was gibt es so dringendes?", fragte der Präsident schließlich.

„Das Hochsicherheitsgefängnis wurde vor wenigen Stunden von einem Monster zerstört. Dadurch wurden einige Polizisten aber auch Gefangene und Soldaten getötet, die die Polizisten unterstützt hatten.

„Sind die Entwickler des Spieles noch am Leben?", fragte der Präsident etwas ungeduldig.

„Es tut mir leid, Mr. President, aber darüber wurde ich nicht informiert", gab die Sekretärin Auskunft. Der Präsident lief zu seinem Schreibtisch und stützte seine Hände ab.

„Finden Sie heraus, ob sie noch am Leben sind", sagte der Präsident. „Und wenn ja, dann bringen Sie sie her."

„Aber Sir, bei allem Respekt, glauben Sie, dass das eine gute Idee ist? Immerhin sind sie die Entwickler des Spieles, das gerade die Welt zerstört. Außerdem hatten sie eine bundesweite Fahndung nach ihnen ausstellen lassen."

„Ich weiß, aber das Gefängnis, in dem sie waren, wurde zerstört und sie sind die Einzigen, die wissen, wie das Spiel funktioniert."

Er machte eine kurze Pause und lief auf die Sekretärin zu, bis er direkt vor ihr stand.

„Sie sind vielleicht die letzte Möglichkeit, die wir haben", sagte der Präsident.

Die Sekretärin sah ihn mit etwas mulmigem Gefühl an.

„Ich werde mich sofort darum kümmern“, versprach sie schließlich.

„Gut, danke“, bedankte er sich. „Sie können dann wieder gehen.“

Auch die anderen Soldaten, die überlebt hatten, sprangen nun jubelnd wieder vom Boden auf und fielen sich in die Arme. Auf einmal sah Ron, wie einige Soldaten auf sie zu liefen und dem Soldaten für seine Leistung Anerkennung schenkten.

„Gut gemacht Mann“. „Das schreit nach einer Beförderung“, hörte Ron einen anderen rufen.

Ron entfernte sich etwas von dem Trubel, um ihm das nicht zu verderben. Immerhin hatte er ihn gerettet und wenn sie nun sehen würden, dass er ihm geholfen hatte, dann würden sie ihn für einen Verräter halten. Plötzlich sah Ron, wie weitere Soldaten die Sicherheitsschleuse betraten. Es war der Militärkommandant mit ein paar weiteren Soldaten. Dann hörte Ron auf einmal eine Stimme, die er sofort erkannte.

„Ron!“.

„Ash, bist du das?“, rief Ron und sah, wie jemand auf ihn zu rannte.

„Ash“, rief Ron erneut und rannte ihm entgegen.

Sie fielen sich in die Arme.

„Alter, ich dachte schon ich müsste allein das Spiel deinstallieren“, sagte Ron nach einer Weile.

„Was ist passiert?“, wollte Ron wissen.

„Nachdem ich wieder zu mir gekommen bin, sah ich, wie lauter Soldaten um mich herum standen. Der Kommandant und die anderen Soldaten hielten mich fest und wollten wissen, wo du bist", verkündete Ash.

„Was hast du gesagt?", fragte ihn Ron etwas neugierig.

„Dass ich es nicht weiß. Sie haben mir mit härteren Mitteln gedroht, falls ich sie anlügen sollte," erzählte Ash weiter. „Dann ließ der Kommandant einige Soldaten nach dir und Aqua suchen. Die anderen blieben mit dem Kommandanten bei mir und hielten mich weiter fest. Nachdem der Kommandant von einem Soldaten benachrichtigt wurde, dass sie Aqua gefunden hatten, bekam der Kommandant einen Anruf vom Weißen Haus, das ihm befahl, uns zum Präsidenten zu bringen, anschließend haben sie mich gepackt und in die Sicherheitsschleuse geführt."

„Was, der Präsident möchte uns sehen?", fragte ihn Ron mit einer Mischung aus Freude und Zweifel.

„Ja", bestätigte Ash. „Wahrscheinlich hat der Präsident endlich gemerkt, dass wir die Einzigen sind, die die Monster aufhalten können. Und wenn nicht, dann haben wir jetzt die Chance dazu es ihm zu beweisen".

Im Hintergrund konnten Ash und Ron hören, wie der Kommandant gerade den Soldaten, der Ron vor Aqua gerettet hatte, ehrte.

„Sehr gute Arbeit Soldat. Sie haben sich die Beförderung redlich verdient."

Ash und Ron sahen, wie der Kommandant dem Soldaten eine Auszeichnung in Form eines Banners an dessen Uniform anbrachte, woraufhin dieser sich höflich bedankte und dem Kommandanten salutierte. Dann widmete sich der Kommandant auf einmal Ash und Ron zu. Er blickte Ash mit strengem und etwas wütendem Blick an.

„Ich dachte, Sie wissen nicht, wo Ihr Freund steckt".

„Sir, das wusste ich nicht. Ehrlich", antwortete Ash etwas ängstlich.

Dann hörte Ron auf einmal eine Stimme, die sich meldete.

„Ich habe ihn gefunden".

Es war der Soldat, der soeben die Auszeichnung des Kommandanten erhalten hatte.

„Sehr gute Arbeit Soldat", sagte der Kommandant erneut und blickte diesen mit respektvollem Blick an.

„Ich bin froh, dass ich sie damals für die Armee gewählt habe."

Als er sich daraufhin wieder Ash und Ron zuwenden wollte, äußerte sich dieser erneut. „Sir, es war nicht allein mein Verdienst, dass das Monster nun tot ist."

Der Kommandant drehte sich nach diesen Worten mit einer Mischung aus Neugier und Verwirrung zu dem Soldaten um. „Es war einer der Spieleentwickler, der mir geholfen hatte."

Er sah daraufhin Ron mit lächelndem Gesicht an, in welchem auch ein Funke Dankbarkeit steckte.

Der Kommandant der gerade noch den Soldaten für seine Tapferkeit geehrt hatte, blickte ihn nun mit wütenden Augen an.

„Hören Sie, Sir", sagte dieser daraufhin zu dem Kommandanten gerichtet. „Ich habe mit eigenen Augen gesehen, wie das Monster versucht hatte ihn zu töten."

Auch die anderen Soldaten starrten ihn wütend und verwirrt an.

„Was wollen Sie damit sagen?", fragte ihn der Kommandant nun mit strenger und etwas wütender Stimme.

„Ich will damit sagen, dass sie nicht die Monster kontrollieren, sondern dass sie unkontrollierbar sind. Diese Situation hat mir gezeigt, dass nicht die Entwickler des Spieles versuchen die Menschheit zu zerstören, sondern dass die Monster, die sie entwickelt haben, versuchen die Entwickler zu töten, damit sie niemand mehr aufhalten kann."

Der Kommandant blickte Ron und Ash mit finsterem Blick an. „Das Weiße Haus hat mir befohlen die beiden zum Präsidenten zu bringen", sagte der Kommandant auf einmal.

Dann flüsterte er dem Soldaten etwas ins Ohr, das Ron und Ash nicht hören konnten. „Wenn der Präsident nicht auch Ihrer Meinung sein sollte und beten Sie, das er es ist, dann wird Ihnen nicht nur die Auszeichnung aberkannt, sondern dann werden Sie aus der Armee geworfen und landen auf der Schwarzen Liste der Vereinigten Staaten, zusammen mit den beiden Spieleentwicklern , haben Sie mich verstanden?", fragte er diesen mit scharfem Ton.

Der Soldat nickte respektvoll und senkte daraufhin schuldig und niedergeschlagen den Kopf.

„Gehen wir", sagte der Kommandant anschließend wieder so laut, dass es alle hören konnten. „Der Präsident erwartet uns bereits sehnsüchtig."

Der Kommandant wandte sich von dem Soldaten ab. „Informieren Sie das Weiße Haus, dass wir die Spieleentwickler gefasst haben und dass sie am Leben sind", sagte dieser daraufhin zu seinem stellvertretenden Kommandanten. Dieser nickte und kontaktierte daraufhin sofort das Weiße Haus.

„Ok", sagte der Stellvertretende Kommandant schließlich zu dem Kommandanten, nachdem er das Gespräch mit dem Weißen Haus beendet hatte.

„Der Präsident hat mir befohlen sie direkt zum Weißen Haus zu bringen".

„Also gut", antwortete der Kommandant.

„Ihr habt ihn gehört Soldaten. Abmarsch."

Ash und Ron wurden von zwei Soldaten am Arm gepackt und durch die Sicherheitsschleuse bis zum Militärhubschrauber gebracht. Auf dem Weg dorthin sahen sie, wie der Soldat, der zuvor die Auszeichnung erhalten hatte, ebenfalls von zwei Soldaten zum Hubschrauber geführt wurde, welche ihn mit feindseligen Blicken ansahen. Ron fühlte sich beim Anblick des völlig niedergeschlagenen Soldaten schuldig. Seinetwegen wurde er nun von den anderen als Staatsfeind angesehen.

„Dabei wissen sie gar nicht, dass die Monster nicht durch uns kontrolliert werden, sondern dass sie versuchen uns zu töten. Immerhin war er der einzige Soldat, der gesehen hatte, wie es mich angegriffen hatte und er ist auch der einzige Soldat, der erkannt hatte, dass wir die Welt retten und nicht zerstören wollen", dachte Ron, während sie die beiden Soldaten zielstrebig zum Helikopter führten.

Als sie schließlich beim Helikopter angekommen waren, befahl ihnen der Kommandant sich auf eine Art Sitzbank zu setzen, die sich jeweils an den Seiten des Helikopters befanden. Ash und Ron setzten sich auf die Bank, während einige Soldaten wie in überfüllten Bussen stehen mussten und sich an Haltegurten festhielten. Als alle Soldaten eingestiegen waren, gab der Kommandant den Befehl zum Abheben. Ron und Ash konnten die Rotorplätter hören, die sich immer schneller drehten, bis sie schließlich abhoben. Der Lärm der Rotorblätter war so laut, dass man kaum seine eigene Stimme hören konnte. Ron und Ash bekamen Kopfhörer vom Kommandanten, der ihnen befahl diese aufzusetzen, da der Lärm ohne Kopfhörer unerträglich war. Ron erkannte den Soldaten, der ihn gerettet hatte auf der Bank gegenüber von ihnen. Er blickte immer noch mit gesengtem Kopf auf den Boden des Helikopters, während sie sich immer weiter von dem völlig zerstörten Gefängnis entfernten. Ron musste währenddessen die ganze Zeit an Clara denken. Er dachte an ihre wunderschönen blaugrauen Augen, die sein Herz bei ihrer ersten Begegnung sofort schneller schlagen ließ und an ihr langes, gepflegtes, braunes Haar, dass im Wind wehte. Er würde gerade alles tun, um bei ihr sein zu können.

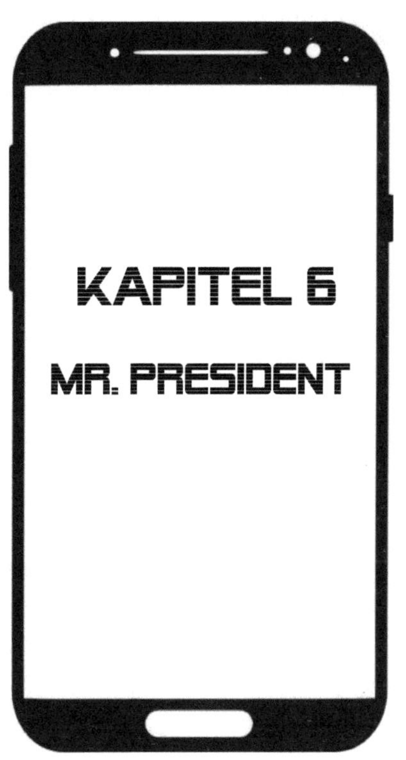

KAPITEL 6

MR. PRESIDENT

Nachdem sie etwa zehn Minuten geflogen waren, erreichte der Helikopter schließlich das Weiße Haus. Auf dem Areal des Weißen Hauses stand ein Mann, der dem Piloten mit einer orangen Flagge zeigte, wo er den Helikopter absetzen sollte. Als der Helikopter wenig später auf dem Boden aufsetzte, wartete die Sekretärin des Präsidenten bereits ungeduldig auf sie.

„Sie sind spät dran", bemerkte sie etwas genervt, als der Kommandant die Türe des Helikopters öffnete und heraustrat.

„Ich weiß", sagte der Kommandant etwas beschämt. „Es ging nicht schneller".

„Wo sind die beiden Spieleentwickler?", fragte sie ungeduldig.

„Sie sind noch im Helikopter Madam", sagte der Kommandant.

„Worauf warten Sie dann noch, holen Sie sie her", sagte die Sekretärin leicht nervös.

„Ja Madam, sofort".

„Holt die Spieleentwickler und den Soldaten, der ihnen geholfen hatte aus dem Helikopter und bringt sie zu mir", befahl der Kommandant einem Soldaten, der mit ihm aus dem Helikopter gestiegen war.

„Ja Sir", erwiderte dieser respektvoll und lief zurück zum Helikopter.

„He, ihr zwei, der Kommandant hat mir befohlen euch zu ihm zu bringen. Sie sollen auch mitkommen", sagte dieser, nachdem er den Helikopter erreicht hatte und zeigte mit seinem Kopf in Richtung des Soldaten, der Ron geholfen hatte. Dieser sah mit einer Mischung aus Verwunderung und Missmut zu dem Soldaten auf.

Ron und Ash nahmen ihre Kopfhörer ab und sahen etwas verwundert auf den Soldaten, welcher sich von der Bank erhob und auf den Soldaten, welcher den Befehl des Kommandanten erhalten hatte, zulief. Auch Ash und Ron folgten dem Soldaten, welcher sie direkt zum Kommandanten führte.

„Hier sind sie Sir", sagte der Soldat.

„Gut", antwortete der Kommandant. Sie kommen auch mit und passen auf die Spieleentwickler auf. Ich behalte den Soldaten im Auge." Er sah den Soldat mit etwas feindseligem Blick an.

Ash und Ron sahen, wie der Soldat versuchte dem Blick des Kommandanten auszuweichen, indem er erneut auf den Boden starrte.

„Los, gehen wir, der Präsident wartet schon ungeduldig auf Sie", sagte die Sekretärin und lief los, während ihm der Kommandant und die anderen folgten.

Sie liefen durch die Anlage, bis sie an einer Türe ankamen, vor welcher sich zwei Türsteher befanden. Sie hatten die Arme verschränkt und trugen schwarze Anzüge. Im Gesicht trugen sie eine ebenfalls schwarze Sonnenbrille und ein Headset. Als die Sekretärin bei den Türstehern angekommen war, öffneten diese die Türe. Ron und Ash sahen sich staunend um. Überall im Weißen Haus liefen hochrangige Politiker und Sekretäre hektisch umher. Sie liefen durch den State Floor, welcher sich im Erdgeschoss des Weißen Hauses befand. Jeweils links und rechts des State Floors befanden sich die Staatsräume. Ron und Ash wurden mit jedem Schritt, den Sie machten, nervöser.

„Was würde der Präsident zu ihnen sagen?". „Hat er erkannt, dass sie die einzigen sind, die die Monster aufhalten können?".

Sie liefen weiter, bis sie schließlich am Oval Office angekommen waren. Vor der Türe des Oval Office befanden sich ebenfalls zwei Türsteher, wie sie sie bereits vor dem Eingangstor des Westflügels gesehen hatten. Die Sekretärin des Präsidenten blieb daraufhin stehen.

„Ich werde dem Präsidenten nun mitteilen, dass Sie eingetroffen sind", sagte sie schließlich. Die Sekretärin lief an die Türe des Oval Office und klopfte mit einer Hand dagegen. Anschließend öffnete sie die Türe.

„Mr. President, Sir, die Spieleentwickler sind eingetroffen".

Der Präsident sah von seinem Schreibtisch auf.

„Bringen Sie sie herein", befahl der Präsident ernst.

„Jawohl Mr. President", sagte die Sekretärin und verließ den Raum. Als sie wieder bei Ron und Ash angekommen war, gab sie ihnen ein Zeichen, dass sie eintreten sollten. Ash und Ron liefen aufgeregt durch die Türe des Oval Office. Bisher kannten sie das Oval Office nur aus dem Fernsehen, doch nun standen sie mitten in dem wohl wichtigsten und bekanntesten Raum Amerikas, wenn nicht sogar der ganzen Welt. Der Kommandant trat ebenfalls mit dem Soldaten in das Oval Office.

„Mr. President, Sir“, sagte der Kommandant schließlich. „Wir haben beobachtet, wie…“. Der Kommandant wollte gerade weiterreden, als ihn der Präsident unterbrach.

„Sir, wären Sie so nett und würden mich mit den Spieleentwicklern allein lassen?“

„Natürlich Sir“, sagte der Kommandant nach kurzer Zeit respektvoll und verließ zusammen mit dem Soldaten den Raum.

„Sie auch“, sagte er zu seiner Sekretärin, die Ron und Ash ebenfalls ins Oval Office gefolgt war.

„Wie Sie wünschen Sir“, sagte sie und verließ erneut den Raum.

„Wissen Sie, warum ich Präsident der Vereinigten Staaten von Amerika werden wollte?“ fragte der Präsident Ash und Ron. „Ich wollte Präsident werden, um die Welt zu einem besseren Ort zu machen. Ich wollte immer nur das Beste für mein Land. Der Präsident allein hat es in der Hand, über Krieg oder Frieden zu entscheiden. Als der Kalte Krieg im Jahre 1947 begann, konnte der Präsident über das Überleben oder den Untergang Amerikas entscheiden. Die damalige Menge an nuklearer Sprengkraft hätte ausgereicht, um die Welt drei Mal zerstören zu können. Doch dazu ist es glücklicherweise nicht gekommen. Jetzt stehe ich vor genau dem gleichen Szenario, wie damals im Kalten Krieg John F. Kennedy. Doch dieses Mal kann ich nicht für das Überleben Amerikas oder gar der ganzen Welt garantieren. Die Monster, die Sie erschaffen haben, sind schlimmer als jede Waffe, die die Menschheit jemals erschaffen hatte." Er machte eine kleine Pause und blickte Ron und Ash ins Gesicht. Er erkannte, dass sie seine Worte wie ein Schwamm aufsaugten und versuchten zu verdauen.

„Eine alte Weisheit lautet: *Der Mensch wird einmal selbst für seinen Untergang verantwortlich sein.* Als ich diesen Satz zum ersten Mal hörte, hielt ich nicht viel davon. Doch jetzt zweifele ich keinesfalls mehr daran. Sie haben eine neue Evolution begonnen, indem Sie diese Monster erschufen. Dies ist kein Krieg mehr, den wir führen. Nein. Es ist ein Kampf ums Überleben, bei welchem sich nur die stärkere Spezies durchsetzen wird. Die andere wird, wie es Darwin auch schon 1838 erkannt hatte, verdrängt. Nun liegt es an Ihnen, ob Sie zulassen wollen, dass eine neue Spezies den Menschen ablöst oder ob Sie uns helfen wollen das Überleben unserer Spezies zu gewährleisten. Denn Sie sind diejenigen, die für das Überleben oder für den Untergang der menschlichen Spezies verantwortlich sind."

Ash und Ron blickten sich nun etwas schuldig an, bevor sie etwas sagten.

„Mr President Sir, wir hatten mit der Entwicklung des Spieles nicht die Absicht den Untergang der menschlichen Spezies hervorzurufen ", erwiderte Ash.

„Und doch haben Sie es durch die Entwicklung des Spieles getan."

„Sir, wir konnten nicht wissen, dass das passiert und wir wissen auch nicht, wie es passiert ist. Aber wir haben eventuell eine Möglichkeit gefunden, wie wir die Apokalypse verhindern können", mischte sich Ron ein.

Der Präsident sah sie nun mit einer Mischung aus Neugier und Zweifel an.

„Wie kann ich mir sicher sein, dass ich Ihnen vertrauen kann? Immerhin sind Sie nahezu die einzigen Überlebenden des Angriffes auf das Washington D.C Hochsicherheitsgefängnis."

„Ein Soldat hat uns geholfen, er kann Ihnen beweisen, dass das Monster mich töten wollte", sagte Ron.

„Wo ist dieser Soldat, der Ihnen geholfen hat?", fragte der Präsident.

„Es war der Soldat, den Sie mit dem Kommandanten aus dem Oval Office geschickt hatten", erklärte Ron.

Der Präsident kontaktierte seine Sekretärin über Funk. „Schicken Sie den Soldaten herein, welcher zuvor mit dem Kommandanten das Oval Office verlassen hatte", sagte er.

„Jawohl Mr. President, Ich werde ihn sofort holen", versprach sie höflich.

Kurze Zeit später kam sie mit dem Soldaten zurück ins Oval Office.

„Ist er das?", fragte der Präsident Ron und Ash, als dieser mit der Sekretärin eintrat.

Ron nickte. „Ja, das ist er".

Der Präsident gab der Sekretärin ein Zeichen, dass sie das Oval Office wieder verlassen sollte. Als diese schließlich die Türe hinter sich schloss, wandte sich der Präsident dem Soldaten zu.

„Sie sind also der Soldat, der den Spieleentwicklern geholfen hat“, fragte der Präsident sachlich.

Der Soldat wusste nicht, was er auf die Aussage des Präsidenten antworten sollte, doch bevor er etwas sagte, stellte der Präsident ihm eine Frage.

„Stimmt es, dass das Monster ihn töten wollte?“, dabei wanderte sein Blick von dem Soldaten zu Ron herüber.

Der Soldat folgte seinem Blick.

„Ja Mr. President“, sagte der Soldat schließlich respektvoll und etwas angespannt.

„Wie konnten Sie sich da so sicher sein?“, fragte ihn der Präsident weiter etwas kühl.

„Ist es nicht etwas seltsam, dass die beiden Spieleentwickler nahezu die einzigen Überlebenden sind, die das Gefängnis verlassen haben. Doch ich frage Sie, wie konnten die beiden Spieleentwickler überleben, wenn sie das Monster töten wollte?“

„Sir“, verteidigte sich der Soldat. „Ich bin jetzt seit fünfzehn Jahren bei der US Army. Ich habe in diesen fünfzehn Jahren alles getan, um den Präsidenten und dieses Land zu schützen. Jede Entscheidung, die ich getroffen hatte, konnte Menschenleben kosten oder sie retten. Doch für mich stand, wie für alle anderen Soldaten auch, das Vaterland an erster Stelle und ich schwor bei meinem Eintritt in die Armee es bis zum letzten Atemzug zu verteidigen. Ich weiß, dass Sie mit einer Entscheidung, die Sie später nicht mehr zurücknehmen können, mehr oder weniger Menschen retten, als ich es jemals bei einer Entscheidung tat, Mr. President. Doch ich sehe in den Spieleentwicklern nicht den Feind. Ich sehe in ihnen zwei Menschen, die einen Fehler gemacht haben. Gut, es war vielleicht mehr als nur ein Fehler. Doch Fehler sind Fehler, weil sie unbewusst gemacht werden. Jeder Mensch macht Fehler. Einige sind schlimmer als andere."

Er stoppte und blickte zu Ash und Ron hinüber, die ihn mit dankbaren Blicken ansahen.

„Doch ich sage Ihnen Mr. President: Sie werden einen noch weitaus größeren Fehler begehen, wenn Sie die Spieleentwickler weiter als Feinde ansehen. Denn wie sagt man so schön: aus Fehlern lernt man. Also bitte ich Sie, keinen Fehler zu machen, den Sie im Nachhinein nicht mehr korrigieren können." Er blickte den Präsidenten mit ernstem Blick an, bevor er weitererzählte. „Ich hatte die beiden im Gefängnis verfolgt. Als ich das Monster gesehen hatte, welches vor einem der Spieleentwickler stand und das Maul weit aufgerissen hatte und gerade dabei war ihn zu attackieren, hatte ich es mit meiner Waffe abgelenkt. Ab diesem Zeitpunkt war mir klar, dass sie das Spiel nicht entwickelt hatten, um die Menschheit zu töten, sondern dass sie mit der Entwicklung des Spieles einen Fehler gemacht hatten, den sie zuvor nicht wahrgenommen hatten. Als ich ihn nun vor dem Tod bewahrt hatte, sagte er zu mir, dass wir in die Sicherheitsschleuse laufen sollten, um sein Handy zu holen. Das Handy befand sich in einem Schließfach in einem kleinen Nebenraum der Sicherheitsschleuße. Er sagte zu mir, dass wir durch das Handy sehen könnten, wie sich das Spiel verhält und was es gerade macht.“

„Wo ist dieses Handy?“, unterbrach ihn der Präsident fragend.

„Es ist in meiner Hosentasche“, warf Ron ein.

„Zeigen Sie es mir“, forderte der Präsident mit einer Mischung aus Neugier und Zweifel.

Ron holte sein Handy aus der Hosentasche und gab es dem Präsidenten.

„Warum kommen aus diesem Handy keine Monster, wenn das Spiel darauf installiert ist?“, fragte ihn der Präsident.

„Wir glauben, dass die Monster erst in unsere Welt gelangen können, wenn das Spiel geöffnet wird. Das Portal wird also nur dann geöffnet, wenn jemand das Spiel öffnet“, sagte Ron.

„Und warum löschen Sie es nicht einfach?“, bohrte der Präsident weiter.

„Das Spiel ist kein normales Spiel. Es ist, wie gesagt, eine Art Portal. Dieses Spiel kann man nicht löschen. Die einzige Möglichkeit, wie man das Spiel löschen könnte, wäre ein Virus auf dem Hauptserver zu installieren, der dann von dort aus über einen Satelliten auf alle Handys und Computer übertragen wird. Erst wenn es das Spiel nicht mehr gibt, ist das Portal zerstört“.

„Sind Sie sicher, dass das funktioniert?“, fragte er Ron leicht skeptisch.

„Ich weiß es ehrlich gesagt nicht, Sir. Wir wissen auch nicht, wie die Monster aus dem Spiel in unsere Welt gelangen.“

„Doch eine andere Option haben wir bisher nicht", ergänzte Ash.

„Die Monster werden mit jedem Update des Spieles stärker und wenn wir sie nicht bald stoppen, dann könnte dies das Ende der Menschheit bedeuten", sagte Ron. Der Präsident drehte sich nachdenklich mit seinem Stuhl von ihnen weg und sah aus dem Fenster. Nach ein paar Sekunden drehte er sich schließlich mit einem Seufzer wieder um.

„Also gut", begann er. „Sie sind sowieso die einzige Option, die wir noch haben. Sie haben diese Waffe erschaffen, also werden Sie sie auch wieder vernichten. In zehn Minuten findet im East Room des Weißen Hauses eine Krisensitzung aller Mitglieder des NATO Verteidigungsbündnisses statt. Ich möchte, dass Sie ihre Option den anderen Staaten des Verteidigungsbündnisses vorstellen. Und was sie Ihrer Meinung nach tun sollen", sagte der Präsident.

„Holen Sie den Kommandanten ins Oval Office", sagte der Präsident plötzlich über Funk zu seiner Sekretärin, welche kurze Zeit später mit dem Militärkommandanten eintrat und anschließend wieder verschwand.

„Mr. President, Sie haben mich gerufen?", fragte der Kommandant.

„Ja", antwortete der Präsident. „Ab sofort arbeiten Sie mit den Spieleentwicklern zusammen".

Der Kommandant sah den Präsidenten völlig entgeistert an.

„Mr. President, bei allem Respekt, aber…"

„Sir", unterbrach ihn der Präsident etwas gereizt. „Sie sind die einzige Option, die wir noch haben. Und ob es Ihnen gefällt oder nicht, ich werde sie nutzen."

„Ja Mr. President, es tut mir Leid", murmelte der Kommandant beschämt.

„Falls ich mitbekommen sollte, dass es Probleme bei der Zusammenarbeit zwischen dem Militär und den Spieleentwicklern gibt, dann landet jeder, der sich meinen oder den Anweisungen der Spieleentwickler wiedersetzt, auf der schwarzen Liste. Haben Sie das verstanden?", fragte der Präsident den Kommandanten.

„Ja Mr. President", erwiderte der Kommandant.

„Das hoffe ich, sonst werden Sie von der Position als Kommandant der US Army erlöst".

In der Zwischenzeit liefen Ron und Ash auf den Soldaten zu.

„Danke, dass Sie hinter uns gestanden haben", sagte Ron, als sie bei dem Soldaten ankamen. „Ich meine, Sie haben ihren Job und ihr Leben für uns riskiert.

„Gern geschehen", sagte der Soldat.

„Ich bin übrigens Ron", sagte Ron und hielt ihm seine Hand entgegen.

„Ich bin Mike", entgegnete er und gab Ron seine Hand.

„Ash", sagte Ash und gab Mike ebenfalls die Hand. „Freut mich Ihre Bekanntschaft zu machen".

„Bitte nennt mich einfach nur Mike", sagte der
Soldat. „Wenn hier jemand gesiezt wird, dann seid das
wohl eher ihr, schließlich seid ihr zwei jetzt quasi mein
Boss."

Er sah Ron und Ash mit lächelndem Blick an.

„Nein, bitte nenn uns einfach Ron und Ash",
sagte Ron.

„Alles klar Boss", sagte Mike und grinste Ron
dabei an. Ash und Ron grinsten zurück. „In fünf
Minuten findet das NATO Krisentreffen im East Room
statt", sagte der Präsident plötzlich laut in den Raum.
„Ich bitte Sie nun mir zu folgen," sagte der Präsident
zu Ron und Ash geneigt. „Sie werden auch mitkommen
und sich die „Option" ansehen, die Sie bis jetzt
anzweifeln", forderte der Präsident den
Kommandanten in einem forschen aber leisen Ton auf,
so dass ihn nur der Kommandant hören konnte.

„Ja Sir", erwiderte der Kommandant etwas
beschämt. Anschließend wandte sich der Präsident
wieder von ihm ab.

„Ich glaube wir sollen den Präsidenten jetzt
begleiten", sagte Ron. Er sah, wie der Präsident bereits
dabei war das Oval Office zu verlassen. Plötzlich
bemerkten sie, wie die Sekretärin des Präsidenten auf
sie zulief.

„Kommen Sie", forderte sie auf. Sie folgten der
Sekretärin, die sie durch den großen Gang vorbei an
den Büros der obersten Politiker des Landes in den
East Room brachte.

KAPITEL 7

DIE
KRISENSITZUNG

Als sie kurze Zeit später bei den beiden Türstehern ankamen, welche ihnen die Türe zum East Room öffneten, staunten sie bereits zum zweiten Mal an diesem Tag über die Größe des Raumes. Im East Room hingen überall Bilder der Präsidenten, welche bereits das Land regiert hatten. Darunter war auch John F. Kennedy, welcher zur Zeit des Kalten Krieges das Land vor dem Untergang bewahrte.

Der Präsident stand bereits vor einer Monitorwand, vor der die Konferenz stattfinden sollte.

„Stellen Sie sicher, dass die Konferenz abhörsicher ist", sagte der Präsident schließlich zu seiner Sekretärin, welche soeben mit Ron und Ash im East Room eingetroffen war.

„Ja Sir".

„Die Konferenz ist nun sicher", gab sie kurz darauf Bescheid. Anschließend startete sie die Onlinekonferenz. Ron und Ash konnten nun alle Verteidigungsminister der NATO-Mitglieder sehen.

„Meine Herren", begann der Präsident förmlich die Konferenz. „Wir wissen vermutlich alle, was der Grund für die Krisensitzung ist. Seit 18 Stunden wird unsere Welt von einem noch nie dagewesenen Feind bedroht, den wir, so scheint es, mit unserer militärischen Macht alleine nicht bezwingen können."

„Was schlagen Sie vor, was wir tun sollen?", fragte ihn der französische Verteidigungsminister etwas vorwurfsvoll. „Die Menschen sind voller Angst und stellen Fragen, weshalb wir nichts gegen die Monster unternehmen. Es ist ja nicht so, als würden wir das schon die ganze Zeit versuchen, doch unser

Militär ist gegen die Macht des übernatürlichen Feindes machtlos".

„Unser Militär ist ebenfalls an seine Grenzen gestoßen", fiel ihm der italienische Verteidigungsminister ins Wort. „Unsere Krankenhäuser sind mit ihrer Kapazität langsam am Ende und unsere Städte sehen allmählich aus wie nach dem Zweiten Weltkrieg.

„Meine Herren", versuchte der Präsident die aufgebrachten Minister wieder etwas zu beruhigen.

„Ein Monster zu töten wäre vergleichbar mit einem Löwenzahn, den man abreist. Auf kurze Sicht scheint das Problem gelöst zu sein, doch nach kurzer Zeit, erscheint ein weiteres", sagte der britische Verteidigungsminister. „Um den Löwenzahn endgültig los zu werden, müsste man ihn mit der Wurzel herausziehen, doch das ist fast unmöglich, da diese tief in der Erde verankert ist oder ausstreut, so dass es nichts nützen würde ihn herauszuziehen. Die Monster sind wie Löwenzahn. Tötet man eines, erscheint bereits ein anderes aus dem Spiel.

„Meine Herren", versuchte es der Präsident erneut. „Bitte beruhigen Sie sich. Bisher sind alle Versuche die Monster zu besiegen auf ganzer Linie gescheitert".

Die Verteidigungsminister murmelten unruhig durcheinander.

„In der Tat waren unsere bisherigen Versuche die Monster zu bezwingen erfolglos. Doch es gibt eine Waffe, welche wir noch nicht eingesetzt haben", setzte er hinzu.

Die Verteidigungsminister sahen den Präsidenten mit einer Mischung aus Neugier und Ahnungslosigkeit an.

„Was für eine Waffe soll das sein?", fragte der kanadische Verteidigungsminister erwartungsvoll.

Auch die anderen Verteidigungsminister waren neugierig von welcher Waffe der amerikanische Präsident sprach. Der Präsident bat daraufhin Ron und Ash vorzutreten, damit sie von den Ministern gesehen werden konnten.

„Das soll die Waffe gegen die Monster sein?", fragte ihn der spanische Verteidigungsminister, welcher sich leicht hinters Licht geführt fühlte.

Die anderen starrten ebenfalls ungläubig auf Ron und Ash.

„Meine Herren: Darf ich vorstellen, das sind die beiden Entwickler des Spieles."

Die Minister sahen daraufhin mit entsetzten Gesichtern erneut den Präsidenten an. „Verzeihen Sie mir, wenn ich Ihnen wiedersprechen sollte aber wollten Sie nicht, dass die beiden bis an ihr Lebensende hinter Gittern bleiben", fragte der deutsche Verteidigungsminister.

„Das wollte Ich", antwortete der Präsident daraufhin, „doch nachdem ein Monster den Hochsicherheitstrakt zerstört hatte und die beiden Spieleentwickler nahezu die einzigen Überlebenden waren, erkannte ich, dass wir keine Chance gegen die Monster haben. Ich wusste, dass sie die einzigen waren, die wussten, wie das Spiel funktioniert und was es machte. Als ich sie schließlich ins Oval Office bringen ließ überzeugten sie mich davon, dass sie mit der Entwicklung des Spieles einen Fehler gemacht hatten.

Der Präsident blickte zu Ash und Ron hinüber.

„Wie funktioniert das Spiel?", wollte plötzlich der französische Verteidigungsminister wissen.

„Der eigentliche Sinn des Spieles ist Monster zu fangen und zu sammeln. Dabei gibt es verschiedene Arten von Monstern, wie Feuer- oder Wassermonster. Doch jetzt ist es genau andersherum. Jetzt versuchen die Monster uns zu fangen", sagte Ash.

„Wissen Sie, wie die Monster in die Realität gelangen?", fragte der englische Verteidigungsminister.

„Wir wissen, dass die Monster durch das Spiel in unsere Realität gelangen. Doch wir wissen nicht warum dies geschieht, da es den Gesetzen der Physik oder jeglicher Logik widerspricht. Es verhält sich jedoch wie eine herkömmliche App. Die Monster gelangen nur in unsere Realität, wenn das Spiel geöffnet ist. Wir vermuten, dass es damit zusammenhängt, dass wir die Monster zuvor auch nur dann jagen konnten, wenn wir das Spiel geöffnet haben. Da es sich wie jedes andere Spiel verhält, dass man downloaden kann, wird es auch geupdated. Dies erfolgt jedoch in geringeren Zeitabschnitten, als bei gewöhnlichen Spielen oder Apps auf dem Handy oder auf dem Computer. Mit jedem Update werden die Monster stärker", sagte Ron.

„Und was wollen Sie dagegen tun?", fragte der kanadische Verteidigungsminister.

„Wir versuchen das Spiel durch einen Computervirus zu zerstören", sagte Ash. „Wir werden den Virus auf den Hauptserver des NVIW-Centers laden. Von dort aus wird er dann über einen Satelliten an alle technischen Geräte gelangen und das Spiel zerstören."

„Haben sie den Virus schon entwickelt?", fragte der französische Verteidigungsminister.

„Nein Sir, bis jetzt hatten wir dazu noch nicht die Möglichkeit."

„Woher wissen Sie, dass der Virus die Monster töten wird?", fragte der spanische Verteidigungsminister etwas kühl, da er den beiden immer noch misstraute.

„Sir, dass wissen wir ehrlich gesagt nicht, aber es ist bis jetzt die einzige Möglichkeit, die wir haben. Alles andere wäre sinnlos, da sich die Monster zu schnell vermehren, um sie mit Waffen töten zu können.

„Wir sollten die einzige Chance nutzen, die wir haben", schlussfolgerte der deutsche Verteidigungsminister. „Auch wenn ich den beiden Spieleentwicklern nicht traue, aber es ist vermutlich unsere letzte Chance das Überleben unserer Spezies zu sichern.

„Also schön", schnaubte der französische Verteidigungsminister. „Aber was sollen wir den verängstigten Menschen sagen?".

„Sagt ihnen", begann der Präsident, „dass die Ära der Monster bald zu Ende sein wird und dass wir den Krieg gegen sie schon bald gewinnen werden. Wir werden nun unverzüglich mit den beiden Entwicklern des Spieles den Virus herstellen und ihn anschließend so schnell wie möglich einsetzen."

Mit diesen Worten beendete der Präsident die Krisensitzung.

„Viel Glück Ihnen allen", ergänzte der Präsident noch, bevor er seiner Sekretärin das Signal gab die Videokonferenz zu beenden. Anschließend wandte sich der Präsident dem Militärkommandanten zu.

„Sie werden die beiden Spieleentwickler in Ihre Militärbasis mitnehmen und ihnen alles zur Verfügung stellen, was sie benötigen. Sollte ich erfahren, dass Sie diesem Befehl nicht nachgehen, dann werde ich dafür sorgen, dass Sie sich gewünscht hätten ihnen dies gewährt zu haben. Haben Sie mich verstanden?", sagte der Präsident hartneckig.

„Klar und deutlich Mr. President", stotterte der Militärkommandant.

Anschließend wandte sich der Präsident Ash und Ron zu.

„Sie werden nun den Militärkommandanten zur Militärbasis begleiten. Ich habe dem Kommandanten gesagt, dass er Ihren Anweisungen folgen soll."

Ash und Ron nickten verständnisvoll.

„Gehen Sie jetzt. Der Helikopter steht schon bereit."

Er sah Ash und Ron noch einmal an.

„Viel Glück Ihnen beiden. Möge Sie Gott beschützen."

„Vielen Dank Mr. President", sagten Ron und Ash darauf. „Glück können wir gut gebrauchen."

Der Präsident gab seiner Sekretärin ein Zeichen, dass sie Ash und Ron mit nach draußen begleiten soll. Sie nickte und führte Ash und Ron aus dem East Room durch den Gang des Weißen Hauses in den Garten, wo immer noch der Militärhubschrauber auf dem Landeplatz stand. Der Kommandant und Mike folgten ihnen.

Währenddessen berichteten die Nachrichten über das weitere Vorgehen im Kampf gegen die Monster...

„Vor wenigen Stunden wurden die beiden Spieleentwickler von dem völlig zerstörten städtischen Hochsicherheitsgefängnis zum Weißen Haus gebracht, wo sie von der Regierung zu einer Zusammenarbeit mit dem amerikanischen Präsidenten und dem Militär überredet wurden. Sie gaben zudem an, dass sie das Spiel niemals entwickelt hätten, um die Menschheit zu kontrollieren und dass sie nun zusammen mit dem Militär an einem Virus arbeiten werden, der die Monster vernichten wird."

KAPITEL 8
DIE
MILITÄRBASIS

Nach etwa zehn Minuten Flug landeten sie auf einem Landeplatz der Militärbasis. Ron und Ash blickten erstaunt auf das Areal, wo dutzende gepanzerte Fahrzeuge und Kampfjets standen. Sie sahen Soldaten, die gerade dabei waren in Kampfjets zu steigen oder aufgeregt umher rannten. Das Areal war durch einen Zaun abgegrenzt und befand sich mitten in einer kargen Landschaft ein paar Kilometer weit von Washington D.C entfernt. Dutzende Warnschilder wiesen darauf hin, dass dies ein militärisches Sperrgebiet ist, zu welchem der Zugang für Unbefugte strengstens verboten ist. Als der Helikopter auf dem Boden aufsetzte, öffnete ein Soldat auf den Befehl des Kommandanten die Türe.

„Gefällt euch, was ihr bis jetzt von unserer Militärbasis gesehen habt"?, fragte Mike Ash und Ron grinsend.

Ash und Ron nickten.

„Dann wartet erst einmal ab, bis ihr den Rest unserer Basis gesehen habt."

„Sie beide kommen mit mir", befahl der Kommandant. „Ich zeige ihnen zuerst unsere Basis und dann beginnen wir mit dem Training".

„Training?", hackte Ash verwirrt nach.

„Dachten Sie wirklich, Sie kämen hier her, erstellen in aller Ruhe Ihren Computervirus und gehen dann wieder? Ich kann Sie beide nicht leiden und ich glaube, das wissen Sie auch. Aber Sie beide wurden vom Präsidenten der Vereinigten Staaten beauftragt diesen Virus gemeinsam mit dem Militär zu entwickeln. Da uns der Präsident befohlen hat, auf Sie beide aufzupassen, werden Sie lernen, wie man mit einer Schusswaffe umgeht, damit Ihre Monster Sie nicht so einfach töten können".

„Der Kommandant hat Recht", flüsterte Ron. „Das letzte Mal hätte mich Aqua getötet, wenn Mike es nicht durch seine Waffe verhindert hätte."

Der Kommandant führte Ron und Ash über das Militärgelände, bis er vor einem Hangar stehen blieb.

„Hier befinden sich unsere Kampfjets und Helikopter." Er lief hinein und deutete mit der Hand auf einen Kampfjet, der mit Raketen und einer Minigun bestückt war.

„Diese Kampfjets verfügen über zwei Abwehrlenkraketen, die andere Raketen zerstören können, bevor diese den Kampfjet erreichen. Zudem verfügt er über sechs weitere 100 Kilogramm schwere Raketen. In seinem Innern Lagern bis zu 30 Bomben, die eine Sprengkraft von jeweils 500 Kilotonnen TNT besitzen."

Ash und Ron blickten erstaunt auf den Kampfjet.

„Im Cockpit des Kampfjets befindet sich ein Höhenmesser, ein GPS-Gerät, ein Funkgerät und der Bordcomputer, der dem Piloten zudem ermöglicht den Autopiloten einzusetzen. Im Sitz des Piloten ist eine Schleudervorrichtung eingebaut, welche den Piloten mit bis zu 15 G oder mehr aus dem Jet katapultiert."

„Wie lange dauert es, bis ein Soldat die Ausbildung zum Kampfpiloten abgeschlossen hat?", fragte Ash den Kommandanten neugierig.

„Eine Ausbildung zum Kampfjetpiloten ist sehr hart und verlangt den Soldaten sowohl physisch als auch psychisch einiges ab. Nur diejenigen, die körperlich und geistig fit genug sind einen Kampfjet zu fliegen, dürfen die Ausbildung antreten. Bevor ein Soldat die Ausbildung beginnen darf, wird er zuerst von einem Arzt mehrere Tage auf seine Gesundheit überprüft. Erst wenn er alle medizinischen Tests bestanden hat, kann er mit seiner Ausbildung beginnen.

„Und wie lange dauert so eine Ausbildung?", fragte Ash weiter interessiert.

„Eine Ausbildung zum Kampfpiloten dauert mehrere Jahre. Der Pilot muss während seiner Ausbildung verschiedene Flugtechniken erlernen und üben. Am Ende gibt es dann eine Prüfung. Nur der Pilot, welcher sowohl die schriftliche, als auch die praktische Flugprüfung ohne Fehler besteht, darf in die Luftabwehr aufgenommen werden und einen Kampfjet fliegen. Doch da Sie weder mehrere Jahre Zeit noch die körperliche Verfassung dafür haben, reden wir jetzt lieber über das, was Sie nun in mehreren Stunden erlernen werden. Aber zuerst bekommen sie ihre Militäruniform."

Er führte Ron und Ash wieder aus dem Hangar hinaus und sie liefen auf ein riesiges grünes Militärzelt zu, welches aussah, wie aus den amerikanischen Hollywoodstreifen. Im Zelt befanden sich dutzende Feldbetten, auf denen Soldaten gerade schliefen oder Pause machten.

„Das ist Ihre Kaserne. Hier werden Sie schlafen", verkündete der Kommandant.

Er deutete auf zwei leere Feldbetten, auf denen zwei grüne Militäruniformen lagen.

„Sind das unsere Militäruniformen?", fragte Ash.

Der Kommandant nickte. Ron und Ash nahmen ihre Uniformen in die Hand. Die Uniform bestand aus einer grünen Hose, einer ebenfalls grünen Jacke und einer grünen Kappe. Ihre Schuhe waren die einzigen Bestandteile der Uniform, die nicht im grünen Tarnfarbmuster, sondern schwarz waren. Nachdem sie ihre Uniformen angelegt hatten, führte sie der Kommandant hinüber zu einem Gebäude, in dem das Schusstraining stattfand.

„Den Umgang mit der Schusswaffe lernen die Soldaten in mehreren Monaten Schusstraining. Dabei beginnt jeder Soldat mit einer üblichen Handfeuerwaffe, wie sie auch die Polizisten benutzen. Erst wenn sie den Umgang mit der Handfeuerwaffe perfekt beherrschen, gehen wir zu den Schnellfeuerwaffen, wie der AK 47 oder den Scharfschützengewehren über. Da Sie nur wenige Stunden Zeit haben, um den Umgang mit einer Waffe zu lernen, werden wir gleich mit dem Umgang von Schnellfeuerwaffen beginnen."

Als sie in das Gebäude hineinkamen, waren bereits mehrere Soldaten damit beschäftigt auf Zielscheiben zu schießen. Einige Soldaten hatten Maschinengewehre in der Hand. Andere Soldaten schossen mit einfachen Handfeuerwaffen. Der

Kommandant holte ein Maschinengewehr, während sich Ron und Ash staunend umblickten. Hinter einem Tresen befanden sich dutzende Waffen an der Wand, mit denen man schießen konnte. Vor dem Tresen stand ein Soldat, der den anderen Soldaten die jeweils gewünschte Waffe aushändigte. Dafür mussten sich die Soldaten jedoch jedes Mal identifizieren. Die Rekruten hatten unterschiedliche Kennzeichnungen in ihren Ausweisen. Eine blaue Markierung bedeutete, dass der Soldat nur mit Handfeuerwaffen schießen durfte. Wenn der Soldat eine blaue und eine rote Markierung in seinem Ausweis hatte, dann durfte er sowohl mit Handfeuerwaffen als auch mit Schnellfeuerwaffen schießen. Der Raum war zusätzlich mit Überwachungskameras versehen. Der Lärm in dem Raum war ohne Gehörschutz unerträglich.

Der Kommandant drückte Ash das Maschinengewehr in die Hand. Es war sehr viel schwerer, als es sich Ash vorgestellt hatte. Es war eine AK 47, mit braunem Lauf und einem braunen Magazin.

„Das ist unser Urmaschinengewehr", brüllte der Kommandant aufgrund des Lärmes in der Schusshalle. „Die AK 47 zählt zur Kategorie der Sturmgewehre. Sie besitzt ein 30 Schuss Magazin mit 7,62 x 39mm Geschossen und wiegt zwischen drei und vier Kilogramm. Die AK 47 ist das erste automatische Gewehr, das noch vor dem Ende des zweiten Weltkrieges von Kalaschnikow entwickelt wurde. Sie ist quasi das Urmodell der modernen Schnellfeuerwaffe", erklärte der Kommandant.

Ron und Ash hörten dem Kommandanten interessiert zu, während sie weiterhin neugierig die Waffe betrachteten.

„Dieses Modell stammt aus dem Jahre 1947 und wurde damals von der Roten Armee genutzt. Sie ist in der heutigen Kriegsführung nicht mehr Teil unserer Waffenausrüstung, da sie längst von neueren Modellen und Waffen überholt wurde. Doch als Übungsschusswaffe, funktioniert sie immer noch ohne Probleme", ergänzte er.

Er nahm Ash die Waffe wieder aus der Hand und demonstrierte ihnen, wie sie die Waffe halten mussten. Er stützte die Waffe auf seine Schulter und blickte durch das Visier. Mit einer Hand hielt er die Waffe am gebogenen Magazin, mit der anderen am Abzug. Die Waffe war bereits mit Munition beladen worden, jedoch war sie noch nicht entsichert, so dass nichts passierte, wenn man den Abzug drückte. Der Kommandant gab Ash die Waffe in die Hand und bat ihn, die Waffe genauso zu halten, wie er es zuvor auch getan hatte.

Ash nahm die Waffe auf seine rechte Schulter. Mit seiner linken Hand hielt er die Waffe am Magazin und mit der Rechten betätigte er den Abzug, der sich aufgrund der Sicherung nicht durchdrücken ließ. Dann schaute er durch das sehr kleine Visier und zielte damit auf die Zielvorrichtung. Dann gab er Ron die Waffe, der dasselbe machte. Als er mit Mikes Maschinengewehr auf Aqua geschossen hatte, hatte er lediglich den Abzug gedrückt und nicht durch das Visier geschaut. Kurze Zeit später gab Ron die AK 47 wieder dem Kommandanten zurück, der sie entsicherte. Dann gab er Ron und Ash den Befehl sich die Ohrenschützer aufzuziehen, die er ihnen mitgebracht hatte. Ron und Ash nahmen sich die Ohrenschützer, die auf einer kleinen Ablage neben dem Schussfenster lagen und setzten sie auf. Dann legte der Kommandant die AK 47 an und feuerte auf die Zielvorrichtung. Der Lärm, den das Maschinengewehr verursachte, war trotz der Ohrschützer deutlich zu hören. Ron und Ash sahen, wie das Maschinengewehr die Zielvorrichtung durchlöcherte. Plötzlich hörte der Kommandant auf zu schießen und entfernte das leere Magazin von der Waffe und legte ein Neues ein. Dann gab er die Waffe erneut Ash.

„So, jetzt sind Sie dran. Der Rückstoß der Waffe ist nicht zu unterschätzen", warnte der Kommandant. „Die neueren Modelle besitzen alle eine Gegenwirkung zum Rückstoß, sodass dieser so gering wie möglich ausfällt. Doch bei diesem Modell war die Technik noch nicht so weit ausgereift. Sie müssen die Waffe gut festhalten, damit sie ihnen nicht aus der Hand fällt. Zudem müssen Sie einen festen Stand auf dem Boden haben, damit Sie der Rückstoß nicht umwirft. Halten Sie die Waffe genauso, wie gerade eben und fassen Sie nicht an den Lauf, da dieser beim Schießen extrem heiß werden kann."

Ron und Ash nickten verständnisvoll. Ash nahm die Waffe und zielte auf die Zielvorrichtung. Als er sich schließlich bereit fühlte, drückte er den Abzug. Das Maschinengewehr vibrierte in seiner Hand wie ein

Presslufthammer. Ron sah, wie schwer es ihm fiel das Maschinengewehr unter Kontrolle zu halten. Plötzlich und ohne Vorwarnung hob sich der Lauf der AK 47 ruckartig nach oben und die Kugeln schlugen in die Decke ein. Einige Soldaten warfen sich auf den Boden, als sie dies beobachteten. Auch Ron und der Kommandant gingen reflexartig zu Boden. Ash ließ vor lauter Schreck die Waffe auf den Boden fallen, während von der Decke feiner Putz herunterbröckelte.

„Was haben Sie getan?", fragte der Kommandant mit wutverzerrtem Gesicht, als die Gefahr von der Waffe getroffen zu werden wieder gebannt war und er sich aufgerichtet hatte.

„Ist Ihnen klar, dass Sie gerade mehrere Menschen hätten töten können einschließlich Ihnen selbst?"

Ash, der immer noch unter Schock stand, nickte etwas schuldbewusst.

„Es tut mir leid, ich habe die Kraft der Waffe unterschätzt."

Der Kommandant hob die AK 47 vom Boden auf.

„Jetzt hören Sie mir mal zu ", sagte der Kommandant nun wieder etwas entspannter.

„Beim Militär ist es von oberster Wichtigkeit, dass der Soldat die Waffe, die er bei sich trägt, niemals unterschätzt. Er muss sie beherrschen, wie ein Autofahrer sein Fahrzeug. Denn wenn er sie nicht beherrscht, passieren Unfälle. Dadurch gefährden Sie nicht nur andere, sondern auch sich selbst. Mit einer Waffe ist es wie mit einem Auto. Wenn Sie sich nicht sicher genug sind, ob Sie Autofahren können, dann tuen Sie es auch nicht oder?"

Ash schüttelte den Kopf. „Nein, dann tue ich es nicht."

„Gut", antwortete der Kommandant. „Ich schlage vor, dass wir eine kurze Pause machen, bevor wir weitermachen. Sie dürfen nun wegtreten. Wir treffen uns in einer Viertelstunde wieder hier".

Ron und Ash liefen aus der Schusshalle hinaus auf das Militärareal. Sie sahen, wie Soldaten hektisch umher sprangen oder Pause machten.

„Da ist Mike", sagte Ash plötzlich und deutete in Richtung des grünen Zeltes, indem sich die Betten befanden.

„Hi Mike", sagten Ron und Ash als sie bei dem grünen Zelt angekommen waren.

„Hi Jungs, habt ihr gerade auch Pause oder braucht ihr nur etwas Abstand vom Kommandanten?", fragte sie Mike schmunzelnd.

„Naja, eigentlich beides", entgegnete Ron und sie fingen an zu lachen.

„Und wie läuft das Schusstraining?", fragte Mike weiter.

„Läuft ganz gut", berichtete Ash. „Abgesehen davon, dass ich fast alle mit einer AK 47 getötet habe."

„Ach, du warst das", sagte Mike. „Gerade ist ein Soldat hier ins Zelt reingerannt und hat erzählt, dass so ein Irrer mit einem Maschinengewehr in die Decke geschossen hat. Ich habe mir irgendwie schon gedacht, dass das einer von euch zwei gewesen sein muss. Aber das ist normal, wenn man das erste Mal ein Maschinengewehr in der Hand hat. Man kann das Ding nicht einschätzen. Als ich das erste Mal mit einem Maschinengewehr geschossen habe, ist mir fast das Gleiche passiert. Ich habe die Waffe unterschätzt. Als ich gemerkt habe, dass mein Lauf immer weiter nach oben geht, habe ich den Abzug losgelassen. Die Waffe eines Soldaten ist sein einziger Schutz. Darum müsst ihr lernen sie unter Kontrolle zu bringen. Denn tut ihr das nicht, ist eure Waffe nutzlos."

Ron und Ash nickten. „So ähnlich hat es uns der Kommandant auch erklärt".

Ron holte sein Handy aus der Hosentasche und sah auf den Bildschirm. „Die Viertelstunde ist gleich vorbei", sagte er.

Überraschend bemerkte Ron, dass sein Handyakku nur noch zehn Prozent anzeigte. „Und mein Handy ist auch bald leer."

„Das ist gar nicht gut", sagte Ash zu ihm. „Wenn das Handy leer ist, dann sehen wir nicht mehr, was das Spiel macht oder ob ein neues Update hochgeladen wird."

Ron nickte. „Wir müssen das Handy irgendwo wieder aufladen".

KAPITEL 9
DER ANSCHLAG

Plötzlich ertönte eine Durchsage durch die Lautsprecher, die sich an der Decke des Zeltes befanden: *„Die beiden Spieleentwickler sollen bitte sofort in die Militärzentrale kommen, ich wiederhole die Spieleentwickler sollen bitte in die Zentrale kommen".*

Ron und Ash sahen sich verwundert an.

„Ich bringe euch hin", bot Mike ihnen an.

Sie liefen über das Militärareal, bis sie vor einem großen Gebäude stehen blieben.

„Ist das die Zentrale?", fragte Ash.

Mike nickte. Vor dem Gebäude standen zwei Soldaten mit Maschinengewehren und bewachten den Eingang. Zudem war das Gebäude noch durch dutzende Kameras gesichert.

„Der Kommandant erwartet Sie bereits", sagte einer der Soldaten und öffnete ihnen die Türe. Als sie eingetreten waren, sahen sie, wie einige Soldaten an ihren Rechnern saßen oder aufgeregt umhersprangen. Am Ende des Gebäudes befand sich eine Wand, die aus mehreren Bildschirmen bestand und ein Gebäude in Flammen zeigte. Als sie darauf zuliefen, sahen sie, dass der Kommandant direkt davorstand und schockiert auf die Bildschirme starrte. Am oberen Bildschirmrand konnte man das Symbol eines Nachrichtensenders erkennen.

„Vor einer Stunde wurde das Pentagon durch mehrere Monster vollkommen zerstört. Wie die Überlebenden des Angriffes berichteten, kamen die Monster aus dem Boden und ähnelten riesigen Skorpionen. Sie zerstörten alles, was ihnen in den Weg

kam und legten das globale Kommunikationssystem lahm. Alle wichtigen militärischen Vorgehensweisen, die bisher durch das Pentagon erfolgten, sind nun nicht mehr möglich. Bei dem Angriff kamen mehrere wichtige Politiker ums Leben, die verantwortlich für unterschiedliche Militäroperationen im In- und Ausland waren. Mit ihnen gingen auch wichtige Dokumente verloren, auf denen die Militäroperationen schriftlich dokumentiert wurden. Wir werden nun zu meiner Kollegin Marry schalten, die gerade vor Ort ist und uns die aktuelle Lage schildern wird."

Das Bild wechselte und nun konnte man eine Reporterin beobachten, die vor dem brennenden Pentagon stand und live berichtete.

„Ich stehe hier gerade vor dem Pentagon, das, wie sie sehen können noch immer in Flammen steht. Die Rettungskräfte versuchen mit allen Mitteln das Feuer zu bekämpfen, doch ich fürchte, dass am Ende nicht mehr allzu viel von dem Gebäude übrig sein wird. Hier versucht die Feuerwehr gerade in das Innere des Pentagon zu gelangen, um nach potenziellen Überlebenden zu suchen."

Das Bild wechselte erneut und zeigte, wie einige Feuerwehrmänner des örtlichen Fire Departments versuchten in das Innere des Pentagon zu gelangen. Dann machte der Kommandant auf einmal den Monitor aus und wandte sich Ron und Ash zu. „Ich glaube der Grund, weshalb ich Sie beide hier her bestellt habe, erklärt sich von selbst", sagte er kühl. „Das Pentagon leitete alle wichtigen Militäroperationen unserer Truppen im Ausland. Ohne das Pentagon haben sie keinerlei Kenntnis davon, welchen Schritt sie als nächstes ausführen sollen. Sie sind verloren, ohne Anweisungen. Das Pentagon erhält die militärischen Anweisungen vom Präsidenten persönlich und gibt diese dann an die Truppen im Ausland weiter."

Der Kommandant schaltete den Monitor wieder an, auf dem nun Washington graphisch abgebildet war. „Wir haben die Richtung der Monster nachverfolgt und gehen davon aus, dass diese Dinger weit aus klüger sind, als wir bisher angenommen haben." Er zoomte mit seinem Projektor in die Grafik hinein, bis man das Pentagon erkennen konnte. Dann nahm er einen roten Stift und zeichnete damit eine Linie vom Pentagon aus in Richtung Weißes Haus. „Wir haben es geschafft sie mit einer Drohne zu stoppen, bevor sie das Weiße Haus erreichen konnten."

Ron und Ash sahen schockiert auf die Grafik und mussten die Bilder von dem völlig zerstörten Pentagon zuerst verdauen.

„Sie wollten zuerst das Kommunikationssystem zu den ausländischen Truppen lahmlegen und danach ihre Quelle zerstören," sagte der Kommandant. „Da stellt sich mir nur eine Frage." Seine Stimme wurde nun wütender und lauter. „Warum haben sie zuerst das Gefängnis zerstört in dem Sie beide gefangen gehalten wurden und so gut wie niemand außer Ihnen beiden hat den Angriff überlebt. Warum haben die Monster nicht das Weiße Haus attackiert, als Sie beide dort waren, wenn Sie die Monster angeblich töten wollen, können Sie mir das mal erklären? Und jetzt, da

Sie auf dem Militärstützpunkt sind, wird plötzlich das Pentagon, der Hauptsitz der amerikanischen Verteidigung, angegriffen.

Er schlug mit seiner Faust wütend auf einen Tisch, sodass die Soldaten an ihren Computern verängstigt innehielten und nach vorne zum Monitor blickten. „Hätten die Monster es bis zum Weißen Haus geschafft, dann hätten sie beide die vollkommene Kontrolle über die amerikanische Verteidigung erlangt und hätten die amerikanischen Truppen wie Schachfiguren hin und hergeschoben, wie es ihnen gerade gepasst hätte. Nebenbei, hätten sie die anderen Länder durch diese militärische Kraft unterwerfen können. Sie hätten die Welt dann nach ihren Vorstellungen regieren können, wie ein König sein Volk.“

Er hielt inne und zog seine Pistole aus der Uniform heraus.

„Und was soll ich sagen, das werde ich bestimmt nicht zulassen.“

Ash und Ron blickten den Kommandanten erschrocken und mit vor Angst weit aufgerissenen Augen an.

„Was haben Sie vor?“, stotterte Ash.

„Nach was sieht es denn aus?“, fragte der Kommandant kühl. „Der Präsident mag Ihnen ja vertrauen, doch jeder Präsident macht einmal einen Fehler und jemand anderes muss ihn dann korrigieren, da er selbst den Fehler, den er gemacht hat, nicht erkennt.“

„Warten Sie", rief Mike. „Der Präsident ist nämlich nicht der einzige, der seinen Fehler nicht erkennt. Doch hat dieser Fehler einen weitaus größeren Schaden, wenn Sie ihn nicht korrigieren."

Der Kommandant blickte wütend zu Mike hinüber. „Was haben Sie denn hier verloren?", fragte er Mike mit einer Mischung aus Wut und Verwunderung.

„Was ist, wenn die Monster genau das erreichen wollen?", überlegte Mike laut.

„Was wollen Sie damit sagen?", fragte der Kommandant immer noch wütend, doch nun konnten sie auch ein Stück Neugier in seinem Gesicht erkennen.

„Ich will damit sagen, dass die Monster gerade erreichen wollen, dass Sie sie töten. Warum haben uns die Monster nicht angegriffen, als wir im Weißen Haus waren? Warum haben sie das Pentagon erst angegriffen, als die beiden Spieleentwickler im Militärlager waren? Sie haben es deshalb getan, damit wir denken, dass die Spieleentwickler uns kontrollieren und mit ihren selbst programmierten Monstern die Welt nach ihren Vorstellungen richten wollen. Doch in Wirklichkeit spielen die Monster mit uns und erreichen dabei sogar fast ihr Ziel, nämlich dass ihre Entwickler getötet werden, damit sie in aller Ruhe die Welt erobern können. Die Monster haben bemerkt, dass die beiden nun unter militärischem Schutz stehen und dass sie sie deshalb nicht so einfach töten können. Deshalb versuchen sie Ihnen die

Angriffe anzuhängen, indem sie uns glauben lassen, dass die Spieleentwickler sie lenken.“

Er sah den Kommandanten mit festem Blick in die Augen. „Doch das tun sie nicht.“

Der Kommandant hielt immer noch seine Waffe auf Ron und Ash gerichtet, doch nun erkannten sie, dass er langsam schwach wurde.

„Sir“, begann Ron. „Er hat Recht. Wenn Sie uns töten, dann können wir sie nicht mehr aufhalten. Die Programmierung des Virus auf die Spieldatei, auf welchem sich das Spiel und die Demoversion des Nachfolgers befinden, kann nur durch uns gelöscht werden, da die Datei durch ein spezielles Passwort geschützt ist, dass nur durch uns entschlüsselt werden kann.“

„Woher weiß ich, dass Sie die Wahrheit sagen?“, fragte der Kommandant mit immer noch erhobener Waffe.

„Vertrauen“, entgegnete Ash. „Wenn Sie uns schon nicht glauben, dann vertrauen Sie uns wenigstens. Außerdem liegt die Entscheidung, ob Sie uns töten oder nicht, immer noch beim Präsidenten, von dem her haben Sie keine andere Wahl, als uns zu vertrauen“.

Sie sahen, wie der Kommandant schließlich nach kurzer Zeit seine Waffe wieder senkte und sie zurück in seine Uniform steckte. Er sah ein, dass sie Recht hatten und dass er ohne den Befehl des Präsidenten keinen einfach töten konnte, auch wenn er vermutet, dass dies die richtige Entscheidung ist.

Auf einmal erschien der Präsident auf der Computerwand. „Ich habe soeben von dem schrecklichen Angriff auf das Pentagon gehört", begann er.

„Mr. President", unterbrach der Kommandant den Präsidenten etwas aufgeregt. „Der Angriff war nicht allein auf den Hauptsitz der amerikanischen Verteidigung begrenzt. Wir haben die Monster beobachtet, wie sie in Richtung des Weißen Hauses vordringen wollten. Es gelang uns jedoch die Monster mit einer unserer Drohnen zu töten, bevor diese das Weiße Haus erreichen konnten."

„Beruhigen Sie sich", erwiderte der Präsident anschließend mit etwas lauter Stimme. „Aufgrund dieses fatalen Angriffes auf unsere amerikanische Verteidigung sind Millionen von Soldaten auf der ganzen Welt nun verunsichert und hilflos. Ohne die Informationen des Pentagon, haben sie keinerlei Auskunft darüber, wie sie weiterhin gegen die Monster vorgehen sollen. Aus diesem Grund müssen wir den Virus so schnell wie möglich installieren, um nicht noch weitere Menschenleben zu riskieren."

„Mr. President", erklärte Ash. „Wir haben den Virus bis jetzt noch nicht entwickelt".

„Dann sollten Sie jetzt damit anfangen", sagte der Präsident etwas wütend. „Ich möchte, dass Sie den Virus im Morgengrauen installieren. Bis dahin haben Sie noch Zeit ihn zu entwickeln und sich auf den Download vorzubereiten. Informieren Sie mich, sobald Sie den Virus entwickelt haben", sagte er noch.

Ron und Ash nickten. „Ja Mr. President."

„Und Sie werden weiterhin auf die Anweisungen der Spieleentwickler eingehen", sagte der Präsident und wandte sich damit an den Kommandanten.

„Wie Sie wünschen Mr. President".

„Gut, dann werde ich Sie nun nicht länger aufhalten."

Der Kommandant wartete noch, bis der Präsident den Raum wieder verlassen hatte.

„Sie", der Kommandant deutete mit seinem Kopf auf einen Soldaten, der gerade an ihm vorbeigehen wollte.

„Ja Sir", sagte der Soldat mit etwas erschrockener Stimme.

„Besorgen Sie mir einen Laptop."

„Jawohl Sir", sagte der Soldat und salutierte dem Kommandanten.

„Sie dürfen wegtreten", sagte der Kommandant kurz darauf mit strenger Stimme und widmete sich anschließend Ron und Ash mit drohender Stimme zu. „Ich werde Sie belde Im Auge behalten. Und sollten Sie versuchen mich zu verarschen, dann werde ich Ihnen persönlich Ihre beiden Köpfe abreisen und ihn in Ihre Ärsche stecken, haben Sie das verstanden?"

Ron und Ash sahen den Kommandanten mit etwas eingeschüchterten Blicken an.
„Ja Sir, klar und deutlich", sagten sie schließlich, bevor sich der Kommandant wieder von ihnen abwandte.

KAPITEL 10
DIE ZWEITE
KRISENSITZUNG

„Glaubst du, dass der Virus das Spiel zerstören wird?“, fragte Ash Ron mit etwas zweifelnder Stimme.

„Nein“, entgegnete Ron zielsicher. „Ich weiß, dass er es zerstören wird. Wir werden den Virus so entwickeln, dass sich das Spiel von selbst löscht. Wir müssen ihn allerdings auf den Hauptserver des NVIW-Centers spielen, bevor das letzte Update installiert wird. Wenn wir es schaffen würden, dass der Virus mit dem Update installiert wird, dann zerstört sich das Spiel quasi von selbst.“

„Und wie willst du das anstellen?“, fragte Ash etwas neugierig. „Mit einem Trojaner?“

„Mit einem Trojaner“, bestätigte Ron.

Es war bereits zweiundzwanzig Uhr, als Ron und Ash den Virus auf einen Stick zogen.

„Kaum zu glauben, dass die Zukunft der Menschheit von diesem kleinen Stick abhängt,“ sagte Ash.

„Ja“, stimmte Ron ihm zu. „Hoffen wir, dass er seinen Zweck erfüllt.“

Ron hatte in der Zwischenzeit sein Handy wieder aufgeladen, so dass sie nun wieder verfolgen konnten, wie sich das Spiel verhielt.

„Informieren Sie den Präsidenten, dass der Virus nun einsatzbereit ist“, befahl der Kommandant einem Soldaten. „Operation Phönix kann beginnen.“

„Jawohl Sir“, antwortete dieser und griff zum Telefon.

„Informieren Sie den Präsidenten, dass die Konferenz beginnen kann. Projekt Phönix ist nun einsatzbereit.“

„Schalten Sie die Monitorwand auf Konferenzschaltung um,“ befahl der Kommandant einer Soldatin.

„Konferenzschaltung ist nun aktiv und gesichert“, sagte sie. Kurz darauf erschienen der Präsident und mehrere Verteidigungsminister der NATO-Länder auf der Monitorwand.

„Verehrte NATO-Mitglieder. Die letzten beiden Tage waren vermutlich die bisher schlimmsten in der Geschichte der Menschheit,“ begann der Präsident der Vereinigten Staaten die Konferenz. „Millionen von Menschen wurden getötet und noch weitaus mehr wurden verletzt. Zudem verfügen wir aufgrund eines Angriffes auf das Pentagon nur über einen geringen militärischen Widerstand, da der Kontakt zu anderen Militäreinheiten abgeschnitten wurde.“ Er machte eine kurze Pause, als würde er den anderen einen Moment Zeit geben, das Gesagte zu verarbeiten. „Doch diese Zeit wird schon morgen zu Ende gehen. Wir werden uns wie ein Phönix aus der Asche erheben und den Monstern zeigen, dass wir unseren Lebensraum und unsere Freiheit zurückerobern werden.“

„Mr. President, verzeihen Sie mir, wenn ich frage“, fiel ihm der französische Verteidigungsminister ins Wort. „… Aber wie wollen Sie die Monster ohne große militärische Optionen bezwingen?“

„Meine Herren. Erinnern Sie sich noch an die beiden Entwickler des Spiels? Sie haben einen Virus entwickelt, der in der Lage ist das Spiel zu zerstören. Wären Sie so freundlich und würden den Herrschaften von ihrem Plan erzählen?“, fragte der Präsident Ron und Ash.

Ron nickte. „Ja Sir, es ist uns eine Ehre.“

„Der Virus, welchen wir entwickelt haben, befindet sich auf diesem Stick“, begann Ron. „Wenn alles nach Plan läuft, wird der Virus morgen früh um Punkt sechs Uhr auf dem Hauptserver des NVIW-Centers in Washington D.C. installiert. Wir müssen den Virus allerdings vor dem letzten Update installieren, ansonsten haben wir keine Chance mehr das Spiel aufzuhalten. Am besten wäre, wenn der Virus mit dem Update eingespielt wird.“

„Wann wird das letzte Update installiert?“, fragte der italienische Verteidigungsminister.

Ron und Ash sahen ihn etwas betrübt an. „Das wissen wir leider nicht, aber wir vermuten, dass es nicht mehr allzu lange dauern wird,“ antwortete Ash.

„Haben Sie den Virus bereits getestet?“, wollte der italienische Verteidigungsminister weiter wissen.

„Nein Sir, wir hatten bis jetzt leider weder die Möglichkeit noch die Zeit dazu,“ antwortete Ron.

„Bei allem Respekt“, rief der italienische Verteidigungsminister nun etwas außer sich, „aber wir verlassen uns hier auf zwei Programmierer, die die einzige Option, die wir anscheinend haben, nicht einmal getestet haben, geschweige denn wissen, ob sie überhaupt funktionieren wird. Finden sie das nicht etwas gewagt, die Zukunft der Menschheit so einfach aufs Spiel zu setzen?"

„Ich verstehe Ihre Zweifel Herr Minister, allerdings gibt es nicht allzu viele Alternativen", versuchte der Präsident Ron und Ash zu verteidigen. „Unser Militär ist der Macht der Monster nicht gewachsen und ich weiß, tief in Ihrem Inneren wissen Sie, dass ihr Militär es genauso wenig ist. Ich schlage vor, dass wir nicht weiter kostbare Zeit vergeuden sollten. Die Hoffnung stirbt bekanntermaßen zuletzt und daran sollten wir gerade jetzt auch glauben. Ich versichere Ihnen: Morgen um diese Zeit wird die Ära der Monster bereits Geschichte sein. Die Sitzung ist hiermit beendet."

„Halten Sie mich auf dem Laufenden", sagte der Präsident noch zu dem Kommandanten, als die Minister die Konferenz verlassen hatten. „Ich möchte, dass morgen alle Einheiten das Gebiet um das NVIW-Center sichern, es darf keine Probleme bei der Operation geben. Die Entwickler und der Stick haben absolute Priorität. Sie müssen mit allen Mitteln geschützt werden.

„Jawohl Mr. President", antwortete der Kommandant respektvoll.

„Ruhen Sie sich jetzt aus. Sie müssen morgen fit sein. Ein Fehler könnte die gesamte Menschheit gefährden, seien Sie sich das bewusst."

„Natürlich Mr. President, ich werde Sie nicht enttäuschen."

„Das weiß ich", antwortete der Präsident sicher und verließ anschließend die Konferenz.

„Konferenzmodus beenden", befahl der Kommandant.

„Ja Sir", sagte die Soldatin. Kurz darauf war auf dem Monitor wieder die Standardeinstellung sichtbar.

KAPITEL 11
DER PLAN

„Soldaten regt euch!", rief der Kommandant im Befehlston. Die Soldaten, die sich im Raum befanden, standen von ihren Plätzen auf, als wären sie ferngesteuert.

„In Reih und Glied vortreten", brüllte der Kommandant weiter.

„Sir, ja Sir".

Ron und Ash, sahen sich das Spektakel mit einer Mischung aus Staunen und Ironie an. Mike hatte sich in der Zwischenzeit zum Kommandanten gestellt.

„Soldaten", sagte der Kommandant streng, als alle in einer Reihe vor dem Kommandanten standen. „Sie haben gehört, was der Präsident gesagt hat."

Er lief mit strengen Blicken an der Formation entlang und achtete darauf, dass alle seine Befehle richtig ausführten. Die Soldaten standen salutierend, wie versteinert und bewegten lediglich ihre Augenlider.

„Wir brauchen morgen jeden einzelnen Mann in einhundertprozentiger Einsatzfähigkeit. Also passen Sie jetzt gut auf, denn Ich werde Ihnen die Durchführung der Operation nur ein einziges Mal erklären, haben Sie das verstanden?"

„Sir, Ja Sir", schrien die Soldaten immer noch salutierend im Chor.

„Also gut". „Starten Sie die Simulation", befahl der Kommandant der Soldatin, die auch den Konferenzmodus aktiviert hatte.

„Ja Sir", antwortete Sie.

Kurz darauf erschien auf der Wand eine Abbildung des Straßennetzes von Washington D.C in einem Radius von etwa drei Kilometern um das NVIW-Center herum.

„Das hier", der Kommandant berührte mit seiner Hand das NVIW-Center auf der Karte. Sofort vergrößerte sich der Bereich, welchen der Kommandant mit seiner Hand berührt hatte, so dass man das NVIW-Center nun deutlich erkennen konnte. „...ist unser Ziel." Einheit Alpha sind die Scharfschützen. Sie befinden sich auf den Dächern der markierten umliegenden Gebäude."

Ron und Ash betrachteten aufmerksam und erstaunt die Monitorwand, auf welcher die entsprechenden Gebäude rot markiert waren.

„Die Entfernung für einen perfekten Treffer darf nicht höher als 100 Meter sein, da sich das Ziel sehr schnell bewegt und die Kugel durch größere Entfernungen einem größeren Luftwiederstand ausgesetzt ist. Zudem ist dadurch die Schussbahn uneingeschränkter, was bei dieser Mission extrem wichtig ist. Jeder Schuss muss überlegt und gezielt abgefeuert werden. Einen Fehlschuss können wir uns nicht leisten, haben Sie das verstanden?"

„Sir, Ja Sir."

„Team Beta sind die Bodentruppen. Sie sind die größte Einheit. Sie befindet sich bis auf eine Entfernung von drei Kilometern um das NVIW-Center herum."

Der Kommandant vergrößerte den Bildschirm mit seiner Hand, wobei der Bereich im Radius von drei Kilometern um das NVIW-Center ebenfalls rot markiert erschien.

„Ihre Aufgabe ist es zum einen die Zugangswege für die Zivilisten zu blockieren, damit wir freie Zugangswege zum Center haben. Zum anderen sollen Sie die Bevölkerung vor Angriffen der Monster schützen und bei Bedarf weiter zum Center vorrücken. Das letzte Team ist Team Delta. Es besteht aus der Airforce. Ich möchte, dass alle verfügbaren Kampfjets und Hubschrauber eingesetzt werden. Sie werden das Gebiet aus der Luft sichern. Die beiden Spieleentwickler werden sich mit mir und dem Vize-Kommandanten in einem der Hubschrauber befinden. Zwei der Kampfjets werden uns zur Sicherheit begleiten. Wenn alles so läuft, wie geplant, dann landet unser Hubschrauber um punkt fünf Uhr dreißig auf dem Dach des NVIW-Centers. Die Spieleentwickler werden anschließend von vier Soldaten begleitet, die mit ihnen in das Gebäude eindringen werden. Ab dem Zeitpunkt haben Sie noch dreißig Minuten Zeit den Virus auf dem Server zu installieren. Beginn der Operation Phönix ist um fünf, null, null. War das für Sie alle deutlich genug?", beendete der Kommandant seinen Einsatzplan.

„Sir, Ja, Sir".

„Wegtreten", befahl der Kommandant daraufhin und widmete sich nachfolgend Ron und Ash mit forschen Worten zu. „Ich hoffe für Sie beide, dass der Virus seinen Zweck erfüllt, denn sollte er das nicht tun, dann werde ich Sie beide persönlich umbringen, haben sie das verstanden?" Ron und Ash nickten etwas nervös.

„Ja Sir, klar und deutlich."

„Gut", dann ruhen Sie sich jetzt aus. Wir haben morgen einen langen Tag vor uns."

Zur gleichen Zeit gaben die Nachrichten ein Update zur aktuellen Lage.

„Der Präsident hat heute zusammen mit dem Militär und den Ministern des NATO Verteidigungsbündnisses ein Krisentreffen abgehalten. Laut den Angaben, die wir soeben aus dem Weißen Haus erhalten haben, wird sich der Präsident dazu noch in wenigen Minuten äußern."

„Samanta", sagte der Präsident und winkte dabei mit der Hand seine Sekretärin zu sich.

„Sie haben mich gerufen Mr. President?" fragte die Sekretärin.

„Sorgen Sie dafür, dass alles für die Rede vorbereitet ist und informieren Sie mich, sobald wir starten können."

„Jawohl Mr. President", antwortete die Sekretärin und verschwand daraufhin eilig. Ein paar Minuten später klopfte es an die Türe des Oval Office. Wir wären dann so weit Mr. President."

„Wir schalten jetzt live ins Oval Office des Weißen Hauses."

„Meine lieben Mitbürgerinnen und Mitbürger", begann der Präsident seine Rede. „In den letzten achtundvierzig Stunden verloren wir so viele Mitmenschen, wie noch nie zuvor. Familien wurden auseinandergerissen und tapfere Kameraden wurden getötet." Er machte eine kurze Pause als Zeichen der Anteilnahme. „Doch diese Zeit wird schon morgen zu

Ende gehen. Wir werden den Monstern zeigen, dass sie sich mit der falschen Spezies angelegt haben. Wir werden wie ein Phönix aus der Asche emporsteigen und die Monster zu dessen machen. Unser Militär wird morgen gemeinsam mit den Spieleentwicklern einen Gegenschlag vornehmen. Doch bis es soweit ist, vermeiden Sie es das Haus zu verlassen und spielen sie auf keinen Fall das Spiel. Möge Gott uns bis dahin beschützen.“

Damit beendete er seine Rede.

„Hoffen wir, dass der Virus seinen Zweck erfüllt“, dachte sich der Präsident noch besorgt, nachdem die Übertragung beendet war.

KAPITEL 12

JENNIFER

„Ist dir bewusst, dass morgen unser letzter Tag sein könnte?,“ sagte Ash zu Ron etwas besorgt, als sie in ihrer Kaserne waren.

„Darüber will ich mir lieber keine Gedanken machen“, antwortete Ron abwesend. Er musste die ganze Zeit schon an Clara denken und darüber, wie es ihr ging.

„Weißt du, manchmal wünschte ich wir könnten an den Abend zurückspringen, an dem wir die Idee zu unserem Spiel gehabt haben“.

Ron lag in seinem Bett und starrte an die Decke.

„Was ist los mit dir, warum bist du so abwesend. Ist alles Okay?“, fragte Ash etwas besorgt.

„Ja, mir geht´s gut“, antwortete Ron. „Ich muss gerade nur die ganze Zeit an Clara denken. Ich hoffe ihr geht es gut.“

„Ihr wird es schon gut gehen, mach dir darüber keine Sorgen.“

„Was ist, wenn nicht?“ fragte Ron etwas aufgebracht.

„Psst“, sagte Ash. „Wir sind hier nicht allein.“

„Du hast recht, morgen könnte vermutlich unser letzter Tag sein“, fuhr Ron fort.

„Ron. Was hast du vor?“, fragte Ash ihn mit vorahnender Stimme.

„Ich werde Clara sagen, was ich für sie empfinde,“ antwortete Ron.

„Tu das nicht. Der Kommandant wird dich in der Luft zerreißen, wenn er erfährt, dass du den Stützpunkt verlässt“, sagte Ash.

„Das ist mir egal", protestierte Ron. „Ash, hör zu, es gab bis jetzt nur zwei Dinge in meinem Leben, die mir wichtig waren und eines davon ist Clara."

„Alter, Ron, du hast Clara genau einmal gesehen und du willst mir weiß machen, dass sie eines deiner zwei wichtigsten Dinge in deinem Leben ist? Ich meine du kennst sie ja noch nicht mal richtig. Außerdem weißt du doch gar nicht, ob sie dich überhaupt liebt." Er machte eine kleine Pause.

„Alter, bitte mach jetzt keinen Scheiß. Was ist, wenn dich eines unserer Monster killt? Wie soll ich dann den Rest der Mission ohne dich schaffen. Ich meine, du bist mein bester Freund."

„Und genau aus diesem Grund ist unsere Freundschaft auch das Zweite in meinem Leben, was mir wirklich wichtig ist," antwortete Ron.

„Ja, aber du setzt sie gerade aufs Spiel", fiel ihm Ash etwas wütend ins Wort.

„Versuche nicht mich aufzuhalten, denn ich werde zu ihr gehen, ob es dir passt oder nicht."

„He, Ruhe jetzt!" rief plötzlich eine Stimme in der Kaserne.

Ash blickte Ron mit festem Blick an. „Ich halte das für falsch, aber wenn du dein Leben dafür riskieren willst, dann kannst du das ja gerne machen."

Er drehte sich daraufhin zur anderen Seite des Bettes um.

„Weißt du Ash", sagte Ron etwas aufgebracht. „Ich habe es langsam satt, dass du mir immer vorschreibst, was ich zu tun habe. Immer geht es nur um dich. Sobald ich aber etwas will, versuchst du mich gleich davon abzuhalten." Er machte eine Pause um zu sehen, wie Ash auf seine Worte reagierte, doch Ash lag nur in seinem Bett und starrte wütend ins Leere. „Ich dachte immer in meinem Leben gäbe es zwei Dinge, die mir wichtig sind. Aber jetzt glaube ich, dass es nur noch eines gibt und das ist Clara."

Daraufhin verließ Ron, immer noch etwas in Rage, die Kaserne.

„Soll er doch draufgehen, dieser miese Sturkopf", dachte Ash und ärgerte sich über Rons Sturheit. Er wusste, dass er in Clara verliebt war, doch er dachte, dass ihm die Mission wichtiger ist, als sie. Doch anscheinend hatte er sich diesbezüglich geirrt.

Ron war inzwischen auf dem Militärareal angekommen. Er war so in Gedanken vertieft, dass er gar nicht bemerkte, wie er an Mike vorbeilief, der gerade vor der Kaserne eine Zigarette rauchte.

„Halt, stehenbleiben", befahl Mike mit strenger Stimme, als er Ron bemerkte. Ron blieb plötzlich erschrocken stehen und dachte im ersten Moment, dass es der Kommandant war. Doch als er Mikes Lachen kurze Zeit später vernahm, drehte er sich schließlich um.

„Was ist los Ron, warum bist du so verärgert?" fragte Mike, als er Ron durch das Flutlicht besser sehen konnte. „Aber nicht wegen mir oder?", fragte er und lachte.

„Nein", antwortete Ron.

„Zigarette?", fragte Mike und hielt Ron seine Schachtel vor die Nase.

„Nein danke", murmelte Ron immer noch etwas betrübt.

„Warum bist du dann so schlecht gelaunt?", fragte Mike weiter.

„Ash und ich haben uns gestritten", antwortete Ron. „Er sagt immer, was ich tun und lassen soll und das geht mir langsam auf die Nerven. Sobald ich mal etwas will, versucht er mich gleich davon abzuhalten. Ich meine, ich sag ihm doch auch nicht, was er tun soll und was nicht. Ich bin ja schließlich nicht sein Vater."

„Hast du ihm das gesagt, dass es dich nervt, dass er dich ständig versucht zu kontrollieren?", fragte ihn Mike. „Vielleicht versucht er dich auch nur vor Situationen oder Entscheidungen zu bewahren, die du im Nachhinein vielleicht bereuen könntest, hast du darüber schon nachgedacht?", fragte ihn Mike.

„Nein", gab Ron zu. „Ich meine, vielleicht hast du Recht, dass er mich nur vor den Konsequenzen bewahren möchte, aber manchmal glaube ich, dass er es einfach zu weit treibt." Ron seufzte.

„Mach dir keine Sorgen, ihr werdet euch schon wieder vertragen," versuchte Mike ihn wieder aufzumuntern. „Von was wollte dich Ash überhaupt abhalten?", fragte Mike etwas vorsichtig.

„Naja", stotterte Ron. „Es gibt da so ein Mädchen, in das ich mich verliebt habe. Ihr Name ist Clara."

„Lass mich raten", fiel ihm Mike ins Wort. „Du wolltest sie heute Nacht noch einmal sehen, bevor wir morgen unsere Mission starten, bei welcher du draufgehen könntest und Ash wollte dich davon abhalten, weil er genau wusste, dass dies purer Selbstmord sein würde, hab ich recht?"

„Ja", antwortete Ron etwas erstaunt über Mikes Kombinationsfähigkeit.

„Siehst du", meinte Mike. „Genauso eine Situation habe ich gemeint. Er versucht dich nur vor einer dummen Entscheidung zu schützen, aber ich kann dich verstehen. Als ich so alt war wie du, wurde ich zu einem Auslandseinsatz in den Irak geschickt. Am Abend vor meiner Abreise wollte ich meiner großen Liebe, Jennifer, meine Liebe gestehen, also beschloss ich nach kurzer Überwindung zu ihrem Haus zu fahren. Ihr Vater war mir allerdings einen Schritt voraus. Als hätte er nur darauf gewartet, dass ich auf seinem Grundstück auftauchte. Als ich meinen Wagen an der Straße abgestellt hatte und diese anschließend überquerte, blickte er bereits durch die Vorhänge in seinen Vorgarten. Als er mich bemerkte, ging plötzlich die Beleuchtung in der Hofeinfahrt an und er stand mit grimmigem Gesicht im Pyjama und einer Schrotflinte vor seinem Haus. Durch das Licht konnte ich seinen weißen spitzen Bart und die vor Wut funkelnden Augen sehen. „Verschwinde sofort von meinem Grundstück du perverses Schwein oder ich sorge dafür, dass du nie wieder eines betrittst", hörte ich ihn schreien, während er drohend seine Waffe auf mich richtete.

Jennifer ist kurz darauf völlig aufgebracht zu ihm hinausgerannt und hatte verzweifelt versucht ihn zur Vernunft zu bringen. Sie zerrte mit tränenden Augen an seinem Pyjama und flehte ihn an die Waffe wegzulegen. Doch er schickte sie wieder zurück ins Haus. Noch heute kann ich ihren verzweifelten Blick in ihren Augen sehen, welchen sie mir zuwarf, bevor sie zurück ins Haus lief. Als wollte sie mir zeigen, dass es ihr leidtat. Das brach mir das Herz.

„Halt dich gefälligst von meiner Tochter fern", bellte er noch, bevor ich voller Wut und Enttäuschung das Grundstück wieder verließ. Ich konnte sehen, wie Jennifer von ihrem Zimmer aus zu mir hinabsah. Ich konnte nicht ahnen, dass es unsere letzte Begegnung sein würde. Als ihr Vater wieder im Haus war, öffnete sie ihr Fenster und warf etwas hinaus. Als ich es bemerkte, lief ich schnell zurück zum Vorgarten und hob es auf. Es war ein Brief, welchen sie zu einem Papierflieger zusammengefaltet hatte."

Mike stoppte einen kurzen Moment und seufzte. Anschließend holte er etwas aus seiner Uniform.

„Was ist das?", fragte Ron.

„Das ist der Brief von Jennifer, den sie mir vor fünfzehn Jahren geschrieben hat. Ich hab ihn seit damals zu jedem Einsatz mitgenommen und gehütet wie meinen Augapfel."

Lieber Mike,

es schmerzt mich, dich so gehen zu lassen. Der Tod und nicht mein Vater soll der Grund für das Ende unserer gemeinsamen Liebe sein, denn nur er kann uns voneinander trennen. Ich werde dir jede Woche einen Brief schreiben. Wenn du zurückkommst, werde ich an der alten Eiche beim Mount Vernon auf dich warten.

„Was ist passiert?", wollte Ron vorsichtig wissen, nachdem er den Brief im Halbdunkeln gelesen hatte.

„An dem Tag, als wir uns bei der alten Eiche treffen sollten," erzählte Mike etwas traurig, „kam sie bei einem Autounfall ums Leben. Ich werde niemals vergessen, wie ich im Krankenhaus an ihrem Bett saß und ihre noch warme Hand hielt. Anschließend gab ich ihr noch einen Abschiedskuss auf die Stirn, um ihr die letzte Ehre zu erweisen. Später auf der Beerdigung hatte ich dann Frieden mit ihrem Vater geschlossen, da dies ihr letzter Wunsch gewesen war."

Das Einzige, was mir von ihr noch geblieben ist, ist neben der Erinnerung und den Briefen ein Foto."

Er kramte erneut in seiner Tasche und holte schließlich ein Foto heraus, welches genau wie der Brief im Scheinwerferlicht etwas schwer zu erkennen war. Das Foto war schon älter und etwas eingestaubt.

„Sie war wirklich schön", sagte Ron nach kurzer Zeit, als er das Foto betrachtet hatte.

„Danke," antwortete Mike. „Noch heute gehe ich vor jedem Einsatz zu unserem Treffpunkt." Mike seufzte erneut etwas trauernd. „Obwohl sie nicht mehr da ist, gibt sie mir vor jedem Einsatz neue Kraft, die mich ermutigt weiter für das zu kämpfen, was mir wichtig ist und daran zu glauben, weshalb ich mich damals dazu entschlossen hatte Soldat zu werden, nämlich um Menschen wie sie zu beschützen." Er wischte sich eine Träne aus dem Auge.

„Hör zu, ich werde nicht zulassen, dass dir das gleiche Schicksal wie mir widerfährt. Ich werde dir helfen sie zu finden, koste es, was es wolle, denn es könnte das letzte Mal sein, dass ihr euch seht."

KAPITEL 13
DIE LISTE

Ron sah Mike dankbar an. „Danke, das bedeutet mir viel, aber ich weiß nicht einmal in welches Krankenhaus sie gebracht wurde."

„Mach dir darüber mal keine Sorgen," beruhigte er ihn. „Es gibt eine Möglichkeit, wie wir es herausfinden können, allerdings ist diese Methode nicht ganz legal."

Er warf seinen Zigarettenstummel auf den Boden. „Komm mit".

Ron folgte ihm. „Wo gehen wir hin?", fragte er etwas neugierig.

„Das wirst du gleich sehen", beruhigte ihn Mike. „Du musst mir aber versprechen, dass du niemandem etwas davon erzählst."

„Einverstanden", versprach Ron.

Sie liefen über das nur spärlich beleuchtete Areal bis sie vor einem Anbau eines Hangars stehenblieben. Auf dem Weg dorthin hatten sie nur wenige Soldaten gesehen, die vor ihren Kasernen rauchten oder sich unterhielten.

„Hier befindet sich quasi der Außenposten des Pentagon. Von hier aus haben wir die Möglichkeit uns mit anderen Offizieren und Generälen auszutauschen. Seitdem das Pentagon durch den Angriff zerstört wurde, ist dies unsere letzte Möglichkeit Kontakt zu verbündeten Armeen aufzunehmen. Nur der Präsident, der Kommandant und sein Stellvertreter, welcher ich glücklicherweise bin, haben Zugriff auf die Zentrale. Zumindest ohne zuvor eine Genehmigung einholen zu müssen. Der Außenposten verfügt über einen sechsstelligen Sicherheitscode mit zusätzlichem

Fingerprint- Scanner. Die Türe entriegelt sich also erst nachdem der Fingerscann positiv abgeschlossen wurde. Zusätzlich befinden sich zwei Überwachungskameras in den Wänden."

Mike tippte den Code auf dem Bildschirm ein und bestätigte ihn mit seinem Fingerabdruck. *„Zugriff gewährt"*, ertönte plötzlich eine elektronische Stimme und der Bildschirm leuchtete grün auf. Mike öffnete die Türe, woraufhin das Licht im Inneren des Raumes automatisch durch einen Sensor, aufleuchtete.

„Der Raum ist jedoch nicht nur eine Kommunikations- sondern auch eine Überwachungsstation."

Mike führte Ron, welcher fasziniert die verschiedenen Geräte inspizierte, durch den Raum. Der Außenposten besaß neben gewöhnlichen Computern auch einen Morseapparat, ein Drohnen-Abwehr-System mit einer Reichweite von bis zu einhundert Kilometern und ein Entschlüsselungsgerät, welches verschlüsselte Nachrichten übersetzen konnte.

„Hier ist es", verkündete Mike, der vor einem Computer stehen blieb. „Das hier, mein Freund, ist eine Datenbank, in welcher alle Bürger der Vereinigten Staaten registriert sind. Nach jeder Geburt und nach jedem Todesfall wird die Datenbank durch einen Bot automatisch aktualisiert. Die Datenbank ist ebenfalls durch ein Passwort und ein Iris- Scanner geschützt. Der Scanner befindet sich in der Linse der Kamera im Gehäuse des Bildschirms. Wenn der Scan fehlschlägt, ertönt sofort ein Alarm und die Türe wird innerhalb von Sekunden automatisch verriegelt."

Mike tippte das ebenfalls aus sechs Ziffern bestehende Passwort in die Datenbank ein und bestätigte dieses durch den Iris-Scanner. Ein paar Sekunden später tauchte der Satz *„Passwort erfolgreich, Zugang gewährt"* grün auf dem Bildschirm auf.

„Jetzt müssen wir nur noch den Namen deiner Angebeteten in die Suchleiste eintragen und schon haben wir alle Daten bis hin zu ihrer Handynummer."

„Na ja", gab Ron etwas peinlich berührt zu, „ich weiß leider nur ihren Vornamen".

„Es gibt noch eine Möglichkeit, wie wir sie im System finden können, allerdings bräuchte ich dazu ihre DNA, zum Beispiel ein Haar oder ein Fingerabdruck. Es gäbe auch noch die Möglichkeit die Suche auf Washington D.C zu begrenzen."

Mike klickte auf die Suchmaske, in welcher man die Suche filtern konnte.

„Gut, versuchen wir es mal damit." Er filterte die Ergebnisse so, dass nun nur noch Personen mit dem Namen Clara angezeigt wurden, die nicht älter als fünfundzwanzig waren und in Washington D.C lebten. Mike scrollte durch die Ergebnisse. Nach kurzer Suche wurden sie auch schon fündig.

„Das ist sie", rief Ron plötzlich. Mike klickte auf den Datensatz neben dem Bild.

„Was du jetzt siehst, ist ihre komplette Identität - angefangen von ihrem Namen und Geburtsdatum bis hin zu ihrer Adresse und ihrer

Handynummer. Jegliche Daten, die jemals über sie erfasst wurden, sind hier gespeichert. Man könnte nun ihre komplette Identität stehlen oder entziffern. Du könntest private Informationen beziehen, die sonst nur die betroffene Person weiß.“

„Ehrlich gesagt komme ich mir deswegen gerade etwas schlecht vor. Ich meine, ich kenne nun ihre komplette Identität, das Wichtigste, was ein Mensch besitzt oder was ihn ausmacht,“ erkannte Ron. „Das fühlt sich irgendwie nicht richtig an.“ Er senkte etwas schuldbewusst seinen Kopf.

„Ron“, sagte Mike beruhigend. „Etwas über einen Menschen zu wissen ist nur schlecht, wenn man das Wissen zu seinem Vorteil nutzen will. Aber nicht, wenn es nötig ist, um der Person sagen zu können, was man für sie empfindet. In deinem Fall ist es vielmehr ein Zeichen dafür, dass sie dir so wichtig ist, dass du alles dafür tun würdest, um sie wiederzusehen, egal was es dich kosten wird. Für Jennifer hätte ich genau dasselbe getan und glaube mir, wenn es die Richtige ist, dann weißt du, dass es die richtige Entscheidung war. Der Mensch trifft nämlich keine falschen Entscheidungen, wenn er davon überzeugt ist, dass die Entscheidung, die er trifft, moralisch vertretbar ist.“

Ron seufzte. „Ich glaube da hast du wohl Recht. Schließlich tue ich dies ja nur, um herauszufinden, wo sie sich gerade befindet und ob es ihr gut geht. Ich glaube, dass dies so eine moralische Entscheidung ist.“

„Also was meinst du, sollen wir jetzt ihren Standort herausfinden oder nicht?“, fragte Mike.

„Tun wir es", sagte Ron entschlossen.

„Also gut", erwiderte Mike und klickte mit der Maus auf den Button *„Standort lokalisieren"*. Auf einmal erschien eine Karte von Washington D.C auf dem Bildschirm, welche immer größer wurde, bis man die unterschiedlichen Straßennamen und einen roten Pfeil, welcher den Standort von Claras Handy markierte, erkennen konnte. *„Standort wurde lokalisiert. Katharina Hospital. Entfernung zehn Meilen"*, ertönte eine elektronische Stimme, als die Suche abgeschlossen war.

„Jetzt müssen wir nur noch irgendwie dahin kommen", triumphierte Ron.

KAPITEL 14
RAFAEL

„Pass auf die Stacheldrähte auf", warnte Mike, während er sich durch das kleine Loch im Stacheldrahtzaun zwängte. „Die darf man nicht unterschätzen".

Ron folgte ihm vorsichtig. Glücklicherweise befand sich das Loch in einem toten Winkel, welchen die Überwachungskameras nicht erfassen konnten. So konnten sie unbemerkt das Gelände verlassen.

„Geschafft", rief Mike, als beide auf der anderen Seite des Zauns angekommen waren. „Die erste Hürde hätten wir damit schon einmal überwunden."

Er holte ein kleines Gerät aus seiner Tasche, welches er aus der Überwachungszentrale mitgenommen hatte. Es war eine Art Radar, welches im Umkreis von einem Kilometer jegliche Bewegungen auf einem kleinen Display anzeigte.

„Was ist das?", fragte Ron neugierig, als er das Gerät entdeckte.

„Das, mein Freund, ist ein Überwachungsradar, wie man es beispielsweise auch bei der Marine verwendet. Der Unterschied ist jedoch, dass es nicht den Meeresgrund sondern die Erdoberfläche durch Ultraschall abscannt. Sobald sich die Entfernung eines Objektes verändert, das heißt die Zeit, die der Schall benötigt, um vom Objekt zum Gerät zu gelangen, wird dies durch einen roten Punkt auf dem Display angezeigt. Diese Technik wurde von den Fledermäusen abgeschaut, die die Ultraschalltechnik bei der Jagd anwenden. Falls sich ein Monster oder ein Auto nähert, würden wir es auf dem Bildschirm sehen. Die

Stadt befindet sich von unserem Standpunkt aus acht Meilen weit in südöstlicher Richtung."

Ron schaute auf sein Handy, welches 24 Uhr anzeigte. Bis zum Einsatz waren es also noch fünf Stunden. „Also gut, dann los", rief Ron zielsicher.

Sie liefen einen staubigen geschotterten Weg entlang. Dabei starrten sie die ganze Zeit gespannt auf das Radar, ob sich in ihrer Nähe etwas bewegte. Es war mit dem Handy und einer Taschenlampe die einzige Lichtquelle, die sie besaßen. Der Mond war durch Wolken verdeckt, so dass dieser kein zusätzliches Licht spendete.

„Weißt du eigentlich schon, was du ihr sagen willst?", fragte Mike auf einmal.

„Ich werde ihr meine Liebe gestehen und darauf hoffen, dass sie sie erwidert, ich meine, sie ist der Grund weshalb ich das Ganze hier auf mich nehme", sagte Ron.

„Glaub mir, sie wird es", antwortete Mike. „Und wenn nicht, dann ist sie nicht die Richtige. Aber das weiß man erst, nachdem man es versucht hat."

Sie folgten weiter dem Weg, der sich durch die karge Landschaft wandte. Plötzlich bemerkten sie etwas auf dem Bildschirm, das sich mit hoher Geschwindigkeit näherte.

„Was ist das? Ein Monster?", fragte Ron.

„Nein, ich glaube dafür nähert es sich zu schnell. Es muss ein Auto sein."

Kurze Zeit später konnten sie auch schon zwei Scheinwerferlichter erkennen, die sich auf sie zu bewegten.

„Das könnte unsere Mitfahrgelegenheit sein",
sagte Mike.

„Aber das Auto fährt genau in die falsche
Richtung," erwiderte Ron.

„Warte einfach ab," beruhigte ihn Mike.

Als das Auto sie fast erreicht hatte, stellte sich
Mike mitten auf den Weg und streckte seine
Handfläche dem Auto entgegen. Als der Fahrer Mike
bemerkte, machte er eine Vollbremsung, sodass man
die Reifen quietschen hörte. Durch die Vollbremsung
wurde so viel Staub aufgewirbelt, dass das Auto
regelrecht von der Staubwolke eingehüllt wurde. Als
sich der Staub langsam legte und man das Auto wieder
erkennen konnte, lief Mike zur Fahrertüre und klopfte
an die Scheibe. Kurz darauf ließ der Fahrer völlig außer
sich die Scheibe herunter.

„Was haben Sie eigentlich für ein Problem?",
rief der Fahrer geschockt und mit gereiztem Ton.

„Rafael?", fragte Mike den Fahrer daraufhin
positiv überrascht, als er sein Gesicht erkennen
konnte.

„Das glaub ich jetzt echt nicht, Mike bist du
das?", antwortete der Fahrer nun ebenfalls
überrascht.

„Verdammt, wie lange das schon her ist",
erwiderte Mike. Rafael öffnete die Fahrertüre und
stieg aus dem Auto.

„Ja, kaum zu glauben", stimmte ihm Rafael zu.
„Du hast dich aber seit damals nicht wirklich
verändert. Du bist immer noch der alte Mike, wie ich
ihn vor zehn Jahren das letzte Mal gesehen hatte."

„Nicht ganz“, widersprach Mike. „Ich bin jetzt stellvertretender Kommandant“.

„Wirklich?“, fragte ihn Rafael ungläubig.

„Ja wirklich“.

Rafael machte sich daraufhin einen Spaß daraus, indem er Mike salutierte. „Sir, erwarte Befehle, Sir.“

„Rühren Sie sich“, rief Mike mit strenger Stimme, bevor beide anfangen mussten zu lachen.

„Mann, wie habe ich die Armee die letzten Jahre vermisst“, sagte Rafael etwas trauernd. „Wer ist das neben dir?“, fragte er Mike, als er Ron entdeckte.

„Hi, ich bin Ron“, stellte sich dieser vor und reichte Rafael die Hand.

„Rafael. Warte, dein Gesicht kommt mir irgendwie bekannt vor. Du siehst aus, wie einer dieser Spieleentwickler, die die ganze Zeit schon in den Nachrichten kommen“, sagte er etwas irritiert.

„Ja, genau der bin ich“, sagte Ron etwas beschämt.

„Was macht ihr beiden eigentlich hier draußen?“, fragte Rafael daraufhin neugierig.

„Wir versuchen in die Stadt zu gelangen,“ sagte Mike.

„Um diese Uhrzeit?“, wunderte sich Rafael. „Was wollt ihr in der Stadt, da wimmelt es doch nur so von Monstern.“

„Es geht um die Liebe zweier Menschen, die sich heute Abend vielleicht das letzte Mal sehen werden“, antwortete Mike, indem er eine Andeutung in Rons Richtung machte.

„Verstehe", nickte Rafael. „Und jetzt willst du, dass ich euch beide in die Stadt fahre," vermutete er. Er sah zu Ron hinüber und dann wieder zurück zu Mike. „Na schön, immerhin hast du noch etwas gut bei mir, seitdem du mir 2003 im Irak den Arsch gerettet hast. Ohne Mike würde ich heute vielleicht nicht hier stehen", erzählte er weiter, als er Rons neugierigen Blick durch das Scheinwerferlicht vernahm.

„Was ist passiert?", wollte Ron gespannt wissen.

„Wir gerieten in einen Hinterhalt der irakischen Armee. Unsere Männer waren zahlenmäßig unterlegen, sodass wir keine Chance hatten. Als wir es bemerkt hatten, war es bereits zu spät. Wir versuchten uns zurückzuziehen, doch die meisten von uns gingen im Kugelhagel unter. Ich rannte um mein Leben, während links und rechts von mir tapfere Männer und Frauen starben. Ohne Vorwarnung explodierte schließlich eine Granate nur wenige Meter von mir entfernt. Es ging alles so schnell, dass ich auf einmal mit höllischen Schmerzen in meinem rechten Bein mit Staub und Dreck bedeckt auf dem Boden liegend wieder zu mir kam. Meine Ohren bluteten, da meine Trommelfelle geplatzt waren. Ich wand mich wie ein Regenwurm auf dem Boden und traute mich nicht nach unten zu sehen. Die irakische Armee feuerte unterdessen weiterhin unerbittlich auf die noch verbliebenden amerikanischen Soldaten. Ich hatte mich währenddessen bereits innerlich von meinem Leben verabschiedet und wartete nur noch darauf meinem Schöpfer entgegenzutreten. Ich hatte schon viel Blut verloren und spürte, wie meine Kräfte mich langsam verließen. Mein Herzschlag war so stark, dass ich ihn spüren konnte. Mehr Tod als lebendig vernahm ich schließlich eine Stimme neben mir. Es war Mike mit zwei Sanitätern, die mit einer Trage herbeieilten. Kurz darauf verlor ich das Bewusstsein, während ein zur Hilfe gerufener Helikopter die irakischen Truppen zurückdrängte, was uns Zeit gab die Gefahrenzone zu verlassen. Später wachte ich dann im Versorgungszelt unseres Stützpunktes auf. Noch etwas benebelt von dem starken Schmerzmittel welches mir verabreicht wurde, realisierte ich schließlich, dass mein komplettes rechtes Bein durch die Explosion abgerissen wurde. Doch vielmehr als den Schock, welchen ich daraufhin hatte, war ich froh darüber am Leben zu sein. Später erfuhr ich dann, dass es außer mir und Mike keine Überlebenden des Angriffes gab. Seit diesem Zeitpunkt erinnert mich meine Beinprothese jeden Tag daran, welche Opfer Soldaten für ihr Land geben müssen und welches Opfer ich für es brachte. Doch gerade jetzt, wo wir alle gemeinsam versuchen die Monster zu bezwingen, frage ich mich, ob es all die Opfer wert war."

Ron und Mike hörten nachdenklich und mitfühlend zu.

„Alle Kriege fordern Opfer", ergriff Mike das Wort. „Doch keines davon ist es wert zu sterben. So schlimm dieser Krieg gegen die Monster auch sein mag, so hat er auch dazu geführt, dass sich Feinde zu Verbündeten zusammenschlossen, um gemeinsam der Apokalypse entgegenzutreten und das wird uns für immer im Gedächtnis bleiben. Vielleicht bedeutet dieser Krieg ja auch das Ende der Konflikte zwischen den einzelnen Nationen, sodass es von nun an nur noch eine einzige Nation gibt und zwar die Menschheit."

„Ich will dich ja nur ungern unterbrechen, aber wir können das Gespräch doch auch auf der Fahrt fortführen", drängelte Ron.

„Du hast recht", stimmte Mike zu. „Lass uns nicht kostbare Zeit vergeuden.

„Dann mal Los", sagte Rafael und öffnete die Fahrertüre. Ron setzte sich auf die Rückbank, während Mike auf dem Beifahrersitz Platz nahm. Rafael wendete das Auto, sodass sie nun in die richtige Richtung fuhren. Bis zum Krankenhaus waren es noch genau sieben Meilen. Rafael fuhr mit konstanten fünfzig Meilen pro Stunde die Straße entlang, während Mike etwas ungeduldig auf das Radar starrte.

„Mann, ich liebe diesen Song", rief Rafael auf einmal und drehte daraufhin das Radio lauter. *„Each sole in my heart each Star in the Sky, is a mirrow of a broken dream of my life. The flag in the storm on a sea of cry. Soltier fight till the peace is rise…"*

KAPITEL 15

STORM WING

„Da ist etwas auf dem Radar", rief Mike. „Es kommt direkt auf uns zu."

„Was ist das für ein blaues Licht?", fragte Rafael, der nun aufgehört hatte zu singen und in den Rückspiegel blickte.

„Oh nein", sagte Ron. „Das ist gar nicht gut." Er holte das Handy aus seiner Tasche. „Das ist jetzt auf jeden Fall kein Auto."

„Hundert Meter", rief Mike nervös. „Los, fahr schneller".

Rafael drückte das Gaspedal bis zum Anschlag durch, sodass man den Motor aufheulen hörte.

„Schneller geht nicht", rief er schließlich. „Wovor fahren wir eigentlich davon?", fragte Rafael irritiert.

„Das blaue Leuchten bedeutet, dass sich ein Monster ganz in der Nähe aufhält", erklärte Ron panisch.

„Es bringt nichts, wir sind nicht schnell genug", rief Mike wütend.

„Komm schon Baby, lass mich nicht im Stich", bettelte Rafael.

„Dreißig Meter, zwanzig Meter, zehn Meter. Es müsste jetzt direkt neben uns sein, aber da ist nichts," stellte Mike entsetzt fest. Ohne Vorwarnung hörten sie plötzlich einen dumpfen Schlag, der vom Autodach ausging. Rafael riss vor Schreck das Lenkrad herum, sodass die Reifen des Autos quietschten.

„Was war das?", rief Rafael geschockt und blickte dabei nervös aus den Autofenstern. Auch Ron und Mike sahen aus dem Fenster. Am Nachthimmel konnte man durch das Schimmern des Mondes, der nun durch die Wolkendecke gebrochen war, eine schwache Silhouette eines riesigen Vogels erkennen, der über dem Auto kreiste und schrie.

„Oh nein", erkannte Ron besorgt, „das ist Storm Wing, eine Art riesiger Adler. Er erzeugt durch eine Sturzflugspirale einen Luftwirbel, der proportional zur Fallgeschwindigkeit steht. Er umgibt ihn wie ein Schutzschild, allerdings braucht er dazu genügend Energie."

Ron sah sich um. Im Scheinwerferlicht konnte er etwa dreihundert Meter von ihnen entfernt eine Gruppe von Bäumen erkennen.

„Siehst du den kleinen Wald da vorne?", fragte er Rafael.

„Ja".

„Dort kann er uns nicht so einfach angreifen. Die Spezialfähigkeit funktioniert nur auf offenem Gelände. Die Bäume sind dann unser Schutzschild."

Ron sah weiter aus dem Fenster. „Beeil dich, er setzt bereits zum Sturzflug an. Schneller".

„Es geht nicht schneller", verteidigte sich Rafael.

Die Nadel war bereits kurz vor dem roten Bereich.

„Los, fahr da rein, damit das Scheinwerferlicht in den Wald hineinstrahlt", befahl Ron, als sie nur noch wenige Meter davon entfernt waren.

„Was hast du jetzt schon wieder vor?", fragte Mike.

„Wir machen einen kleinen Waldspaziergang“, antwortete Ron und öffnete die Türe.

Rafael stoppte den Wagen und betätigte die Handbremse, bevor er und Mike ebenfalls das Auto verließen.

„Hört ihr das?“, fragte Mike.

„Ja“, rief Ron.

„Los, in den Wald.“

Als sie gerade den Rand des Waldes erreicht hatten, spürten sie einen starken Windstoß, der nur knapp über sie hinweg zog.

„Puh, das war knapp“, rief Rafael.

Sie konnten das wütende Geschrei von Storm Wing hören.

„Und was machen wir jetzt?“, fragte Mike. „Wir können uns hier drin ja nicht ewig verstecken.“

„Mike hat recht“, stimmte ihm Rafael zu.

Er blickte nach oben. Der Wald war so dicht, dass man kaum etwas sehen konnte. Anschließend blickte er in die Scheinwerfer seines Autos.

„Ich habe eine Idee“, sagte Rafael auf einmal. „Wir könnten versuchen das Vieh abzuschießen. Ich habe in meinem Kofferraum ein Gewehr und ein Nachtsichtgerät, welches ich für die Jagd verwende. Das würde uns ihm gegenüber einen Vorteil verschaffen, da wir ihn durch das Nachtsichtgerät besser sehen können.“

„Gut“, sagte Ron. „Aber pass auf. Auf der freien Fläche bist du ein leichtes Ziel für ihn.“

„Ich werde ihn solange ablenken“, bot Mike an.

„Also gut", antwortete Rafael. „Dann versohlen wir dem Vieh mal kräftig seinen Vogelhintern."

Mike übergab Ron das Überwachungsradar. „Gib uns Bescheid, sobald sich die Position des Adlers ändert", befahl er.

„Alles klar".

„Laut dem Radar müsste er immer noch direkt über uns sein", informierte Mike, während sie sich langsam aus dem schützenden Dickicht in Richtung Auto bewegten. „Ok, wir machen es so", sagte Mike, als sie am Rand angekommen waren. „Ich versuche ihn mit der Taschenlampe abzulenken, während du dein Gewehr aus dem Auto holst."

Rafael nickte zustimmend. „Dann los. Jetzt weiß ich, wie sich eine Maus auf freiem Feld fühlt, wenn sich der Tod direkt über einem befindet."

Sie liefen vorsichtig ins Freie.

„Beeilt euch, er setzt gleich wieder zum Sturzflug an", machte Ron klar. Sie hörten das wütende Geschrei des Adlers, das nun immer lauter wurde. Rafael lief nun so schnell er konnte zu seinem Auto und öffnete den Kofferraum, während Storm Wing unerbittlich seinen Sturzflug fortsetzte.

„Ich bin hier drüben, komm und fang mich", rief Mike, der wie verrückt mit seiner Taschenlampe herumwedelte.

„Verdammt, es ist so dunkel, dass ich fast nichts sehen kann", ärgerte sich Rafael, der mit seinen Händen im Kofferraum herumwühlte. „Ich habe das Nachtsichtgerät gefunden", rief er schließlich.

„Das Gewehr muss doch hier auch irgendwo liegen", murmelte Rafael ungeduldig und etwas panisch.

„Rafael", schrie Mike ohne Vorwarnung.

„Ich habe es gleich", versuchte ihn Rafael zu beruhigen.

Storm Wing war nun im Schein der Taschenlampe deutlich zu erkennen. Er drehte sich extrem schnell um seine eigene Achse, so dass man den Wirbel, welcher ihn umgab, bereits spüren konnte. Er schien Mikes Ablenkungsmanöver wenig Aufmerksamkeit zu schenken, da er geradewegs auf Rafael zusteuerte.

„Ich habe das Gewehr", rief Rafael erleichtert.

„Rafael runter", brüllte Mike, der auf Rafael zurannte und ihn mit einem Satz zu Boden warf, während die rasiermesserscharfen Krallen des Adlers sie wieder nur um Haaresbreite verfehlten.

„Alles Ok?", fragte Mike, als sie sich wieder aufrappelten.

„Ja danke. Ich fasse es nicht, dass du mir schon wieder das Leben gerettet hast", antwortete Rafael.

„Und ich fasse es nicht, dass ich jetzt wieder etwas gut bei dir habe", sagte Mike leicht grinsend.

„Ja, da hast du wohl Recht", gab Rafael zu.

Er zog das Nachtsichtgerät auf, um besser sehen zu können. Er suchte in seinem Wagen nach den Patronen für das Gewehr, während Storm Wing wieder Kurs auf sie nahm.

„Mist", rief Rafael schließlich. „Ich habe gerade noch ein Schuss übrig."

Er öffnete den Lauf der Schrotflinte und legte die Patrone ein.

„Dann heißt es jetzt wohl alles oder nichts, sagte Mike.

„Die einzige Möglichkeit ihn zu töten ist, wenn er die höchste Fallgeschwindigkeit erreicht, was kurz vor dem Boden sein wird. Sobald er erneut zum Sturzflug ansetzt, werde ich bereits auf ihn warten. So schnell kann sich das Blatt vom Gejagten zum Jäger wenden“, ergänzte Rafael noch mit einem entschlossenen Funkeln in den Augen, welches Mike seit 2003 nicht mehr bei ihm gesehen hatte.

„Das könnte vermutlich wirklich unsere einzige Chance sein ihn zu töten“, stimmte ihm Mike zu.

„Viel Glück Kamerad“, Mike klopfte Rafael auf die Schulter.

„Danke, das kann ich gut gebrauchen. Und jetzt bring dich in Sicherheit“, forderte Rafael.

Mike nickte. „Zu Befehl Sir.“

Rafael ließ seinen Blick über den Wald schweifen, um zu sehen, wo sich der Adler gerade befand, während Mike dabei war im schützenden Wald zu verschwinden.

„Wo ist Rafael?“, fragte Ron etwas besorgt, als er bemerkte, dass Mike allein zurückgekommen war.

„Er macht einen auf *I am Legend*“, sagte Mike. „Er versucht ihn mit dem Gewehr abzuschießen. Er hat jedoch nur einen Schuss, das heißt er darf nicht danebenschießen.“

„Da bist du ja, komm und hol mich,“ brüllte Rafael entschlossen.

„Storm Wing setzt wieder zum Sturzflug an“, rief Ron besorgt, während er auf das Überwachungsradar blickte. Der rote Punkt schien sich nun schneller als zuvor zu bewegen. Rafael richtete sein Gewehr auf.

„Beim Sturzflug kann er seine Flugrichtung nicht ändern, das heißt er ist jetzt zwar leichter zu treffen, allerdings ist er so schnell, dass Rafael im richtigen Moment abdrücken muss, sonst schießt er daneben.“

Der Schrei von Storm Wing war nun noch lauter als zuvor und der Wirbel, der ihn umgab, fing plötzlich an wie ein Komet zu schimmern, so dass es sogar Mike und Ron unter dem dichten Wald erkennen konnten.

„Was ist das?“, fragte Mike mit einer Mischung aus Faszination und Entsetzen.

„Ich glaube das ist die nächste Stufe seiner Spezialfähigkeit. Er nimmt nun seine ganze Energie zusammen, die er aufbringen kann, da er spürt, dass Rafael dasselbe macht.“

„Alles klar“, murmelte Rafael. „Wenn du glaubst, dass ich dadurch jetzt eingeschüchtert bin, dann hast du dich aber getäuscht.“

Er hielt das Gewehr mit einer Hand am Griff und mit der anderen am Abzug. Er schaute durch das Visier und versuchte alles um sich herum auszublenden, um sich voll und ganz auf sein Ziel zu fokussieren.

„Er müsste ihn gleich erreichen“, flüsterte Ron.

„Ich bin bereit in das Auge des Sturms zu blicken. Die Frage ist nur, ob du bereit bist, es zu verlieren?", sagte Rafael.

Der Adler war nun nur noch etwa fünfzig Meter von ihm entfernt. Das Geschrei des Adlers war nun so laut, dass es in den Ohren wehtat.

„Das ist für alle Amerikaner, die ihr Leben in diesem Krieg verloren haben."

Der Wind um Rafael hatte so stark zugenommen, dass er sich bemühen musste, sich auf den Beinen zu halten. Er hörte, wie die Bäume durch den aufkommenden Wind ächzten und ihre Blätter abwarfen. Rafael hatte das Nachtsichtgerät bereits wieder abgesetzt, da der Schein des Adlers so grell war, dass es ihn schon ohne Nachtsichtgerät blendete. Er betätigte den Abzug und schloss die Augen, während der Adler seinen Schnabel aufriss. Die Kugel traf ihn genau da, wo sie ihn treffen sollte. Sie durchschlug den gesamten Körper des Adlers. Rafael und die anderen konnten den Schrei des Adlers regelrecht spüren. Das grelle Licht des Adlers wurde schwächer und er schlug etwa zwanzig Meter hinter Rafael auf dem Boden auf, sodass ein Krater am Aufprallort entstand. Der Wind hatte sich nun wieder gelegt und der Wirbel um den Adler löste sich auf. Noch ein letztes Zucken durchfuhr den Körper des riesigen Vogels, bevor er erschlaffte.

„Das passiert, wenn man sich mit mir anlegt", triumphierte Rafael, der sich umdrehte und den leblosen Körper von Storm Wing erblickte. Ron und Mike waren inzwischen aus dem Wald getreten.

„Du hast es tatsächlich geschafft", grölte Mike erleichtert und etwas stolz auf Rafael, als sie bei Rafael angekommen waren.

„Klar", sagte Rafael. „Ich bin zwar nicht mehr bei der Armee, aber das Schießen habe ich bis heute nicht verlernt."

„Das habe ich bemerkt", gab Mike lachend zu. „Aber mich toppst du trotzdem nicht, was das Schießen angeht."

„Das will ich sehen", konterte Rafael und beide mussten lachen.

„Guter Schuss", sagte Ron.

„Danke."

Ron blickte auf sein Handy. Bis zum Einsatz waren es nur noch drei Stunden.

„Gott sei Dank hat das Vieh das Auto nicht zerstört, sonst müssten wir jetzt in die Stadt laufen", sagte Rafael.

Mike leuchtete mit der Taschenlampe auf das Dach des Wagens, welches durch die Krallen von Storm Wing stark eingedrückt und zerkratzt wurde.

„Zumindest nicht so stark, dass es nun nicht mehr fahrtüchtig ist", ergänzte Rafael noch, der etwas mit seinem Auto mitfühlte.

„Dann werde ich die Mission mal zu Ende bringen und euch in die Stadt fahren", sagte Rafael.

Er legte sein Gewehr und das Nachtsichtgerät zurück in seinen Kofferraum.

„Bis zur Stadt sind es noch fünf Meilen", sagte Ron, der immer noch das Überwachungsradar in der Hand hielt.

„Na dann alles einsteigen“, rief Rafael.

KAPITEL 16
DER
BLUMENLADEN

Als alle ihren alten Sitzplatz eingenommen hatten, fuhr Rafael zurück auf die Straße. Ron musste nun wieder an Clara denken. Er konnte es kaum erwarten sie wiederzusehen. Sein Herz begann schneller zu schlagen. „Was sollte er sagen, wenn sie im Krankenhaus angekommen waren? Geht es ihr gut? Wie wird sie reagieren? Wird sie seine Liebe erwidern?

Mittlerweile konnte man die beleuchtete Stadt sehen. Sie gab Ron sofort das Gefühl der Sicherheit und Geborgenheit, obwohl er wusste, dass sie nur so vor Monstern wimmelte. Rafael bog auf eine asphaltierte Straße, die geradewegs ins Zentrum der Stadt führte, ab. Es war relativ wenig los, so dass ihnen nur selten ein Auto entgegenkam.

„Wo müssen wir eigentlich genau hinfahren?", fragte Rafael nach einer Weile, als sie bereits das Zentrum erreicht hatten.

Ron blickte auf das Überwachungsgerät, dass gleichzeitig auch ihr Navigationsgerät war.

„Die Nächste links", lotste Ron.

„Alles klar". Die Stadt schien geradezu wie ausgestorben. Die Ampeln waren ausgeschalten und bis auf wenige Autos, die ihnen entgegenkamen, schien die sonst so lebhafte Stadt wie leergefegt.

„Warte, halt hier kurz an", rief Ron plötzlich.

Rafael trat auf die Bremse.

„Was ist los?", fragte Rafael daraufhin etwas verwirrt.

Auch Mike wunderte sich darüber, dass Ron so plötzlich anhalten wollte.

„Ich muss hier noch was holen." Er öffnete die Türe.

„Wo willst du hin?", fragte Mike.

Schließlich konnte er durch das Licht der Straßenlaternen einen Blumenladen erkennen, der sich auf der gegenüberliegenden Straßenseite befand. Der Laden hatte geschlossen, was einen um kurz nach halb drei Uhr morgens auch nicht wirklich wunderte. Mike öffnete ebenfalls seine Türe und stieg aus.

„Ron, es bringt nichts, der Laden hat geschlossen."

Ron lief die Stufen zum Eingang des Ladens hinauf. An der Glastür hing ein Schild mit der Aufschrift *„Closed."* Ron rüttelte an der Türe, jedoch ging diese, wie er es zuvor auch schon erwartet hatte, nicht auf.

„Was macht er da?", fragte Rafael Mike, der immer noch neben dem Auto stand und in Richtung Blumenladen starrte.

„Das weiß ich ehrlich gesagt auch nicht aber es sieht so aus, als würde er versuchen in den Laden einzubrechen."

„Ron", schrie Mike. „Komm zurück, es hat keinen Sinn. Der Laden hat geschlossen."

Doch Ron reagierte nicht auf Mikes Worte. Er war so darauf fokussiert in den Laden zu gelangen, dass er alles um sich herum ausblendete. Das Schloss der alten Türe war mechanisch, so dass man es mit einem Schlüssel ganz einfach öffnen und schließen konnte. Es war allerdings schon etwas abgenutzt, so dass Ron überlegte die Türe mit seinem Ausweis

aufzubrechen. Er hatte diese Methode schon etliche
Male angewendet, wenn er sich mal wieder
ausgesperrt hatte. Er holte seinen Geldbeutel aus der
Uniformtasche und nahm seinen Ausweis heraus.
Anschließend steckte er ihn zwischen die Türe und die
angrenzende Wand und zog ihn nach unten.
Gleichzeitig versuchte er den goldenen Türknauf zu
drehen, doch so sehr sich Ron auch bemühte, er regte
sich keinen Zentimeter. Er versuchte es erneut, dieses
Mal jedoch mit mehr Kraft. Er drückte seinen Fuß
gegen die Türe, bis er schließlich ein Klicken hörte und
sich der Knauf bewegte. Er öffnete vorsichtig die leicht
quietschende Türe und schaltete die
Handytaschenlampe ein, da er befürchtete, dass der
Lichtschalter zu viel Aufmerksamkeit verursachen
könnte. Ron kannte den Blumenladen noch von seiner
Kindheit. Hier war er immer mit seiner Mutter
gewesen, wenn sie Blumen für Hochzeiten oder
Geburtstage gekauft hatten. Das letzte Mal war er
hier, als er Blumen für das Grab seiner Eltern gekauft
hatte, die bei einem Anschlag ums Leben gekommen
waren, als sie gerade durch den Nahen Osten gereist
waren. Das war jetzt fünf Jahre her. Der Laden ist
seitdem zu einem Symbol der Erinnerung an die Zeit
mit seinen Eltern geworden. Er gibt ihm das Gefühl der
Geborgenheit, welches er sonst nur von Zuhause her
kannte. Der Duft der vielen Blumen kam ihm sofort
vertraut vor. Es kam plötzlich alles wieder in ihm hoch.
Er musste wieder an den schicksalshaften Tag im
Oktober vor zehn Jahren denken, wo ihm die Polizei
die schreckliche Nachricht überbracht hatte. Für ihn

war damals alles zusammengebrochen. Er ging nicht mehr zur Schule, sondern verbarrikadierte sich in seinem Zimmer vor seinem Computer. Er brach sämtliche Kontakte zu anderen Personen ab. Das war die Zeit, in der er auch angefangen hatte sich mit dem Programmieren auseinander zu setzen, da ihn das ständige Zocken und Surfen auf Dauer langweilte. Er wollte herausfinden, wie die Spiele und Programme funktionierten und er wollte selbst eigene Spiele entwickeln. Er informierte sich im Internet über Programmiersprachen, las Bücher darüber oder schaute sich Tutorials dazu an. Seine Großmutter machte sich allmählich Sorgen um ihn, da er nicht mehr auf ihre Nachrichten antwortete. Sie versuchte ihn schließlich davon zu überzeugen eine Therapie zu machen, die ihm helfen könnte das Ganze nach und nach zu verarbeiten, doch so viele Stunden er auch beim Therapeuten verbracht hatte: Am Ende half ihm nur der Blumenladen die Ereignisse zu vergessen. Umso schlechter fühlte er sich nun in genau diesen Ort, der für so lange Zeit die Erinnerung an seine Eltern aufrecht gehalten hatte, einzubrechen.

„Es tut mir Leid Mum", murmelte er. „Aber es ist für ein Mädchen, für das es sich lohnt ein Risiko einzugehen."

Er blickte sich mit der Taschenlampe um. Um ihn herum standen dutzende Blumensorten von Rosen über Tulpen bis hin zu Sorten, die Ron noch nie zuvor gesehen hatte. Er entschied sich schließlich dazu Clara Tulpen mitzubringen, da ihm Rosen etwas zu übertrieben erschienen. Er nahm eine rote Tulpe aus einer Vase und roch daran.

„Was macht er da drin so lange, das ist Einbruch", wunderte sich Rafael, der es langsam satt hatte gegenüber des Blumenladens zu warten.

„Du hast recht", bestätigte Mike. „Und deshalb werde ich ihn jetzt auch da rausholen, bevor es jemand mitbekommt."

Währenddessen griff Ron in die Vase und holte fünf weitere Tulpen heraus. „Die sind gut", dachte er sich. „Mist, die stecken fest", murmelte Ron. Er zog nun etwas zu ruckartig an den Tulpen, so dass die Vase durch den Ruck anfing zu wackeln, schließlich auf den Boden krachte und zersprang. „Mist", dachte Ron.

Plötzlich hörte er Schritte, die sich näherten. Kurz darauf erkannte er ein Leuchten. Jemand hatte den Lichtschalter des Nebenzimmers betätigt. Ron schaltete seine Taschenlampenfunktion aus. Hinter der gläsernen Türe konnte er nun den Schatten einer Person erkennen.

„Hallo ist da jemand?", hörte er eine Stimme. Ron drehte sich wieder um und tastete sich im Dunkeln vor bis zur Türe. Als er diese gerade erreicht hatte, hörte er, wie die Person die Türe vom Nebenraum öffnete und in den Laden trat.

„Ich weiß, dass hier jemand ist", brummte die grimmige Stimme. Ron öffnete ruckartig die Ladentüre, während das Licht im Laden anfing zu flackern. Als er die Treppen mit den Tulpen im Arm hinunterrannte, lief er Mike geradewegs in die Arme.

„Komm, schnell weg hier", drängte Ron.

Mike war nun für kurze Zeit leicht irritiert. Als er schließlich den Mann mit dem weißen Bart an der Ladentürschwelle entdeckte, der ihn und Ron finster anblickte, musste er wieder an Jennifers Vater mit dem Gewehr in der Hand denken, der ihn von seinem Grundstück verjagt hatte.

„Halt, stehenbleiben", schrie dieser.

„Los, komm", rief Ron und zog Mike geradewegs hinter sich her.

Der Mann war nun die Treppenstufen hinabgerannt.

„ Fahr los", drängte Ron, als sie bei Rafaels Auto angekommen waren.

Rafael startete den Motor, löste die Handbremse und drückte aufs Gaspedal, sodass sein Motor aufheulte und seine Reifen durchdrehten. Ron und Mike konnten gerade noch die Türen schließen. Ron blickte aus der Heckscheibe des Autos. Der Ladenbesitzer hatte mittlerweile die Verfolgungsjagt aufgegeben und stand keuchend und fluchend am Straßenrand.

„Was sollte die Scheiße?", rief Mike wütend.

„Naja ich brauchte noch ein Geschenk für Clara, also dachte ich mir, dass Blumen dafür ganz passend wären."

„Ja", antwortete Mike. „Aber nur, wenn man sie kauft und nicht wenn man sie nachts um halb drei aus einem Blumenladen stiehlt."

„Die nächste rechts", wechselte Ron das Thema ohne wirklich auf Mikes Moralpredigt zu achten.

„Wenn dich der Ladenbesitzer erwischt hätte, dann hätte er dich in tausend Fetzen zerrissen", wies er Ron weiter zurecht. „Du hättest für Jennifer bestimmt dasselbe getan", verteidigte sich Ron.

Mike sah ihn daraufhin etwas wütend an, gab es kurz darauf jedoch mit einem leicht verständlichen Blick zu. „Ja, vielleicht hätte ich das wirklich. Für Jennifer hätte ich damals alles riskiert. Aber ich hätte ihr dann nicht so popelige Tulpen geklaut, sondern etwas, dass ihr gezeigt hätte, dass sie mir etwas bedeutet, wie zum Beispiel Rosen." Ron blickte daraufhin etwas niedergeschlagen auf seine Tulpen herab.

„Hey," versuchte ihn Mike kurz darauf wieder etwas aufzubauen, da er bemerkte, dass ihn seine Aussage härter getroffen hat, als er gedacht hatte. „Nur weil ich ihr Rosen geschenkt hätte, muss es nicht gleich heißen, dass Tulpen keine gute Wahl sind. Es kommt nicht darauf an, was du ihr für Blumen schenkst, sondern darauf, was du ihr damit sagen willst."

Ron blickte nun wieder etwas zuversichtlicher zu Mike herüber, der ihn nun aufmunternd anlächelte.

„... Und es tut mir leid, dass ich eben so ausgetickt bin. Vermutlich lag es auch daran, dass mich der Ladenbesitzer an Jennifers Vater erinnerte, der mich damals mit dem Gewehr von seinem Grundstück vertrieben hatte. Natürlich - Stehlen ist nie etwas Gutes aber für die Liebe würde man sogar das tun."

„Ich hoffe, dass ihr die Tulpen gefallen. Sonst bin ich gerade umsonst in den Blumenladen eingebrochen.“

„Ich bin mir sicher, dass sie ihr gefallen werden“, sagte Mike zuversichtlich.

„Danke“, sagte Ron nun wieder etwas entspannter.

„Nicht dafür“, sagte Mike.

Ron blickte auf das Überwachungsradar. Sie hatten das Krankenhaus nun fast erreicht.

„Jetzt die nächste links und dann den Berg hoch,“ sagte Ron.

KAPITEL 17

DIE

LIEBES-

ERKLÄRUNG

„So, da wären wir“, sagte Rafael, nachdem er den Wagen abgestellt hatte. „Ich würde sagen: Mission erfüllt.“

Ron blickte aus dem Fenster auf das beleuchtete Krankenhaus. Sein Herz begann nun wieder schneller zu schlagen und er merkte, wie seine Nervosität langsam zunahm. Er schloss die Augen und versuchte sich Mut zuzusprechen.

„Bist du bereit?“, fragte Mike, der sich zu Ron umgedreht hatte.

Ron atmete noch einmal tief ein, öffnete die Augen und antwortete schließlich.

„Ich war mir bis jetzt bei keiner Sache so sicher, wie bei Dieser.“

„Also gut“, erwiderte Mike. „Dann werde ich dich bis zur Türe begleiten. Ihr Herz musst du allerdings allein erobern.“ „Warte hier auf uns, bis wir zurückkommen“, bat Mike Rafael bevor er mit Ron aus dem Auto stieg.

Rafael nickte daraufhin. „Alles klar, schnapp sie dir“, sagte Rafael noch zu Ron, der gerade die Autotür geöffnet hatte.

„Das werde ich“, versprach Ron, bevor er die Türe wieder schloss.

Sie liefen einen kleinen, mit Laternen ausgeleuchteten Weg entlang, der zum Eingang des Krankenhauses führte. Als sie eintraten, bemerkten sie eine Angestellte, die am Empfang saß und Nachtwache hielt.

„Entschuldigen Sie, kann ich Ihnen beiden helfen?“, fragte sie, als sie Ron und Mike bemerkte.

„Ja, wir wollen gerne zu Clara Larsson“.

„Es tut mir sehr leid, aber die Besuchszeiten sind von acht bis einundzwanzig Uhr“, antwortete die Frau etwas verständnislos.

„Können Sie nicht vielleicht eine Ausnahme machen?“, flehte Ron die Angestellte an.

„Glauben Sie, nur weil Sie hier mit einer Militäruniform aufkreuzen, könnten Sie machen, was Sie wollen? Die Besuchszeiten sind nun mal von acht bis einundzwanzig Uhr und daran lässt sich auch nichts ändern. Kommen Sie morgen wieder.“

„Hören Sie“, mischte sich Mike nun ein. „Ich weiß, Sie machen hier nur ihren Job und das respektiere ich auch. Aber es geht hier um die Liebe zweier Menschen, die sich heute Nacht das letzte Mal sehen könnten.“

Die Frau blicke auf die Tulpen in Rons Hand.

„Sie kennen das doch auch“, sprach Mike weiter. „Wenn man verliebt ist, dann macht man manchmal Dinge, die verrückt sind, wie zum Beispiel nachts um drei Uhr selner Angebeteten in einem Krankenhaus seine Liebe zu gestehen...“

„Also schön“, unterbrach die Frau Mike schließlich etwas genervt. „Sie ist in Zimmer 447. Aber tun Sie mir einen Gefallen und hören Sie damit auf mir schnulzige Liebesgeschichten zu erzählen.“

Als Ron dies hörte, hätte er der Frau hinter dem Empfang am liebsten einen Kuss auf die Wange gegeben.

„Vielen Dank“, jubelte Ron nun freudestrahlend.

„Na los gehen Sie schon, bevor ich es mir wieder anders überlege", antwortete sie und winkte dabei mit der Hand.

Mike und Ron verließen daraufhin den Empfang und liefen den Gang entlang. Dabei orientierten sie sich an den Hinweisschildern, die sich an den Wänden befanden.

„Mann, das ist hier ja wie in einem Labyrinth", stöhnte Mike, der durch die vielen Verzweigungen langsam den Überblick verlor.

Nach kurzer Zeit erreichten sie etwas erleichtert zwei Fahrstühle. Ron spürte sein Herz in der Brust, das wie verrückt pochte.

„Falls ich vor Aufregung einen Herzstillstand erleiden sollte, wären wir zumindest schon im Krankenhaus", witzelte er.

Er hatte sich schon die ganze Zeit Gedanken darüber gemacht, was er zu Clara sagen wollte. Als die Türe des Fahrstuhls im vierten Stock öffnete, gab es für Ron kein Zurück mehr. Sie liefen den Gang entlang und suchten nach dem Zimmer 447.

„Hier ist es", flüsterte Mike und zeigte dabei mit dem Finger auf die Zimmertüre. Ron kamen nun Zweifel, seine zuvor so zuversichtliche Stimmung und sein Selbstbewusstsein, schwankten nun in Unsicherheit um.

„Was, wenn es vielleicht doch keine so gute Idee war, ich meine, ich habe seit fast zwei Tagen nicht mehr geduscht und das riecht man auch. Außerdem trage ich eine völlig verschmutzte Militäruniform, was ebenfalls nicht wirklich attraktiv herüberkommt…"

„Ron“, versuchte ihn Mike zu beruhigen. „Du stehst nur wenige Schritte von deinem Ziel entfernt und willst jetzt aufgeben? Bei uns in der Armee gibt es ein Sprichwort, welches lautet: „Wer aufgibt, der hat schon verloren.“ Ich weiß, manchmal ist es hart und man würde es am liebsten tun, doch glaube mir, wenn es sich für eine Sache lohnt zu kämpfen, dann setzt man alles daran, dass man sie gewinnt und in deinem Falle wäre es das Herz von Clara.“

„Du hast recht“, gab Ron kurz darauf zu, nachdem er über Mikes Worte nachgedacht hatte. „Ich muss um meine Liebe kämpfen und wenn es in einer dreckigen Militäruniform ist.“

„Das hört sich doch schon viel zuversichtlicher an“, bestätigte Mike. Ron nahm noch einmal allen Mut zusammen den er aufbringen konnte und öffnete daraufhin vorsichtig die Zimmertüre.

„Viel Glück“, flüsterte Mike.

„Danke, das werde ich auch brauchen.“

Das Licht im Zimmer war, wie es Ron erwartet hatte, ausgeschalten, als er eintrat. Durch das große Fenster viel schwaches Mondlicht ein, so dass man die Umrisse des Bettes erkennen konnte. Glücklicherweise hatte Clara ein Einzelzimmer.

„Clara“, flüsterte Ron.

„Wer ist da?“, hörte er die verschlafene und etwas verängstigte Stimme von Clara antworten.

„Ich bin es, Ron.“

Sie machte das kleine Licht über ihrem Krankenbett an. Auf ihrem Kopf trug sie eine weiße Binde.

„Ron?", fragte Clara etwas verwirrt und rieb sich die zusammengekniffenen Augen. „Der Spieleentwickler?".

„Ja genau", antwortete er etwas nervös, da er nicht wusste, was er sagen sollte.

„Wie geht es dir?", fragte er sie besorgt, als er den Verband entdeckte.

„Es ging mir schon besser, aber die Ärzte haben gesagt es ist nur eine Gehirnerschütterung, nichts wirklich dramatisches. Mit etwas Glück werde ich morgen schon entlassen."

„Ich bin froh, dass dir nicht mehr passiert ist", sagte Ron mitfühlend.

„Was machst du hier eigentlich um diese Uhrzeit und was hast du da für eine komische Uniform an? Sind die Blumen in deiner Hand für mich?" Clara stellte Ron so viele Fragen auf einmal, dass er mit den Antworten etwas überfordert war.

„Ja, es sind Tulpen."

„Dankeschön", antwortete Clara geschmeichelt. „Aber warum bist du hier, ich meine du kennst mich ja so gut wie gar nicht."

Ron legte die Tulpen auf einen weißen Rollwagen, der neben dem Bett stand. Anschließend erzählte er Clara alles, was seit ihrer Festnahme passiert war. Von der Schlacht im Gefängnis, bis zur Zusammenarbeit mit dem Militär und den Strapazen, die sie auf dem Weg zum Krankenhaus bewältigen mussten.

„In eineinhalb Stunden werden wir den Virus auf den Server des NVIW-Centers laden und das Spiel zerstören," beendete Ron seine Erzählung.

Clara sah ihn daraufhin mit einer Mischung aus Staunen und Ungläubigkeit an.

„Clara, ich weiß wir kennen uns nicht wirklich, aber als ich dich vor zwei Tagen das erste Mal gesehen habe, da habe ich mich irgendwie in dich verliebt." Während er dies sagte, schlug sein Herz erneut wie verrückt.

Clara blickte ihn verdutzt an, da sie damit nicht gerechnet hatte.

„Ich wollte dich vor morgen noch einmal sehen, da es vielleicht der letzte Tag sein könnte, um dir zu zeigen, was ich für dich empfinde."

„Du hast die ganzen Strapazen nur meinetwegen auf dich genommen?", fragte sie gerührt.

Ron nickte. „Ja, für dich würde ich alles tun".

Sie blickte ihn lächelnd an. „Das ist echt süß von dir."

Ron wurde daraufhin ganz rot im Gesicht. Er blickte auf die Uhr. Die Mission startete in einer Stunde.

„Ich muss jetzt leider gehen", sagte er betrübt.

„Jetzt schon?", fragte Clara ebenfalls etwas enttäuscht.

„Ja, ich wünschte ich könnte noch bleiben, doch mir bleibt nicht mehr viel Zeit, bis die Mission beginnt."

Clara nahm Rons Hand und blickte ihn mit tränenden Augen an. „Versprich mir, dass du morgen nicht stirbst."

Ron versuchte Clara zu beruhigen. „Mach dir keine Sorgen, wir werden es schaffen."

„Versprich es mir", wiederholte Clara, dieses Mal jedoch emotionaler als zuvor.

„Ich verspreche dir, dass ich morgen nicht sterben werde", sagte Ron, während ihn Clara umarmte.

„Ich werde auf dich warten", sagte Clara. Im ersten Moment war Ron etwas überrascht, doch dann spürte er regelrecht, wie ihm Clara durch die Umarmung Energie verlieh. In seinem Kopf kreisten tausende Gedanken. „Mike hatte Recht. Man kann alles erreichen, egal wie aussichtslos die Lage am Anfang auch sein mag. Wenn man für etwas kämpft, für das es sich zu kämpfen lohnt, dann gibt man auch nicht auf, sondern kämpft so lange weiter, bis man das erreicht, was man erreichen wollte."

„Und, wie ist es gelaufen?", fragte Mike neugierig, als Ron aus dem Zimmer trat.

„Ich glaube ganz gut", antwortete Ron mit einem breiten Grinsen im Gesicht.

„Wie hat sie auf deine Liebeserklärung reagiert?", bohrte Mike weiter.

„Sie war gerührt und hat mich zum Abschied noch umarmt. Ich musste ihr dabei versprechen bei der Mission nicht zu sterben und sie versprach, dass sie auf mich warten würde, bis ich zurückkomme."

„Es scheint so, als hättest du deine Jennifer gefunden", sagte Mike, der nun etwas stolz auf Ron war.

Ron blickte Mike dankbar an. „Ja, vermutlich habe ich das." Er machte eine kurze Pause bevor er fortfuhr. „Du hattest Recht, wenn man um etwas kämpft, dann kann man selbst das erreichen, was einem zuvor als unmöglich erschien. Danke, dass du an mich geglaubt hast."

„Keine Ursache. Dafür sind Freunde da, um sich gegenseitig zu unterstützen." Während er dies sagte, schlug er mit seiner Hand auf Rons Schulter. Sie liefen wieder durch die verzweigten Gänge zurück zum Aufzug. Als sie erneut beim Empfang ankamen, bemerkte die Frau das breite Lächeln in Rons Gesicht.

„Es scheint, als hätten Sie Erfolg gehabt", rief sie, als Mike und Ron gerade an ihr vorbeiliefen.

„Ja", antwortete Ron. „Ich wünsche Ihnen alles Gute für Ihre Zukunft und lassen Sie sich nicht von den anderen Besuchern ärgern."

„Keine Sorge, Ich bin mittlerweile einiges gewöhnt", antwortete die Frau mit einem triumphierenden Lächeln.

KAPITEL 18
DER
TREFFPUNKT

Als Mike und Ron wieder bei Rafaels Auto ankamen, wartete dieser bereits ungeduldig auf sie.

„Da seid ihr ja endlich, ich wäre fast schon eingeschlafen." Er gähnte und streckte sich. „Deinem Grinsen nach zu urteilen, hat sich die ganze Tortur jedoch gelohnt."

Ron nickte. „Sie war es auf jeden Fall wert." Er blickte erneut auf sein Handy. Bis zur Mission waren es nur noch fünfundvierzig Minuten. „Wir müssen uns etwas beeilen", drängte er. „Wir haben nicht mehr viel Zeit, bis die Mission beginnt."

Rafael nickte. „Na dann haltet euch jetzt gut fest." Er drehte seinen Wagen und fuhr den Berg wieder hinunter.

Mike und Ron wurden währenddessen in ihren Sitzen hin und her geschleudert.

„So eilig haben wir es auch wieder nicht", äußerte Mike, der sich bei Rafaels Fahrweise nicht so recht wohl fühlte. Ron blickte verträumt aus dem Fenster. Dass er in weniger als einer Stunde auf dem Weg zum NVIW-Center ist, um dort den Virus zu installieren, verdrängte er für einen Moment. Seine Gedanken waren stattdessen bei Clara. Er musste an ihre Umarmung denken und fühlte dabei wieder ein warmes und kribbelndes Gefühl im Bauch. Er schloss die Augen, um es vor seinem geistigen Auge zu sehen.

„Ron", riss ihn Mike kurz darauf aus seinen Gedanken.

Ron öffnete etwas erschrocken seine Augen.

„Ron", wiederholte Mike. „Hast du noch das Überwachungsradar?", fragte er.

„Ja", gab Ron zurück und reichte es ihm nach vorne. „Hier ist es."

„Halt hier vorne kurz an", bat Mike kurz darauf.

„Was ist los?", wollten Rafael und Ron wissen.

„Ich muss noch was erledigen", sagte Mike entschlossen.

„Wir haben nicht mehr viel Zeit," erwiderte Ron.

Mike wandte sich daraufhin zu Ron. „Ich weiß, aber jetzt bin ich dran".

„Was meinst du damit?", fragte Ron etwas verwirrt.

„Ich werde meine große Liebe an dem Ort besuchen, an dem wir uns vor fünfzehn Jahren getroffen hätten. Wartet hier, bis ich zurückkomme", sagte er noch, bevor er die Türe öffnete.

„Warte, ich werde dich begleiten", rief Ron, der ebenfalls die Türe öffnen wollte.

„Nein", wies ihn Mike zurück. „Das hier muss ich allein durchstehen".

„Verstehe".

„Ich bin gleich zurück", versprach er, bevor er die Türe hinter sich schloss. In der Hand hielt er das Überwachungsradar.

„Das will ich hoffen", rief ihm Rafael noch nach, der langsam ein wenig genervt war.

Mike lief den Mount Vernon hinauf, bis er bei der alten Eiche ankam. Am Fuße des Hügels spiegelte sich das Mondlicht im Potomac River. Er blickte in den inzwischen klaren Sternenhimmel hinauf.

„Hallo Jennifer", begann er. „Ich denke oft an die gemeinsame Zeit zurück, die wir hatten." Seine Stimme zitterte dabei leicht. „Ich weiß , wir beide hatten es nicht leicht, aber ohne dich zu leben ist weitaus schwieriger." Er kämpfte mit den Tränen. „In deinem Brief hast du geschrieben, dass uns nur der Tod trennen kann. Doch das stimmt nicht. Du wirst immer in meinem Herzen weiterleben." Er machte eine kurze Pause, um sich zu fassen. „Ich weiß nicht, ob du mich hören kannst, aber ich wünschte mir, du würdest gerade vor mir stehen. Denn gerade jetzt brauche ich dich mehr als je zuvor. Die Menschheit steht genau wie ich am Abgrund und braucht eine Brücke, die über ihn hinwegführt. Das Militär ist die Brücke der Menschheit und du bist meine Brücke, die mich vor dem Absturz bewahrt. Bitte hilf mir". Plötzlich spürte Mike eine leichte Brise, die die Blätter der alten Eiche zum Rascheln brachte. Etwas erschrocken blickte er in ihre Richtung. „Jennifer bist du das?", flüsterte er. Er konnte sie nun fast schon spüren. Es schien so, als würde sie ihm in Form eines leichten Windhauchs, der ihm durch die Haare fuhr, Kraft verleihen, die er regelrecht in sich aufsog. Er blickte zurück in den Sternenhimmel, wo eine Sternschnuppe vorbeiflog. Mike schloss seine Augen, um sich etwas zu wünschen. Anschließend öffnete er sie wieder. „Danke, dass du mir neue Hoffnung gegeben hast".

KAPITEL 19
DER AUFBRUCH

Als Mike zurück zum Auto kam, warteten Ron und Rafael bereits ungeduldig auf ihn.

„Jetzt müssen wir uns aber wirklich beeilen", bemerkte Ron. Sie fuhren aus der Stadt heraus zurück auf die Straße, auf der Rafael sie aufgelesen hatte.

Ron überlegte, ob er Mike fragen sollte, wie das Gespräch mit Jennifer gelaufen war. Doch als er seinen entspannten und zuversichtlichen Blick im Gesicht bemerkte, wusste er, dass sie Mike, wie Clara zuvor Ron, neue Kraft gegeben hatte, für das, was ihnen noch bevorstand.

Rafael hielt mit seinem Wagen etwa fünfhundert Meter vor der Militärbasis an.

„Da wären wir", sagte Rafael.

„Danke für deine Unterstützung, ohne dich hätten wir es niemals lebend bis zum Krankenhaus geschafft", bedankte sich Mike.

„Keine Ursache. Kameraden hilft man immer, wenn sie einen brauchen, dass ist die oberste Regel beim Militär."

„Das stimmt", bestätigte Mike und grinste. „ Pass auf dich auf".

„Du auch", gab Rafael zurück. „Zeigt den Monstern, dass sie sich mit der falschen Spezies angelegt haben und reißt für mich ein paar Monsterärsche mit auf."

„Keine Sorge, das werden wir", versprach Mike. Auch Ron bedankte sich bei Rafael, bevor sie ausstiegen.

Rafael hupte noch einmal und fuhr dann weiter.

Ron blickte auf sein Handy. Sie hatten noch fünfzehn Minuten bis die Mission begann. Als sie die Basis erreicht hatten, krochen sie wieder durch das Loch im Stacheldrahtzaun, in der Hoffnung, dass sie niemand bemerkte.

„Wir haben es geschafft", sagte Ron erleichtert zu Mike, als er sich wieder aufrappelte und den Schmutz von seiner Uniform abklopfte.

„Ja, das haben wir", stimmte Mike zu. Der Himmel hatte sich bereits leicht rot verfärbt. Die Sonne würde bald aufgehen. Auf dem Gelände herrschte bereits reges Treiben. Die Helikopter der Mission standen abflugbereit und wurden noch einmal von den Piloten genauestens überprüft. Andere Soldaten liefen hektisch umher, rauchten oder kontrollierten ihre Ausrüstung. Auf einmal ertönte eine Durchsage, die man auf dem gesamten Areal hören konnte. *„Operation Phönix startet in fünf Minuten. Bitte begeben Sie sich zum Take Off Point."*

„Alles klar", sagte Mike zu Ron. „Es geht los."

Als Ron und Mike am Take Off Point ankamen, war Ash bereits da. Einige Soldaten standen mit ihrer Ausrüstung in Formation vor dem Kommandanten. In ihren Gesichtern konnte man einen Funken Unsicherheit erkennen.

„Ich bin jetzt schon seit über vierzig Jahren bei der US Army," begann der Kommandant seine Rede. „Ich habe bereits etliche Kriege miterlebt und Truppen zum Sieg geführt. Doch das, was wir heute erleben werden ist weitaus größer und unberechenbarer, als alle Kriege, die die US Army jemals geführt hat. Doch wir sind nicht allein. Heute sind wir keine Nation, die gegen andere Nationen kämpft. Nein. Heute sind wir ein Teil einer großen Nation, die gemeinsam den Feind bezwingt. Das hat es bis heute in der Geschichte der Menschheit noch nie gegeben. Was wir heute erreichen werden, das wird in die Geschichte eingehen. Jeder Einzelne von Ihnen wird heute Geschichte schreiben. Es wird der Tag sein, an dem wir unsere Freiheit zurückgewinnen."

Er streckte seine Faust in die Luft als Zeichen der Revolution. Die Soldaten folgten der Geste des Kommandanten mit einem euphorischen Schrei. Der Kommandant hatte mit dieser Rede an seine Soldaten ihr Selbstbewusstsein gestärkt und sie siegessicher gestimmt.

„Worauf warten wir noch? treten wir den Monstern mal in ihre fetten Ärsche und zeigen ihnen, dass man sich mit uns nicht so einfach anlegt. Viel Glück meine Kameraden, Sie werden es brauchen. Möge uns Gott beistehen," beendete der Kommandant seine Rede.

„Dich hätte ich jetzt aber nicht hier erwartet", stichelte Ash, der immer noch etwas sauer auf Ron war, als er ihn erblickte. „Ich dachte dich hätte schon längst eines unserer Monster erwischt, ist ja gerade noch einmal gut gegangen. Zum Glück hast du mir, bevor du gegangen bist, den Stick gegeben, denn wer weiß, was gewesen wäre, wenn du ihn verloren hättest oder dich eben ein Monster erwischt hätte,

dann wäre unsere gesamte Mission in Gefahr
gewesen. Wenigstens denkt einer von uns nach, bevor
er handelt."

„Was willst du jetzt schon wieder von mir, dass
ich zugebe, dass du Recht hattest und ich tatsächlich
fast draufgegangen wäre, hätten mir nicht Mike und
Rafael geholfen," antwortete ihm Ron gereizt.

„Hey Jungs", versuchte Mike dazwischen zu
gehen. „Jetzt beruhigt euch mal wieder. Jetzt ist nicht
die Zeit um zu streiten. Im Gegenteil. Die Mission wird
nur erfolgreich, wenn alle zusammenarbeiten und sich
gegenseitig unterstützen."

„Mike hat recht", erklärte Ron. „Wir müssen
aufhören uns gegenseitig fertig zu machen und unsere
Kräfte für die Mission schonen, denn nur so haben wir
eine Chance sie durchzustehen."

„Ok", sagte Ash. „Aber das bedeutet trotzdem
nicht, dass ich nicht mehr sauer auf dich bin. Du hast
schließlich unsere Freundschaft aufs Spiel gesetzt und
das vergisst man nicht so einfach."

„Sir, bereit zum Abflug", sagte der Pilot zum
Kommandanten.

„Dann fliegen Sie los und informieren Sie den
Präsidenten, dass *Operation Phönix* gestartet ist",
befahl der Kommandant streng.

„Zu Befehl Sir", antwortete einer der Piloten.

„Wir sollten das Ziel in zehn Minuten
erreichen."

„Team Delta ist gestartet", gab der Pilot durch
das Funkgerät den anderen Truppen Bescheid."

„Sir, das Militär hat sich auf zum NVIW-Center gemacht. Sie werden in etwa zehn Minuten dort eintreffen", gab die Sekretärin dem Präsidenten bekannt.

„Danke Samanta für die Information, ich möchte, dass das Weiße Haus ständigen Funkkontakt zum Deltahubschrauber während der gesamten Mission hält. Ich möchte wissen, was sich beim NVIW-Center abspielt. Und geben Sie mir Bescheid, sobald es weitere Informationen gibt."

„Jawohl Sir", antwortete Samanta respektvoll und verließ daraufhin das Oval Office.

Die Soldaten im Helikopter saßen auf ihren Sitzen und schützten sich mit Sicherheitsgurten. Sie trugen eine Sicherheitsweste und in den Händen hielten sie ihre Waffe. Der Helikopter vibrierte beim Start. Ron und Ash mussten sich trotz des Sicherheitsgurtes festhalten, um nicht hin und her geschleudert zu werden. Plötzlich bemerkte Ron, wie sein Handy anfing blau zu leuchten.

„Oh nein, das ist gar nicht gut", sagte Ron entsetzt, als er es aus seiner Uniform holte. *„Zeit bis Invasionsupload 25Min 48 Sec,* ertönte eine Stimme aus seinem Handy, wo ein Countdown zu sehen war."

„Was ist los?", wollte der Kommandant wissen.

„Der Invasionsupload beginnt in 25 Minuten", sagte Ron etwas entsetzt.

„Dann sollten wir uns aber beeilen", antwortete der Kommandant nervös. Die beiden Kampfjets hatten sich in der Zwischenzeit zum Helikopter gesellt und flogen nun neben diesem her.

KAPITEL 20
MERGOS

„Haben nun Sichtkontakt zum Zielobjekt", berichtete der Pilot. „Sir, dass sollten Sie sich ansehen."

„Was ist los?", fragte der Kommandant mit einer Mischung aus Neugier und böser Vorahnung. „Mein Gott, was zum Teufel ist das?", rief der Kommandant entsetzt, der seinen Augen nicht trauen konnte.

„Das wissen wir nicht Sir", antwortete der Co-Pilot. „Es sieht so aus, als würden sich die Monster vor dem NVIW-Center fusionieren."

Der Kommandant drehte sich in Ron und Ashs Richtung. „Sie beide, kommen Sie nach vorne ins Cockpit."

Ron und Ash schnallten sich ab und liefen nach vorne ins Cockpit. Als sie das NVIW- Center erblickten, waren sie genauso fassungslos, wie der Kommandant und die beiden Piloten. Vor dem NVIW-Center bildete sich ein gigantisches blau leuchtendes Monster, welches immer größer zu werden schien. Über dem NVIW-Center befand sich ein riesiges Portal, aus welchem immer mehr Monster erschienen und mit diesem am Boden verschmolzen. Rons Handy leuchtete nun noch stärker als noch vor ein paar Minuten.

„Das ist Mergos, der Endgegner", flüsterte Ron. „Das Spiel hat bereits so viel Energie, dass sich ein Portal über dem NVIW-Center gebildet hat. Schaffen wir es nicht rechtzeitig den Virus auf den Hauptserver zu laden, dann gibt es keine Möglichkeit mehr das Portal zu schließen", ergänzte Ash.

„Sir, wir können auf dem Dach des NVIW-
Centers nicht landen, wenn sich das Portal über ihm
befindet", sagte der Pilot.

„Dann lassen Sie sich gefälligst etwas
einfallen", antwortete der Kommandant wütend.

„Sir, es scheint als hätten sich die Nachrichten
zu uns gesellt." Er deutete mit einem Kopfnicken aus
dem Fenster.

„*Wir berichten gerade live vom NVIW-Center,
wo sich vor unseren Augen ein riesiges Monster zu
bilden scheint. Das ist der Wahnsinn, so etwas habe ich
noch nie gesehen. Das Militär versucht gerade mit
Kampfjets und Helikoptern das Monster aufzuhalten.
Hast du das drauf Harry?*" Der Kameramann nickte
und schwenkte anschließend vom NVIW-Center weg.
Er filmte nun die Militärstaffel, die sich direkt auf das
Center zubewegte.

„Sorgen Sie dafür, dass die Nachrichten
verschwinden. Das ist zu gefährlich. Ich will nicht, dass
sie unsere Operation gefährden," befahl der
Kommandant dem Piloten.

„Ja Sir", gehorchte der Pilot.

„Geben Sie den Kampfjets Bescheid, dass sie
sich bereit machen sollen."

„Verstanden". Der Pilot nahm das Funkgerät in
die Hand. „Hier spricht H 17 bereit machen zum
Angriff."

„Verstanden, Waffen sind abschussbereit,
warten auf Feuerfreigabe."

„Geben Sie mir das Funkgerät", befahl der
Kommandant dem Piloten. „Hier spricht der

Kommandant. Auf mein Kommando richten Sie ihre gesamte Feuerkraft auf das Monster, haben Sie das verstanden?", fragte der Kommandant mit sicherer Stimme.

„Klar und deutlich Sir", antworteten die Kampfjetpiloten.

„Verringern Sie die Flughöhe auf dreitausend Fuß", befahl der Kommandant nun wieder dem Piloten des Helikopters.

„Wie Sie wünschen, Sir."

Sie waren nun nur noch eine Meile vom Ziel entfernt.

„Mann, das Ding ist ja größer als Godzilla", rief der Co-Pilot.

„Team Delta bereit machen für den Ausstieg", rief der Kommandant.

Der Pilot verringerte seine Flughöhe, wie befohlen, auf dreitausend Fuß.

„Halten Sie sich fest", rief der Pilot. Die Insassen des Helikopters folgten den Anweisungen des Piloten und hielten sich fest.

„Sie da", rief der Kommandant und deutete dabei auf einen Soldaten.

„Holen Sie zwei Fall - und zwei Tandemschirme und verteilen Sie sie an die Einsatztruppe."

„Ja Sir", erwiderte der Soldat, der respektvoll vor ihm salutierte und sich anschließend auf die Suche nach den Fallschirmen machte.

„Wir werden doch nicht etwa aus dem Helikopter springen oder?", befürchtete Ash etwas mulmig.

„Warum, haben Sie etwa Höhenangst?", fragte ihn der Kommandant kühl.

„Nein Sir, es kommt mir nur etwas riskant vor, das ist alles."

Der Kommandant sah ihn daraufhin mit einem tödlichen Blick an, der Ash regelrecht zu durchbohren schien.

„Haben Sie etwa einen besseren Vorschlag?"

„Nein Sir", stotterte Ash.

„Gut, dann halten Sie gefälligst Ihren Mund und lassen mich meine Arbeit machen."

Der Soldat, den der Kommandant soeben beauftragt hatte die Fallschirme zu holen, verteilte diese nun an die Einsatztruppe.

„Wir haben nur noch zwanzig Minuten, bis der Invasionsupload beginnt", informierte Ron.

„Gut, dann ist das das Zeichen zum Absprung, öffnen Sie die Türe", befahl der Kommandant.

Ein Soldat nickte und öffnete anschließend die Türe des Helikopters. Sofort konnte man den Wind spüren, der durch den Helikopter fegte. Die Einsatztruppe legte die Fallschirme an.

„Sie beide sollten sich ebenfalls zum Absprung bereit machen", schrie der Kommandant zu Ron und Ash gerichtet, da man durch den Wind, der durch den Helikopter fegte, fast nichts verstehen konnte. Ron und Ash nickten. Ihnen war bei der ganzen Sache nicht richtig wohl. Sie liefen zu der Einsatztruppe hinüber. Die beiden Soldaten mit den Tandemschirmen sicherten Ron und Ash, bevor sie zur offenen Türe liefen.

„Absprung freigegeben. Viel Glück meine Kameraden, Sie werden es brauchen", rief der Kommandant.

„Viel Glück Jungs, ihr schafft das", machte ihnen Mike Mut.

„Danke, dir auch", gab Ron zurück. Sie liefen an den Rand des Helikopters.

Der Wind war hier noch extremer als im Inneren des Helikopters. Ron und Ash blickten in die Ferne, wo sich ganz Washington D.C vor ihnen erstreckte. Sie waren gleichzeitig beeindruckt und nervös.

„Alles klar, los", rief einer der Soldaten und sprang aus der Türe.

„Bereit?", fragte der Soldat, der mit Ron sprang. Ron nickte.

„Gut, dann halten Sie sich jetzt gut fest." Ron schloss die Augen. Im selben Moment spürte er, wie er vom Wind nach hinten geschleudert wurde. Er spürte den extremen Luftdruck, der gegen sein Gesicht drückte und er hörte die Rotorblätter des Helikopters, der sich nun über ihm befand. Gleichzeitig hatte er das Gefühl, als könne er durch den Druck, der sich auf seinen Körper auswirkte, nicht atmen. Er versuchte seine Augen wieder zu öffnen, doch bei diesem Luftwiederstand, war dies kaum möglich. Tränen schossen Ron vom Wind in die Augen, was ebenfalls das Öffnen der Augen erschwerte. Kurze Zeit später, die Ron wie eine Ewigkeit vorkam, öffnete der Soldat den Fallschirm. Ron spürte, wie der Fallschirm sie wieder leicht nach oben zog. Ron wischte sich die

Tränen ab. Er blickte sich um. Unter ihnen befanden sich die beiden Soldaten, die zuerst gesprungen waren. Ash befand sich mit dem anderen Soldaten nur etwa zwanzig Meter über ihnen. Das Monster vor dem NVIW-Center war nun deutlich zu sehen.

„Haben es alle rausgeschafft?", konnte man eine Stimme aus dem Funkgerät hören.

„Wir werden versuchen auf der Nordseite des NVIW-Centers einzusteigen. Es wird eine etwas riskante Landung, da wir nicht auf dem Dach landen können, müssen wir über ein Fenster in das Gebäude eindringen."

„Roger, habe verstanden", antwortete der Soldat, der mit Ron am Tandemschirm hing, über das Funkgerät.

„Mann, das Vieh ist ja größer als das NVIW-Center." Das blaue Leuchten war inzwischen verblasst, doch das Portal war weiterhin geöffnet, sodass sich immer mehr Monster um das NVIW-Center scharten. Nun konnte man die ganze Größe des Monsters erkennen. Es riss wütend sein Maul auf, sodass man seine gewaltigen Zähne erkennen konnte.

„Es sieht so aus, als wollten sie das NVIW-Center schützen", rief ein Soldat durch das Funkgerät. Die Truppe war nun nur noch etwa hundert Meter vom NVIW-Center entfernt. Plötzlich bemerkten sie, wie das riesige Monster auf sie aufmerksam wurde.

„Hat sich das Vieh gerade in unsere Richtung gedreht?", fragte ein Soldat etwas besorgt durch das Funkgerät.

„Ja, ich glaube das hat es", antwortete der Soldat, der mit Ron am Tandemschirm hing.

„Das Monster muss spüren, dass wir hier sind", dachte Ron. „Es bezieht seine Energie aus den Servern des NVIW-Centers, die genügend Energie haben, um ein Portal außerhalb der digitalen Welt zu schaffen."

„H 17 hier spricht Einsatztrupp Delta, wir brauchen dringend Feuerschutz, das Vieh scheint uns etwas zu viel Aufmerksamkeit zu schenken."

„Verstanden Team Delta."

„K 13 und K 19 Feuerfreigabe erteilt," sagte der Pilot in sein Funkgerät.

„ K 13 Verstanden. Feuere Raketen auf Zielobjekt ab. Abschuss bestätigt."

„K 19 Abschuss bestätigt. Raketen abgefeuert."

„Da, die Kampfjets haben ihre Raketen abgefeuert," jubelte ein Soldat durch das Funkgerät, während sie weiter Kurs auf das NVIW-Center nahmen. Sie sahen, wie die Raketen das Monster am Gesicht trafen. Wütend riss es vor Schmerz sein Maul auf und blickte um sich.

„Treffer", jubelte einer der Kampfjetpiloten.

„Feuern sie weiter", befahl der Kommandant durch das Funkgerät.

„Ja Sir", antworteten die Kampfjetpiloten.

„Ich möchte, dass sie alle verfügbaren Munitionen und Waffen auf das Monster abfeuern", befahl der Kommandant dem Piloten des Helikopters.

„Die Kampfjets haben allein nicht genügend Feuerkraft, um das Vieh zu bezwingen."

„Jawohl Sir", gehorchte der Pilot. Der Pilot feuerte seine Raketen ab, die das Monster diesmal an seinem gepanzerten Rücken trafen.

„Es hat keinen Zweck, unsere Waffen sind nicht stark genug, um es zu töten", klagte der Pilot.

„Feuern Sie weiter", rief der Kommandant nun etwas gereizt, da er selbst merkte, dass die Raketen dem Monster so gut wie nichts ausmachten.

„Bereit machen für die Landung", rief der Soldat ins Funkgerät, der als erster aus dem Helikopter gesprungen war.

„Roger," antworteten die anderen Soldaten über Funk.

„Fordern Sie Luftunterstützung an", forderte der Kommandant den Piloten auf.

„Ja Sir."

„An alle Lufteinheiten, hier spricht H 17 wir brauchen dringend Luftunterstützung."

Die Einsatztruppe war inzwischen bis auf zwanzig Meter zum NVIW-Center vorgedrungen.

„Das wird jetzt etwas holprig", rief der vorderste Soldat per Funk. Er nahm seine Waffe und feuerte damit auf ein Fenster des NVIW-Centers, das ihm am nächsten war. Die Fenster des NVIW-Centers waren auf dieser Seite recht groß, so dass ein Mensch locker hindurchpasste.

„Es geht los."

Das Fenster war inzwischen völlig durchlöchert und zersplittert. Der Soldat streckte seine Füße nach vorne und drückte sie mit Wucht gegen das Fenster, so dass er mit dem Glas in das Gebäude fiel. Als er sich

wieder aufgerappelt hatte, trennte er seinen
Fallschirm ab, damit die anderen Soldaten ebenfalls
durch das Fenster fliegen konnten. Das Fensterglas lag
in tausenden Einzelstücken auf dem Boden.

„Oh nein", rief Ron, als sie kurz vor dem
Fenster waren. „Da passen wir doch niemals durch."

„Keine Angst, ich habe schon schwierigere
Landungen mit so einem Ding hinbekommen. Obwohl
ich zugeben muss, dass ich so etwas bis jetzt noch nie
gemacht habe. Streck deine Beine nach vorne."

Ron gehorchte den Anweisungen des Soldaten
und streckte seine Beine nach vorne.

„Festhalten."

„Oooaaaaah", rief Ron, als sie das Fenster
erreichten. Der Fallschirm verfing sich beim Einflug an
der oberen Fensterkante, wobei er ruckartig
zusammenklappte und Ron und den Soldaten mit dem
Rücken voraus auf den Boden warf.

„Ah", stöhnte Ron und rappelte sich auf.

„Nicht gerade meine beste Landung", gestand
der Soldat und hielt sich den Rücken, nachdem er
ebenfalls seinen Fallschirm abgetrennt hatte.

Ash war mit dem vierten Soldaten der Letzte,
der durch das Fenster flog. Ihre Landung war etwas
besser als die von Ron.

„Sind alle Okay?", fragte der Truppenführer
anschließend. Die anderen nickten.

„Gut, dann mal los. Passt auf, hier drin
wimmelt es bestimmt nur so von Monstern."

„Wir sind gerade im fünfundzwanzigsten Stock
des Gebäudes gelandet", sagte einer der Soldaten, der

ein 3-D-Modell des Gebäudes auf seinem Laptop hatte.

„Der Virus muss auf den Hauptserver im Untergeschoss installiert werden", sagte Ash.

Ron holte sein Handy aus der Uniform. „Wir müssen uns beeilen, bis zum Upload sind es nur noch fünfzehn Minuten.

„Dann sollten wir keine Zeit mehr verlieren," riet der Truppenführer.

„Sind jetzt im Gebäude, nehmen nun Kurs auf den Serverraum", flüsterte er in sein Funkgerät.

„Verstanden", antwortete ihm H 17 per Funk.

KAPITEL 21
STROMAUSFALL

Sie liefen vorsichtig aus dem Zimmer hinaus in den beleuchteten Flur. Die Soldaten hielten angespannt ihre Waffen in der Hand und warteten nur darauf, dass gleich ein Monster aus einer Ecke herausspringt. Auf einmal bemerkten sie, wie die Lampen über ihren Köpfen nach und nach ausgingen.

„Was ist jetzt los?", fragte ein Soldat verwundert und mit etwas ängstlicher Stimme.

„Das Monster muss sämtliche elektrische Energie anziehen, da die Server alleine nicht genügend Energie erzeugen. Es gewinnt dadurch immer mehr an Kraft. Je mehr Elektrizität sich in seiner Umgebung befindet, desto stärker wird es", vermutete Ash.

„Genauso fangen immer schlechte Horrorfilme an", meldete sich ein anderer Soldat zu Wort. „H 17, hier spricht Einsatztrupp Delta, irgendetwas stimmt hier nicht. H 17 können Sie mich hören? Mist, das Funkgerät funktioniert auch nicht mehr."

„Team Delta ist im Gebäude", sagte der Pilot zum Kommandanten.

„Das sind endlich mal gute Nachrichten", sagte der Kommandant, der nun wieder ein wenig besser gelaunt war. In der Zwischenzeit hatten sich mehrere Kampfjets zu ihnen gesellt.

„K 23 bereit zum Feuern."

„K 27 bitte um Feuererlaubnis."

„K 14 Waffen sind abschussbereit."

„Sir, irgendetwas stimmt mit den Instrumenten nicht, sie spielen völlig verrückt", rief der Pilot plötzlich etwas aufgebracht.

„Geben Sie Feuerfreigabe“, sagte der Kommandant dem Piloten mit funkelnden Augen.

„Ja Sir.“

„An alle Einheiten, Feuerfreigabe erteilt“.

„H 17 Abschuss negativ, Raketen lassen sich nicht abschießen.“

„Sir, die Kampfjets konnten ihre Raketen nicht abfeuern.“

„Waaaaas?“, schrie der Kommandant nun mit einer Mischung aus Wut und Verzweiflung.

„Sir, irgendetwas geschieht hier, das Monster beginnt auf einmal wieder zu leuchten.“

„Sir, wir haben den Funkkontakt zu den anderen Einheiten verloren, etwas stört die Frequenz“, rief der Co-Pilot. „Sir, sehen sie das, sämtliche Ampeln sind ausgefallen.“

„Wir berichten immer noch live vom NVIW-Center, wo das Militär immer noch verzweifelt versucht, das Monster aufzuhalten. Harry, siehst du das, das Monster beginnt wieder zu leuchten und die Ampeln rings um das NVIW-Center sind ausgefallen.“ „Ja Julia, ich sehe es. Irgendetwas stimmt da nicht, vielleicht löst das Ding einen Stromausfall aus. Bleiben Sie auf jeden Fall dran, sobald sich hier etwas tut, erfahren Sie es wie immer zuerst von uns. Channel 24 hat immer die aktuellsten News für Sie….“ „Julia, irgendetwas stimmt mit der Übertragung nicht, ich bekomme kein Signal mehr.“

„Habe die Kontrolle verloren, die Systeme sind ausgefallen“, rief ein Kampfjetpilot verzweifelt ins Funkgerät. „Ich stürze ab. Der Schleudersitz klemmt.“ Kurz darauf zerschellte der Jet am Boden. Durch den Aufprall explodierte der Treibstofftank des Jets in Form eines Feuerballs, der sogar vom Helikopter aus zu sehen war.

„Sir, die Jets stürzen einer nach dem anderen ab“, rief der Pilot entsetzt.

„Verdammt“, schrie der Kommandant und warf dabei seine Schirmmütze auf den Boden. Plötzlich machte der Jet, der sich rechts neben dem Helikopter befand, eine starke Drehung nach links und steuerte damit direkt auf den Helikopter zu. Der linke Flügel des Kampfjets krachte dabei in das Heck des Helikopters und zerstörte mit einem lauten Knall den Heckmotor. Die Kollision war so stark, dass sie den Flügel des Kampfjets zerstörte und den Kommandanten und die Soldaten im Inneren des Helikopters zu Boden warf. Der Helikopter kam daraufhin ins Trudeln und es ertönte eine rote Warnlampe. Aus dem zerstörten Heckmotor stieg Rauch empor.

„Was in Gottes Namen war das?“, rief der Kommandant aufgebracht.

„Irgendetwas hat das Heck des Helikopters getroffen, ich kann ihn nicht mehr kontrollieren. Der Höhenmesser spielt verrückt.“

Ohne Vorwarnung fielen auch noch die Systeme im Helikopter aus. Der Helikopter taumelte immer schneller nach unten.

„Komm schon, komm schon“, bettelte der Pilot. Die Soldaten hielten sich hilflos irgendwo Fest, um nicht umhergeschleudert zu werden. Der Boden kam immer näher.

„Bereitmachen für Bruchlandung“, schrie der Pilot, der verzweifelt mit dem Co-Piloten versuchte die Kontrolle über den Helikopter zurückzugewinnen. Doch so sehr sie auch versuchten den Helikopter nach oben zu ziehen, es half nichts. Fünfzig Meter vom NVIW-Center entfernt schlug der Helikopter schließlich auf dem Boden auf.

„Scheiße“, schrie der Pilot, bevor er und der Co-Pilot mit dem Kopf gegen die Instrumente knallten. Sie waren beide sofort tot. Der Aufprall war so heftig, dass die wenigsten Soldaten ihn überlebten. Mike wurde gegen ein Netz geschleudert, hinter welchem sich die Fallschirme befanden. Es fühlte sich in etwa so an, als hätte ihn gerade ein LKW erfasst und in ein Fangnetz geschleudert. Mike rappelte sich langsam und noch etwas benebelt mit schmerzverzerrtem Gesicht wieder auf.

„Ah verdammt, das war mal eine harte Landung“, murmelte er vor sich hin und fasste sich dabei mit der Hand an den Kopf. Um ihn herum, lagen überall regungslose, mit Blut überströmte Soldaten. Einzelne Soldaten wimmerten und wandten sich vor Schmerz. Mike wusste, dass sie mit dem Tod kämpften. Dann entdeckte er in einer Ecke den Kommandanten. Als er ihm näherkam, bemerkte er, dass eine Metallstange seinen Brustkorb durchbohrte.

Er blutete sehr stark, war jedoch noch bei Bewusstsein.

„Sir", rief Mike entsetzt, „ich werde Sie hier rausholen."

„N-nein", quälte sich der Kommandant mit dem Sprechen. Aus seinem Mund lief Blut. Er nahm Mikes Hand und drückte sie mit aller Kraft, die er noch aufbringen konnte. „Hören Sie mir zu." Mike konnte den Todeskampf des Kommandanten nur schwer ertragen. „Sie werden..." Er machte eine Pause und verzog vor Schmerzen das Gesicht. Mike konnte regelrecht spüren, wie es ihn anstrengte zu reden. „...Sie werden jetzt Kommandant der US-Army. Ich habe..." Er verzog erneut unter Krämpfen das Gesicht, bevor er weitersprach. „Ich habe mich in Ihnen und den Spieleentwicklern getäuscht."

„Nein Sir, Sie wollten nur das Beste für Ihr Land", wiedersprach ihm Mike.

„...Sie werden jetzt die Menschheit zurück..." Er stoppte noch einmal, um das Blut aus seinem Mund zu spucken. Seine Augen waren glasig und seine Stimme wurde nun immer schwächer, bis sie nur noch ein Hauchen war. „...zurück ins Licht führen...." Er schloss langsam seine Augen.

„Sir, bitte nicht." Mike tätschelte mit seiner Hand seine linke Wange, doch es hatte keinen Sinn mehr. Er war bereits tot.

„Verdammt", fluchte Mike wütend. Er blickte auf den reglosen Körper des Kommandanten. „Ich werde Sie nicht enttäuschen, dass verspreche ich Ihnen. Ich werde dafür sorgen, dass die Menschheit zurück ins Licht geführt wird und wenn es das Letzte ist, was ich tue."

Auf einmal bemerkte Mike schwarzen Rauch, der in das Innere des Helikopters drang. Mike sah sich hektisch um, ob es noch überlebende Soldaten gab. Es roch nach Kerosin. Kurz darauf konnte er schon erste Flammen erkennen.

„Hilfe", hörte er auf einmal eine hilflose Stimme. Mike blickte sich erneut um, bis er herausgefunden hatte, woher die Stimme kam.

„Kommen Sie, ich hol Sie hier raus", rief Mike. Als er gerade noch einen Meter von dem Soldaten entfernt war, riss ihn plötzlich eine Explosion zu Boden, die eine Wand aus Feuer zwischen ihn und den Soldaten trieb. Mike kam zu spät. Die Feuerwand machte es unmöglich zu dem Verletzten durchzudringen. So musste er hilflos zusehen, wie die Flammen seine Uniform in Brand setzten. Er hörte die unerträglichen Schreie des Soldaten, die sein Herz zerrissen. Mike fühlte sich verantwortlich für seine Kameraden, so dass ihn das Gefühl, nicht helfen zu können, innerlich zerstörte. Er wandte sich von ihm ab, da die Hitze im Inneren unerträglich wurde und er den Todeskampf des Soldaten nicht weiter mitansehen konnte. Wutentbrannt verließ er den völlig zerstörten Helikopter. In seiner Hand hielt er ein Maschinengewehr. Er hatte es gerade noch rechtzeitig geschafft den Helikopter zu verlassen, denn nur wenige Sekunden später explodierte dieser hinter ihm. Die Explosion war so stark, dass Mike die Druckwelle und die Hitze an seinem Körper spüren konnte. Er

drehte sich noch einmal zu dem brennenden Wrack
um, bevor er sich auf den Weg zum Eingang des NVIW-
Centers machte.

KAPITEL 22

KRIEG

„Sir", rief Samanta, die völlig entsetzt durch die Tür des Oval Offices trat. „Wir haben sämtlichen Kontakt zum Deltahelikopter verloren. Auch die anderen Helikopter und Kampfjets senden keinerlei Lebenszeichen."

„Was ist mit den Spieleentwicklern?," fragte der Präsident verzweifelt.

Samanta schüttelte betrübt den Kopf. „Leider auch nichts Sir, es tut mir leid."

„Danke Samanta für die Information", erwiderte der Präsident geschockt. Er stand von seinem Stuhl auf und blickte einen Moment besorgt aus dem Fenster. „Ich muss zum NVIW-Center", beschloss er kurz darauf fest entschlossen.

„Sir, bei allem nötigen Respekt, aber ich halte dies unter diesen Umständen für keine gute Idee…"

„Lassen Sie einen Wagen vorfahren", verlangte der Präsident, ohne auf Samantas Worte einzugehen.

„Aber Sir…."

„Ich sagte, lassen Sie einen Wagen vorfahren", wiederholte er sich nun etwas strenger. „Ich muss wissen, was los ist. Als Präsident liegt es in meiner Verantwortung, für den Schutz meiner Mitmenschen zu sorgen, egal wie gefährlich die Lage auch sein mag."

„Ja Sir", sagte Samanta leicht niedergeschlagen und verließ daraufhin das Oval Office.

Mike war beim Anblick seiner Umgebung regelrecht geschockt. Das Gebiet rund um das Center hatte sich inzwischen in ein Kriegsgebiet verwandelt. Überall lagen brennende Teile von zerstörten Jets und

Autos. Einige Gebäude waren durch Trümmerteile stark beschädigt und er konnte im Hintergrund die Schüsse der Scharfschützen hören. Plötzlich hörte er ganz in seiner Nähe ein wütendes Fauchen. Mike blickte sich wachsam und mit geladener Waffe um. Kurze Zeit später konnte er auch schon das Monster entdecken, das ihn mit wütenden Augen und knurrenden Zähnen anstarrte. Es sah aus wie ein riesiger Jaguar. Mike richtete seine Waffe auf ihn und versuchte ruhig zu bleiben. Er spürte seinen Puls, der gerade vermutlich bei dreihundert war. Er versuchte dem Blick des Monsters Stand zu halten, um ihm zu demonstrieren, dass er keine Angst vor ihm hatte.

„Na los, komm und hol mich, wenn du dich traust.“

Als hätte der Jaguar verstanden, was Mike zu ihm gesagt hatte, begann dieser auf ihn zu zu rennen. Mike eröffnete im Gegenzug das Feuer. Der Jaguar riss sein Maul auf und machte anschließend einen gewaltigen Satz genau in Mikes Richtung. Er konnte sich gerade noch ducken, so dass ihn der Jaguar nur um Haaresbreite verfehlte. Mike rappelte sich wieder auf, während der Jaguar erneut zum Angriff ansetzte. Mike feuerte weiter auf ihn ein, doch das schien das Monster nur wenig zu interessieren. Es machte den Anschein, als würden die Kugeln in seinem dichten Fell einfach hängenbleiben und gar nicht bis zu seiner Haut durchdringen. Wieder machte der Jaguar einen Satz auf ihn zu. Dieses Mal konnte er sich jedoch nicht rechtzeitig ducken, so dass das Monster ihn zu Boden warf und ihn mit fletschenden Zähnen anknurrte. Mike versuchte sich zu befreien, doch der Jaguar hatte zu viel Kraft. Durch die Wucht des Stoßes hatte Mike seine Waffe fallen gelassen, so dass er dem Jaguar nun schutzlos ausgeliefert war. Auf einmal konnte er ein Motorgeräusch vernehmen, das immer lauter wurde. Kurz darauf konnte er schließlich das Auto erkennen. Der Jaguar hatte es ebenfalls entdeckt und blickte nun wütend in dessen Richtung. Er Riss sein Maul weit auf. Diesen Moment nutzte Mike aus, um sich aus dem Griff des Jaguars zu befreien und seine Waffe zurückzuholen. Als er das Auto genauer betrachtete, traute er seinen Augen kaum.

„Rafael?" murmelte er.

Mike sah zu, wie Rafael direkt auf den Jaguar zufuhr und ihn schließlich rammte. Der Jaguar brüllte daraufhin vor Schmerz, als er auf dem Boden aufschlug. Mike lief hinüber zum Auto, welches aus dem Motorraum qualmte. Durch den Aufprall hatte sich die Motorhaube stark verschoben und die Windschutzscheibe war gesprungen.

„Sorry für die Verspätung, aber ich hab noch ein paar Sachen erledigen müssen", sagte Rafael grinsend, nachdem er die Scheibe heruntergelassen hatte.

„Was machst du denn hier?", fragte Mike positiv überrascht.

„Naja, eigentlich wollte ich nach Hause fahren und mich aufs Ohr hauen, aber dann habe ich mir gedacht, dass Monster jagen bestimmt mehr Spaß machen würde. Außerdem kann ich meinen alten Freund doch nicht im Stich lassen. Als ich in den

Nachrichten gehört hatte, dass ihr ziemlich in der Scheiße steckt, da habe ich mir gedacht, dass ihr etwas Verstärkung bestimmt gut gebrauchen könntet."

„Du glaubst gar nicht, wie froh ich gerade bin dich zu sehen", freute sich Mike.

Rafael machte die Zündung aus und stieg aus dem Wagen. „Verdammt, das Vieh hat meinen Wagen nun endgültig zerlegt", rief er und blickte dabei etwas schmerzlich auf seinen demolierten Wagen.

„Ja, er musste ganz schön was einstecken", stimmte Mike zu. Rafael lief zum Kofferraum und öffnete ihn. Mike folgte ihm. Was er nun im Kofferraum vorfand, ließ sein Herz schneller schlagen. Rafael hatte fünf Schrotflinten, ein Scharfschützengewehr mit Zielfernrohr und etliche Munition dabei.

„Jetzt weiß ich, was du noch erledigen musstest", grinste Mike.

Der Jaguar lag zur gleichen Zeit immer noch auf dem Boden, kam allerdings langsam wieder zu sich.

„Ich glaube die Mietze hat ihr Schläfchen beendet", rief Mike, als er bemerkte, dass sich der Jaguar bewegte. Er verstaute das Maschinengewehr auf seinem Rücken, nahm eine Schrotflinte aus dem Kofferraum und entsicherte sie.

„Oh, wie ich dieses Geräusch liebe", ergänzte er noch. „Ja, es gibt nichts Schöneres auf der Welt, als das Geräusch einer entsicherten Schrotflinte", stimmte ihm Rafael schmunzelnd zu. Sie mussten beide lachen.

Der Jaguar stand nun wieder auf seinen Beinen, war jedoch durch den Aufprall noch etwas geschwächt. Seine Augen funkelten und er fletschte wütend die Zähne, während er in Rafael und Mikes Richtung starrte.

„Jetzt heißt es wieder Rafael und Mike retten der Welt einmal mehr ihren Arsch", sagte Mike.

„Oh ja, hört sich gut an", antwortete Rafael. „Wie in guten alten Zeiten. Oh Mann, wie ich das vermisst habe."

„Also gut, wer mehr Kills schafft, hat gewonnen", forderte er Rafael heraus.

„Find ich gut, auch wenn du weißt, dass du keine Chance gegen mich hast. Ich hab in letzter Zeit viel trainiert und wie du gesehen hast, treffe ich selbst Ziele, die sich schnell bewegen", antwortete Rafael und nahm damit die Herausforderung an.

„Das werden wir ja sehen", widersprach Mike. „Bist du bereit?" fragte er daraufhin.

„Von mir aus kann es losgehen", antwortete Rafael.

„Also schön, dann spielen wir mal ein bisschen *Catching Monsters,* aber auf unsere Art."

Gerade als Mike seinen Satz beendet hatte, setzte der riesige Jaguar zum Angriff an.

„Das wird mein erster Kill", schrie Mike entschlossen. Er wartete, bis der Jaguar nur noch wenige Meter von ihm entfernt war und zielte anschließend direkt auf sein Gesicht, sodass sie die Haut des Jaguars durchtrennte.

„Ja, Volltreffer", jubelte Mike und blickte dabei Rafael herausfordernd mit provozierendem lächeln an.

„Anfängerglück", konterte Rafael. Der Jaguar fauchte vor Schmerz und man sah, wie Blut aus der Schusswunde trat.

„Mann, das Vieh ist echt zäh", rief Rafael.

Der Jaguar leckte seine Pfote und wischte sich damit über die Wunde. Anschließend drehte er sich wütend zu Mike um, der gerade nachlud.

„Mike, pass auf", warnte Rafael.

Mike blickte von seiner Waffe empor, doch er bemerkte den Jaguar zu spät, so dass er ihm nicht mehr rechtzeitig ausweichen konnte und ihn seine Tatze am Kopf traf. Der Tatzenhieb war so stark, dass er wieder zu Boden gerissen wurde. Seine Krallen hatten Mike drei blutende Striemen verpasst.

Er fasste sich mit knirschenden Zähnen an den Kopf. „Das war vermutlich die Revanche dafür, dass ich dir ins Gesicht geschossen hab", dachte er sich, während er sich aufrappelte.

„Jetzt reicht es mir aber." Er drehte sich um und blickte den Jaguar mit vergeltendem Blick an. „Du hättest lieber weiter mit deinem Wollknäuel spielen sollen".

Wieder einmal rannte der Jaguar auf ihn zu, doch dieses Mal wartete Mike, bis er ihn fast wieder zu Boden warf und drückte anschließend ab. Die Kugel traf den Jaguar genau dort, wo sie ihn treffen sollte. Sie drang durch seinen Kiefer und durchschlug seinen Hinterkopf, so dass er nach einem unerträglichen Schrei leblos zu Boden sackte.

„Nicht schlecht", lobte ihn Rafael, der den Schuss mitverfolgt hatte.

„Danke", sagte Mike. „Damit steht es jetzt wohl eins zu null".

„Nicht mehr lange", konterte Rafael.

„Habt ihr das gehört?" ‚flüsterte plötzlich einer der Soldaten. Sie hielten mit leicht zitternden Händen ihre Waffen und betätigten ihre Stirnlampen, die an ihren Helmen befestigt war. Keiner traute sich zu atmen. Alle lauschten angespannt.

„Da war nichts", flüsterte ein Soldat. Das hast du dir bestimmt nur...."

Auf einmal ertönte ein Geräusch und ein blaues Licht blitzte auf.

„Aaahh".

Die Soldaten drehten sich erschrocken um. Im Schein der Taschenlampen konnte man einen der Soldaten erkennen, der am ganzen Körper unkontrolliert zitternd auf dem Boden lag.

„Nicht anfassen", rief Ash. „Er wurde vermutlich durch einen Stromschlag getötet."

Sie blickten sich ängstlich um.

„Wo ist das Vieh?", rief der Truppenführer.

Plötzlich konnten sie im Dunkeln ein blau leuchtendes Etwas erkennen, das sich schnell auf sie zu bewegte. Als es näherkam, konnte man es schließlich erkennen.

„Das ist Elektranea", rief Ash, „eine riesige Vogelspinne deren Haare elektrisch aufgeladen sind. Jegliche Berührung kann tödlich sein. Die Spannung der Stromschläge können bis zu vierhundert Volt betragen, was in etwa mit der Spannung einer Starkstromsteckdose zu vergleichen ist."

Die Soldaten begannen ängstlich auf das Monster zu schießen.

„Es ist zu schnell, ich kann überhaupt nicht zielen", beschwerte sich einer der Soldaten.

„Feuert weiter, Männer", versuchte sie der Truppenführer zu animieren.

„Da ist noch eine", rief einer der Soldaten und drehte sich um. „Wo ist sie hin?"

Auf einmal hörten sie ein Zischen, das von der Decke kam. Sie blickten entsetzt mit ihren Taschenlampen nach oben.

„Mist, die sind überall", rief ein Soldat.

„Wir müssen weiter, wir haben nicht mehr viel Zeit", drängte Ron.

„Der Junge hat recht", stimmte ihm der Truppenführer zu. „Wir müssen weiter."

Als er gerade seinen Satz beendet hatte, sprang die Spinne ohne Vorwarnung von der Decke und stand plötzlich direkt vor ihnen. Sie konnten nun ihre acht rot leuchtenden Augen und ihre acht haarigen Beine erkennen von denen sie zwei drohend in die Luft gestreckt hatte. Sie sahen ihre aufrecht gestellten Haare, zwischen denen blaue Blitze, wie bei einer Teslaspule, zuckten. Die Soldaten eröffneten wieder das Feuer.

„Aaaahhh", schrie plötzlich ein weiterer Soldat, der von einer Spinne attackiert wurde. Ein Blitz hatte ihn direkt an der Brust getroffen sodass sein Herzschlag aussetzte.

„Los, weg hier", rief der Truppenführer. Sie waren inzwischen nur noch zu viert und die beiden Soldaten waren zudem die Einzigen, die bewaffnet waren.

„Es werden immer mehr", bemerkte Ash verzweifelt.

„Bleibt hinter mir", flüsterte der Truppenführer. Der andere Soldat befand sich direkt hinter Ron und Ash, so dass sie von beiden Seiten geschützt waren. Sie schossen sich den Weg geradewegs frei, kamen jedoch nur langsam voran. Auf einmal wurden sie von zwei Spinnen überrascht, die von der Decke heruntersprangen und den dritten Soldaten töteten.

„Los, wir müssen uns vor den Spinnen verstecken", rief der Truppenführer zu Ron und Ash. Sie nickten.

„Los, hier reeiiaahh", schrie der Truppenführer plötzlich auf. Eine Spinne hatte ihn am Bein gebissen. „Aaahh", schrie er weiter.

Ron und Ash sahen ihn geschockt und hilflos an. Der Truppenführer hatte vor Schmerz seine Waffe fallengelassen.

„Lauft", stotterte er, bevor er leblos auf den Boden sank. Ron hob ohne nachzudenken die Waffe vom Boden auf und begann zu rennen.

„Warte auf mich", rief Ash unter Schock. „Was machst du da?".

„Nach was sieht es denn aus, ich versuche zu verhindern, dass uns unsere Monster töten, bevor wir den Serverraum erreichen." Er blickte über seine Schulter.

Die Spinnen hatten bereits die Verfolgung aufgenommen.

„Du weißt doch gar nicht, wie man mit so einem Ding umgeht", protestierte Ash.

Sie blickten sich ängstlich um. Die Spinnen schienen sie immer weiter einzukesseln. Ron hielt das Maschinengewehr fest in der Hand und fuchtelte damit umher.

„Na los, schieß, worauf wartest du noch? Von dem Herumgefuchtel allein wirst du sie ganz sicher nicht los", bemerkte Ash mit zitternder Stimme.

Ron drehte sich um und drückte schreiend den Abzug. Er schoss wahllos um sich, wobei ihm das Maschinengewehr fast aus der Hand fiel. Er hatte die Wucht der Waffe total unterschätzt. Obwohl er zuvor schon einmal mit einem Maschinengewehr auf Aqua geschossen hatte, hatte er es dieses Mal viel weniger unter Kontrolle. Ron hatte das Gefühl, als würde sein ganzer Körper vibrieren. Die Kugeln schlugen in die Wand ein und hinterließen kleine Einschusslöcher. Ron schoss so lange, bis das Magazin leer war.

„Mist, ich glaube das Magazin ist leer", sagte er schließlich. Er spürte, wie sich die Waffe beim Schießen aufgeheizt hatte.

„Zielen war noch nie deine Stärke oder?", stichelte Ash etwas wütend, während die Spinnen immer näher kamen. „Du hast kein einziges Monster getroffen."

„Aber du hättest es natürlich mal wieder besser hinbekommen, Mr. Perfekt", konterte Ron wütend. „Du hättest doch nur wieder in die Decke geschossen. Bevor du eine davon getroffen hättest, hätte der herabfallende Putz sie schon längst erschlagen."

Ein Zischen unterbrach schließlich ihren Streit. Sie blickten den Flur entlang, wo sich immer mehr Spinnen angesammelt hatten.

„Weißt du was?", gab Ash schließlich nach. „Lass uns einfach versuchen heute nicht zu sterben, denn das ist wichtiger als unser Streit."

„Das sehe ich genauso", stimmte Ron zu. Sie sahen die aufgestellten Haare der Spinnen, die durch die blauen Blitze, die sie verursachten, leicht silbern glänzten.

„Los, hier rein", rief Ron plötzlich. Er drückte den Türknauf einer Bürotür nach unten. Zu seiner Erleichterung war diese nicht abgeschlossen.

Sobald sie im Raum waren, schlossen sie hinter sich die Türe und stellten Tische und Stühle davor.

„Na toll, und was machen wir jetzt?", fragte Ash genervt.

„Invasionsupload in zwölf Minuten, dreizehn Sekunden", rief eine elektronische Stimme aus Rons Handy.

„Wie sollen wir jetzt zum Serverraum kommen, wenn wir hier drin festsitzen?", fragte Ash verzweifelt.

KAPITEL 23

DIE

SCHOCKWELLE

Plötzlich hörten Mike und Rafael einen ohrenbetäubenden Schrei, der von dem gigantischen Monster ausging. Sie hielten sich mit schmerzverzerrtem Gesicht die Ohren zu.

„Aaahh verdammt, was ist das für ein Geräusch?", schrie Rafael. Sie sahen hinüber zum NVIW-Center. Der Schrei wurde immer lauter und kurz darauf konnte man mehrere Impulswellen erkennen, die von ihm ausgingen.

„Was zum Teufel geschieht hier?", fragte Rafael Mike.

„Ich weiß es nicht, aber das gefällt mir ganz und gar nicht. Es sieht so aus, als würde es jeden Moment angreifen." Gerade als Mike seinen Satz beendet hatte, bemerkten sie, wie die Fenster des NVIW-Centers zerbarsten.

Die Fensterscheiben des Büros zersprangen mit einem Schlag. Glassplitter flogen durch den gesamten Raum. Die Druckwelle war so stark, dass sie Ron und Ash nach hinten schleuderte. Sie versuchten geschockt ihr Gesicht vor den umherfliegenden Glassplittern zu schützen, indem sie ihre Hand davorhielten.

Die gigantische Druckwelle bewegte sich mit rasender Geschwindigkeit auf Mike und Rafael zu. Sie zerstörte alles, was sich ihr in den Weg stellte. Autos wurden umhergeschleudert, Laternenmasten und Ampeln knickten wie Streichhölzer um.

„Schnell, in den Wagen", brüllte Mike.

„Mein Gott", flüsterte Rafael mit vor Schreck weit aufgerissenen Augen.

„Rafael, los", befahl ihm Mike. Sie rannten zum Wagen und schlossen die Türen, bevor sie die Druckwelle mit voller Wucht traf.

„Kopf runter", brüllte Mike. Die Druckwelle durchschlug die Autoscheiben und schleuderte den Wagen durch die Luft, so dass er sich anschließend überschlug. Rafael und Mike wurden im Inneren des Wagens hin und her geschleudert, bis dieser schließlich auf dem Dach liegenblieb.

„Aaahh verdammte Scheiße", fluchte Rafael und hielt sich den Kopf.

„Alles Okay?" erkundigte sich Mike.

„Ja", antwortete Rafael. „Nur ein paar Kratzer, sonst nichts."

Sie schnappten sich ihre Waffen, die den Überschlag ohne weiteres überstanden hatten und kletterten aus dem völlig demolierten Fahrzeug.

„Leider haben es nicht alle geschafft", trauerte Rafael um sein Auto, dass nun mehr einem Haufen Altmetall als einem Auto glich. Die Umgebung rings um das NVIW-Center war nicht mehr wieder zu erkennen. Staub lag in der Luft, welcher das Atmen schwer machte. Überall lagen zerstörte Autos und kaputte Masten auf dem Boden. Es machte den Anschein, als wäre gerade eine Atombombe detoniert.

„Wir müssen weiter zum NVIW-Center, die Truppe braucht bestimmt unsere Hilfe", drängte Mike.

„Ash, alles Okay?" rief Ron, der sich langsam wieder aufrichtete.

„Ah, ich glaub ich hab mir gerade sämtliche Knochen gebrochen“, jammerte Ash und fasste sich an den Rücken.

„Mergos muss die gesamte elektrische Energie angezogen haben, um sie anschließend in Form einer gewaltigen Druckwelle wieder freizusetzen“, rief Ron, während sich Ash weiter auf dem Boden herumwälzte.

„Das ist genau so ein Moment, wo ich mir gewünscht hätte, ihm diese Fähigkeit nicht gegeben zu haben“, stöhnte Ash.

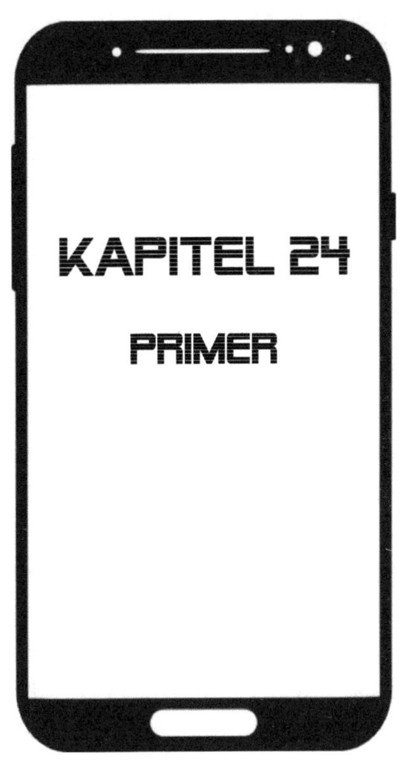
KAPITEL 24
PRIMER

„Oh, bitte nicht", flehte Ron, als er bemerkte, wie der Bildschirm eines PCs anfing blau zu leuchten.

„Was ist los?", fragte Ash.

„Wir bekommen gleich unerwünschte Gesellschaft", antwortete er und deutete dabei mit einem Kopfnicken in Richtung des leuchtenden PCs.

„Das soll wohl ein Scherz sein", rief Ash verzweifelt. „Und was machen wir jetzt?", fragte er weiter. „Vor der Türe lauern dutzende Elektranea auf uns und hier drin werden wir gleich von einem anderen Monster getötet."

Das Monster hatte das Portal inzwischen passiert und stand nun auf dem Schreibtisch. Es war ein schwarzer Gorilla mit riesigen Zähnen und mächtigen Armen. Er stellte sich auf die Hinterbeine und schlug sich brüllend mit beiden Fäusten gegen die Brust.

„Oh nein, nicht Primer", stotterte Ash. Der Gorilla sprang vom Schreibtisch herunter und zerteilte ihn anschließend mit seinen Fäusten in zwei Hälften.

„Ich will nicht so enden wie der Schreibtisch", wimmerte Ash.

„Reiß dich zusammen Alter", verlangte Ron und schlug Ash dabei mit der Hand auf die Wange.

„Wir haben vielleicht keine Waffen, aber wir haben die Monster programmiert, also wissen wir auch, wie sie denken und was ihre Schwächen sind".

„Ja", bestätigte Ash. „Aber zufällig haben wir gerade keine fünf Kilo Bananen, um ihn zu füttern, wenn du das damit meinst."

„Verdammt, pass auf", rief Ash und deutete mit der Hand auf Primer. Der Gorilla warf einen Schreibtischstuhl in Ron und Ashs Richtung. Sie konnten sich gerade noch rechtzeitig ducken, bevor der Stuhl mit einem Schlag gegen die Wand prallte.

„Mann, der zerlegt hier das ganze Zimmer", schrie Ash, der sich wieder aufrichtete.

„Danke, dass du mich gewarnt hast", erwiderte Ron, der sich ebenfalls wieder aufrappelte.

„Ich glaube lange können wir ihm nicht mehr ausweichen", befürchtete Ash.

Sie bemerkten, wie der Gorilla überraschend Ash fokussierte und schließlich brüllend auf ihn zu rannte. Ash versuchte ihm auszuweichen und hechtete zur Seite.

„Warum hat sich Primer ausgerechnet für mich entschieden?", rief Ash.

„Ich glaube er hat es auf den Stick abgesehen", erkannte Ron.

„Na super", antwortete Ash. Der Gorilla drehte sich wütend um und nahm erneut Kurs auf ihn.

„Ich hab eine Idee", schlug Ron vor. „Wir werfen uns den Stick gegenseitig zu, sodass wir immer in Bewegung bleiben. So minimiert sich seine Chance den Stick zu zerstören."

„Ok", hechelte Ash, „ein Versuch ist es wert."

Er nahm den Stick aus der Tasche und warf ihn zu Ron hinüber. Als der Gorilla sah, dass Ron nun den Stick hatte, stoppte er abrupt seine Verfolgungsjagd und steuerte nun auf Ron zu.

„Ash, bist du bereit?"

„Ja".

Ron warf den Stick zu Ash hinüber, der ihn mit der Hand auffing. Der Gorilla machte kehrt und verfolgte wieder Ash.

„Lange halten wir das aber nicht mehr durch", keuchte Ash.

„Los mach weiter, etwas Besseres fällt uns gerade nicht ein", versuchte ihn Ron zu animieren.

„Wir müssen zur Nordseite, dort ist der Einsatztrupp in das Gebäude eingedrungen", rief Mike Rafael zu, während sie sich den Weg mehr oder weniger freischossen.

„Alles klar. Ja, noch ein Kill, ich glaube ich hol langsam auf", jubelte Rafael.

„Das glaube ich kaum, mein Vorsprung ist schon so groß, dass du mich nicht einmal einholen könntest, wenn ich jetzt keine Kills mehr mache", prahlte Mike.

„Da würde ich mich aber an deiner Stelle nicht so weit aus dem Fenster lehnen, denn sonst kann es passieren, dass du hinausfällst", konterte Rafael.

Sie hatten inzwischen die Nordseite des NVIW-Centers erreicht und stiegen nun durch ein zerbrochenes Fenster in das Gebäude ein. Überall lagen Scherben und kaputte Möbel auf dem Boden.

„Mann, dass sieht hier vielleicht aus", murmelte Rafael.

„Ja, da sollte mal wieder jemand sauber machen."

„Aber dazu sind wir doch da", merkte Rafael an und lachte.

„Da hast du allerdings recht", gab Mike grinsend zu. „Leider sind alle Fenster kaputt gegangen, so können wir jetzt nicht mehr nachverfolgen, in welchem Stockwerk sie eingedrungen sind."

Rafael nickte. „Ja, da hat das Monster ganze Arbeit geleistet, um sie uns zu erschweren."

Sie liefen wachsam das Treppenhaus hinauf, während sie schon von weitem die Schreie der Monster hören konnten.

„Oh verdammt, ich kann nicht mehr", keuchte Ash und blieb stehen, um nach Luft zu schnappen.

„Ash, pass auf", schrie Ron.

Der Gorilla hatte Ash kurz darauf erreicht und gegen ihre selbst errichtete Barrikade geschleudert, so dass diese über ihm zusammenbrach und ihn unter sich begrub.

„Ash", rief Ron entsetzt.

„Ah, das hat gesessen", stöhnte Ash, während der Gorilla erneut Kurs auf ihn nahm. Ash versuchte sich aus dem Haufen zu befreien, indem er einen Stuhl entfernte, der auf ihm lag.

„Gib mir den Stick", rief Ron.

„Oh nein", sagte Ash entsetzt, als er bemerkt hatte, dass er den Stick nicht mehr in der Hand hielt. „Ich hab ihn verloren. Er muss hier irgendwo unter den ganzen Stühlen und Tischen liegen."

Der Gorilla war inzwischen beim Trümmerhaufen angelangt und begann diesen nun auseinander zu nehmen. Er warf wütend die Stühle zur Seite und wühlte anschließend nach dem Stick.

„Ich glaube Primer hat den Stick gefunden", befürchtete Ash.

„Los, wir müssen ihn finden, bevor er ihn in seine Finger bekommt", rief Ron hektisch.

Er rannte zu Ash hinüber, der bereits angefangen hatte zu suchen. Der Gorilla war so damit beschäftigt den Stick zu finden, dass er Ron und Ash nicht weiter beachtete.

„Ich sehe ihn," gab Ash Bescheid. „Er liegt ganz in der Ecke".

Der Gorilla streckte seine Hand aus, doch sie war zu groß, um ihn sich zu schnappen. Wütend versuchte er vergebens weitere Stühle und Tische zu entfernen.

„Ich werde ihn jetzt holen", entschied Ash.

„Pass auf", warnte ihn Ron. „Primer wird sich sofort wieder auf dich stürzen, sobald du den Stick in der Hand hältst.

Ash kroch zwischen den umgestürzten Stühlen und Tischen hindurch, bis er ihn schließlich mit der Hand greifen konnte.

„Ich hab ihn".

In diesem Moment hob der Gorilla brüllend einen Tisch hoch, den er anschließend zur Seite warf, sodass Ash frei war.

Ash blickte erschrocken nach oben und versuchte dem Hieb des Gorillas auszuweichen, doch er erwischte ihn am Arm, so dass er Ash den Stick aus der Hand riss, welcher anschließend über den Boden in Richtung Fenster schlitterte.

„Der Stick", schrie Ash.

Ron drehte sich blitzartig um und hechtete dem Stick hinterher.

„Ich hab ihn".

„Mist, ich hab zu viel Schwung." Er rutschte über die Fensterkante und hielt sich mit einer Hand an ihr fest.

„Ron", rief Ash panisch, der zum Fenster gerannt war.

„Ash, schnell zieh mich hoch, ich kann mich nicht mehr lange halten".

Ash legte sich auf den Boden und versuchte ihn mit beiden Händen nach oben zu ziehen. Ron blickte nach unten.

„Oh scheiße, beeil dich", rief er panisch.

„Ich versuch´s ja. Verdammt Ron, mach dich nicht so schwer, ich kann dich nicht mehr lange halten."

Er traute sich fast nicht zu Ron nach unten zu blicken, da er wie Ron Höhenangst hatte. Er merkte, wie ihn Ron allmählich in Richtung Fensterkante zog.

„Ash", sagte Ron nun mit emotionaler Stimme. „Es tut mir leid, dass ich unsere Freundschaft aufs Spiel gesetzt habe."

„Nein", sagte Ash mit angestrengtem Gesichtsausdruck. „Mir tut es leid. Ich habe dir die ganze Zeit vorgeschrieben, was du tun sollst und was nicht. Dabei hätte ich dich lieber unterstützen sollen, wie es ein guter Freund normalerweise macht."

„Ash, lass mich los."

„Nein", sagte Ash nun mit zitternder Stimme. „Ich werde dich nicht loslassen."

Er versuchte Ron nach oben zu ziehen, doch dafür hatte er nicht genügend Kraft.

„Hätte ich gewusst, dass ich dich mal von einem Hochhausfenster nach oben ziehen muss, dann wäre ich öfters ins Fitnessstudio gegangen."

Mike und Rafael waren zur gleichen Zeit im fünfundzwanzigsten Stockwerk angelangt und liefen angespannt durch den Flur.

„Was ist denn hier passiert?", fragte Rafael etwas entsetzt, als sie die toten Soldaten auf dem Boden entdeckten.

„Ich weiß es nicht, aber das ist gar nicht gut."

Plötzlich bemerkten sie die Spinnen, die überall im Flur verteilt waren.

„Ich glaube die toten Soldaten gehen auf ihre Kappe", sagte Rafael.

„Aber wo sind Ron und Ash?", wunderte sich Mike.

„Sie müssen den Angriff der Spinnen überlebt haben und auf dem Weg zum Serverraum sein", schlussfolgerte Rafael.

„Ich hoffe du hast Recht", sagte Mike besorgt.

Sie sahen das Blitzen der Spinnenhaare, die immer näherkamen.

„Ich glaube die Soldaten wurden durch Stromschläge getötet", überlegte Rafael laut.

„Ich glaube wir bekommen gleich die Chance
sie zu rächen. Wie sieht´s aus. Lust auf eine
Revanche?"

„Dieses Mal werde ich dich aber schlagen", rief
Rafael mit herausfordernder Stimme.

„Da würde ich mich aber an deiner Stelle nicht
so weit aus dem Fenster lehnen, sonst kann es
passieren, dass du hinausfällst", witzelte Mike.

„He, das ist mein Spruch", beschwerte sich
Rafael und beide mussten grinsen.

Sie kämpften sich durch den Flur und hielten
dabei Ausschau nach Ron und Ash.

„Das ist für den Tod meiner Kameraden", rief
Mike, während er mit seiner Schrotflinte eine Spinne
nach der anderen tötete.

„Pass auf ihre Haare auf, die stehen unter
Strom", warnte Rafael.

„Keine Angst, bevor die mich erreichen, schalte
ich ihnen den Strom ab", beruhigte er ihn und lud
nach. „Allzu viele dürfen allerdings nicht mehr
kommen, denn meine Munition geht langsam zur
Neige."

„Da bist du nicht der Einzige", stellte Rafael
fest.

Auf einmal entdeckten sie die Einschusslöcher,
die Ron mit dem Maschinengewehr des
Truppenführers in der Wand und im Boden
hinterlassen hatte.

„Das war keiner der Soldaten", analysierte
Mike die Einschusslöcher, indem er mit seiner Hand
die Wand abtastete. „Sie müssen sich ein

Maschinengewehr geschnappt und damit auf die Spinnen geschossen haben". Ich vermute sie sind ganz in der Nähe."

Sie blickten den Gang entlang und betrachteten stolz ihr Werk.

„Ich würde sagen, den Gang hätten wir schon mal gesäubert", triumphierte Rafael.

„Ja, sieht gut aus", stimmte Mike zu. „Ich würde sagen, bis jetzt steht es unentschieden."

„Einverstanden", murmelte Rafael.

Sie wandten sich wieder um und suchten weiter.

„Ron, Ash, wo seid ihr?", riefen beide.

„Hörst du das?", fragte Mike irritiert.

„Das hört sich an, wie ein wütender Affe, der seine Bananen nicht bekommen hat."

„Ja, jetzt wo du es sagst, höre ich es auch."

„Denkst du gerade auch das, was ich denke?", fragte Mike.

„Sie müssen in dem Büro sein, aus dem die Affengeräusche kommen", antwortete Rafael.

„Dann los," hetzte Mike und lud nach.

„Ash sah nach hinten, wo der Affe wütend auf seiner Brust herumtrommelte und sein Maul weit aufriss. Anschließend blickte er wieder nach unten zu Ron.

„Ron, es war mir eine Ehre mit dir zu arbeiten", sagte Ash mit Tränen in den Augen.

„Verdammt Ash, fang jetzt nicht an zu heulen, sonst muss ich auch heulen", sagte Ron etwas gerührt zu Ash.

„Irgendwie habe ich mir meinen Tod immer anders vorgestellt", sagte Ron mit zitternder Stimme.

„Immerhin können wir uns aussuchen, ob wir vom Hochhaus stürzen oder von einem Affen zerfetzt werden wollen, so eine Entscheidung haben nicht viele", versuchte Ash sich und Ron etwas aufzumuntern.

Er spürte, wie Rons Hand immer weiter nach unten rutschte und ihn immer näher an die Fensterkante zog.

„Nein", versuchte sich Ron zusammen zu reisen. „Wir sind schuld, dass das alles passiert ist, also werden wir es auch wieder beenden. Er blickte entschlossen in Ashs Augen.

„Du hast recht", sagte er nun ebenfalls entschlossen.

In diesem Moment hörte Ash, wie die Türe des Büros gesprengt wurde. Er drehte seinen Kopf etwas erschrocken zur Türe.

„Mike?", rief er überrascht.

„Jetzt ist Schluss mit dem Affentheater", brüllte Mike.

Primer hatte sich ebenfalls umgedreht und knurrte Mike und Rafael wütend an. Dann bemerkte Mike, wie Ash Ron vor dem Absturz retten wollte.

„Ash, halte durch, ich komme", rief Mike. „Du gibst mir solange Feuerschutz", befahl er Rafael.

„Alles klar."

Mike rannte hinüber zum Fenster und half Ash, Ron nach oben zu ziehen, während Rafael Primer mit der Schrotflinte ablenkte.

„Mann, das war vielleicht knapp", rief Ron erleichtert zu Mike.

„Das kannst du laut sagen", grätschte Ash dazwischen.

„Danke, ich bin so erleichtert, dich zu sehen, das kannst du dir gar nicht vorstellen."

„Genau das gleiche habe ich zuvor auch zu Rafael gesagt."

„Wir müssen uns beeilen", drängte Ash, „wir haben nicht mehr viel Zeit, bis der Invasionsupload beginnt."

Sie hörten den Schrei von Primer, als Rafael ihn mit der Schrotflinte an der Brust traf. Er blutete, doch seine Brust war sehr robust, weshalb die Patrone nur durch die äußeren Hautschichten gedrungen war. Primer holte mit seiner Hand aus und schleuderte Rafael zu Boden. Anschließend blickte er sich hastig nach Ron um, der den Stick nun in seiner Uniform verstaut hatte.

„Er versucht immer noch den Stick zu bekommen", erklärte Ron Mike.

„Den wird er aber nicht kriegen, zumindest solange ich noch lebe." Rafael hatte sich inzwischen wieder aufgerappelt und zielte nun erneut auf Primer.

„Wie sieht es aus?", fragte Mike.

„Machen wir ihn fertig", antwortete Rafael entschlossen.

Sie feuerten gleichzeitig auf Primer, der vergeblich versuchte sich mit den Händen vor den Patronen zu schützen. Er riss wütend das Maul auf und schlug wahllos um sich.

„Geben wir ihm den Rest", sagte Mike.

„Mit Vergnügen", säuselte Rafael.

Primer war bereits ziemlich stark verletzt und taumelte benommen umher. Die beiden letzten Kugeln trafen ihn mit voller Wucht am Kopf, so dass er mit einem letzten qualvollen Schrei leblos zu Boden sank.

„Wuuh", jubelte Rafael. „Wir haben den Endgegner besiegt und die Prinzessinnen befreit, jetzt müssen wir sie nur noch heil in ihr Schloss bringen."

KAPITEL 25

DIE VERFOLGUNG

Sie verließen das Büro und machten sich auf den Weg zum Serverraum.

„Wie habt ihr uns eigentlich so schnell gefunden?", wollte Ron von Mike wissen.

„Als wir im Gebäude waren, fiel mir ein, dass der Truppenführer mit einem Peilsender ausgestattet ist, welchen ich mit dem Überwachungsradar orten kann."

Er holte es aus seiner Tasche und betrachtete es dankbar. „Glücklicherweise habe ich das Ding noch in meiner Uniform gehabt, sonst hätten wir euch vermutlich nicht rechtzeitig gefunden."

„Das bedeutet, ich habe mein Leben dem Ding zu verdanken", schmunzelte Ron.

„Streng genommen könnte man das so sagen", überlegte Mike.

Sie liefen das Treppenhaus hinunter, wobei Mike voranging und Rafael Ash und Ron von hinten schützte. Es war unheimlich still. Fast schon zu still. Sie konnten lediglich ihre eigenen Schritte und ihr lautes Atmen hören. Angespannt liefen sie Schritt für Schritt das Treppenhaus hinab, immer in der Erwartung, dass gleich etwas passieren würde.

„Habt ihr das auch gehört?", flüsterte Ron unerwartet. Sie blickten das Treppenhaus hinauf, wo einige Elektranea die Treppen nach unten krabbelten.

„Nicht die schon wieder", rief Ash.

„Wo kommen die Scheiß-Viecher eigentlich die ganze Zeit her, ich dachte wir hätten alle getötet", wunderte sich Rafael.

„Anscheinend nicht", vermutete Mike. „Los, lauft."

Sie rannten nun die Treppen nach unten, wobei ihnen die Spinnen dicht auf den Versen waren.

„Wooooh", schrie Rafael und machte einen Satz vom Geländer weg. Ein blauer Blitz zuckte über das Geländer und verfehlte seine Hand nur um Zentimeter.

„Passt auf, das Metallgeländer leitet ihre Blitze nach unten ab", warnte Ron.

„Zum Glück sind die Treppen nicht aus Metall, sonst wären wir schon längst gegrillt worden", kommentierte Ash.

„Schneller, sie haben uns fast eingeholt", drängte Ron.

Sie näherten sich mit jedem Stockwerk weiter dem Serverraum, doch sie hatten immer noch fünfzehn Stockwerke bis zum Erdgeschoss vor sich.

„Invasionsupload in drei Minuten vierzig Sekunden", ertönte die elektronische Stimme aus Rons Handy.

„Wir schaffen es niemals in drei Minuten bis zum Serverraum", rief Ash panisch.

„Wir müssen es schaffen", hoffte Ron.

Sie hörten, wie sich nun auch Monster von den unteren Stockwerken näherten. Sie blickten über das Geländer in die Tiefe.

„Na toll, jetzt werden wir gleich umzingelt, wenn wir hier nicht wegkommen", verzweifelte Ash.

Ron blickte erneut in die Tiefe. Die Monster waren nur noch etwa drei Stockwerke unter ihnen und die Elektranea näherten sich von oben ebenfalls mit hoher Geschwindigkeit. Dann richtete er seinen Blick in Richtung Ausgang, der zur dreizehnten Etage führte.

„Ash hat recht", stimmte ihm Rafael zu. Wenn uns nicht schnell eine Lösung einfällt, dann werden uns die Monster einkreisen, wie ein Rudel Wölfe ein Reh und uns dann zerfetzen".

„Unsere Munition reicht zudem nicht einmal ansatzweise für alle Monster aus, zumal sich die Viecher ja schneller vermehren als Ratten," fügte Mike hinzu.

„Ich hab eine Idee, wie wir vielleicht schneller zum Serverraum gelangen könnten," überlegte Ron laut.

„Wie?", fragten die anderen etwas neugierig.

„Kommt mit", forderte Ron die anderen auf ihm zu folgen.

„Wo willst du hin?", fragte Ash etwas verwirrt, als er in Richtung Ausgang rannte. Die Anderen folgten ihm. „Kannst du uns jetzt vielleicht mal verraten, was du vorhast?", rief Ash ungeduldig, als sie im dreizehnten Stock ankamen. Sie standen nun direkt vor den Aufzügen, die jedoch außer Betrieb waren.

„Wir fahren mit dem Aufzug in den Serverraum", sagte Ron.

„Du weißt schon, dass sie außer Betrieb sind", fragte ihn Ash ungläubig.

„Ja noch", beruhigte ihn Ron. „Der Aufzug ist im elften Stock stehengeblieben", fuhr er fort. „Das bedeutet, dass es bis zum Aufzug etwa sechs Meter sein müssen."

Mike ahnte, was Ron vorhatte. Er hielt sich jedoch noch zurück, um zu sehen, ob sich seine Vermutung bestätigte. Auf einmal hörten sie ein Knacken. Erschrocken blickten sie zur Türe hinüber, die zum dreizehnten Stock führte. Die Monster hatten das Stockwerk nun erreicht und rissen die Türe aus ihrer Verankerung.

„Los, helft mir mal die Aufzugtüre zu öffnen", wandte sich Ron an Mike und Rafael. Sie nickten und drückten mit aller Kraft die beiden Seiten der Türe auseinander. Langsam spürte Ron seinen Schlafentzug. Er hatte seit zwei Tagen nicht mehr geschlafen und er merkte, wie ihn die Müdigkeit mit jeder Minute, die verging, weiter einholte. Er versuchte sich zusammen zu reißen und sich die Müdigkeit nicht anmerken zu lassen. Er blickte etwas mulmig in den Aufzugsschacht hinein.

„Da ist er", sagte Mike.

„Und wie kommen wir jetzt da runter?", fragte Ash etwas nervös. „Ich hab nämlich langsam genug von tiefen Abgründen."

„Wir klettern an den Seilen nach unten", beantwortete Ron seine Frage.

„Das habe ich befürchtet", murmelte Ash, der es nicht wagte nach unten zu sehen. Als sie vor zwei Tagen aus dem Hotelfenster in den Müllcontainer gesprungen waren, wusste Ash, dass der Müllcontainer ihren Sturz abfedern würde. Doch das hier war mit dem Hotelfenster nicht vergleichbar, da das harte Aufzugdach ihren Sturz nicht abfedern würde.

„Das packst du schon“, versuchte Mike ihn mit einem Schulterklopfer zu beruhigen.
„Sieh einfach nicht nach unten.“

„Also schön, wir machen es folgendermaßen“, schlug Mike vor. „Wir werden es so wie auf der Treppe machen. Ich gehe als Erster und Rafael als Letzter einverstanden?“

„Klingt gut“, sagte Rafael. Ron war nun auch etwas unwohl bei der Sache. Obwohl er sich den ganzen Plan selbst ausgedacht hatte, fühlte er nun einen Hauch von Respekt für die nicht ganz ungefährliche Aktion. Seine Müdigkeit linderte zwar sein Angstgefühl, doch leider nahm mit zunehmender Müdigkeit seine Konzentration ab, welche bei diesem Vorhaben jedoch von essenzieller Bedeutung war.

KAPITEL 26
DER AUFZUG

Die Monster waren inzwischen im Stockwerk angelangt und nahmen unerbittlich Kurs auf sie. Mike atmete tief ein und wieder aus, bevor er sich mit einem Satz an den Seilen festhielt. Zu seiner Verwunderung blieben die Seile starr und bewegten sich nicht, als er in sie hineinhechtete.

„Mike, alles klar?," fragte Ron.

„Ja, die Seile sind wesentlich stabiler, als ich gedacht hatte", antwortete Mike.

Als er etwa die Hälfte der Strecke hinter sich gebracht hatte, forderte er Ron auf, ihm zu folgen.

„Ron, jetzt bist du dran, ich hoffe du hast im Sportunterricht gut aufgepasst, denn da klettert man ja ständig Seile rauf und runter. Das ist im Prinzip nicht viel anders. Der einzige Unterschied ist, dass die Seile aus Metall bestehen und sich nicht bewegen."

Ron blickte fokussiert auf die starren Metallseile, die senkrecht sechs Meter in die Tiefe ragten. Er hatte früher den Sportunterricht immer geschwänzt, da er ihn für unnötige Zeitverschwendung gehalten hatte. Doch spätestens jetzt bereute er, dass er nie ein Seil nach unten geklettert war.

„Komm schon Ron, dass schaffst du. Du bist schon aus derselben Höhe in einen Müllcontainer gesprungen und hast einen Fallschirmsprung aus tausend Metern überstanden. Was sind da schon sechs Meter."

„Ron, wir sollten uns etwas beeilen", riss ihn Ash hibbelig aus seinen Gedanken. Die Monster hatten sich nun bedrohlich genähert.

„Ich versuche sie uns noch etwas vom Leib zu halten“, rief Rafael. „Doch lange halte ich das nicht durch.“

Er feuerte auf die sich nähernden Elektranea, während Ron noch einmal in sich ging.

„Das packst du“, sprach ihm Mike Mut zu.

Ron öffnete fest entschlossen seine Augen, atmete noch einmal tief ein und wieder aus und sprang mit einem Schrei in die Seile hinein, die seinen Schwung abrupt abbremsten.

„Na geht doch“, rief Mike, der bereits auf dem Aufzugdach stand und zu Ron nach oben blickte.

Ron klammerte sich wie ein Affe um die kalten rauen Seile und blickte zu Mike hinunter.

„Ich glaube das war doch keine so gute Idee“, zweifelte Ron.

„Keine Sorge“, beruhigte ihn Mike.

„Ich versuche dich von unten zu leiten. Klammere deine Füße fest um das Seil und greif mit der einen Hand ein Stück nach unten.“

Ron nickte und versuchte Mikes Anweisungen in die Tat umzusetzen. Er machte eine Art Schneidersitz und presste dabei seine Oberschenkel gegen das Seil. Anschließend griff er mit einer Hand nach unten.

„Jetzt lockerst du deine Beine etwas, damit du ein Stück nach unten rutschst“, fuhr Mike fort.

Ron gehorchte und lockerte seinen Schneidersitz so, dass er ein Stück nach unten rutschte.

„Es funktioniert“, jauchzte Ron.

„Gut so", lobte ihn Mike. „Jetzt greifst du mit der oberen Hand wieder unter die andere und lockerst wieder die Beine."

„Alles klar. Ich glaube jetzt habe ich es raus."

„Los Ash, mach dass du auch da runter kommst", befahl ihm Rafael, der Mühe hatte die Monster in Schach zu halten.

„Ich kann das nicht", wimmerte Ash.

„Doch, du kannst das", schrie Rafael. „Los."

Auf einmal bemerkte Rafael, dass seine Munition zu Ende war. „So ein Mist", fluchte er und warf wütend sein Gewehr zur Seite.

„Zeit bis Invasionsupload eine Minute siebenunddreißig Sekunden."

„Ash, Rafael, wir haben nur noch eineinhalb Minuten Zeit, bis der Upload gestartet wird."

„Dann", sagte Rafael zu Ash, „kommt jetzt wohl Plan B zum Einsatz."

„Was ist Plan B?", fragte Ash mit einer Mischung aus Ratlosigkeit und Furcht.

„Los, steige auf meinen Rücken", forderte Rafael.

„Was?", rief Ash verwirrt.

„Mach es einfach", befahl Rafael nun etwas gereizter.

Ash blickte zu den Monstern und anschließend zurück zu Rafael, der sich bereits leicht nach unten gebeugt hatte.

„Na schön", willigte Ash schließlich ein. „Aber wehe du lässt mich fallen".

Er machte einen Satz auf Rafaels Rücken, der anschließend in Richtung Aufzugsschacht lief.

„Halt dich gut fest", warnte Rafael.

„Warte, du willst jetzt doch nicht ernsthaft so die Seile nach unten klettern oder?", fragte ihn Ash panisch.

„Doch genau das habe ich vor."

Ron war inzwischen auf halber Strecke angekommen.

„Verdammt, sie kommen näher", rief Ash.

Rafael machte ein paar Schritte zurück, was mit Ash auf dem Rücken gar nicht so einfach war. Er blickte ein letztes Mal auf die Monster, rannte zur Kante und sprang ab.

„Scheißeee", schrie Ash, der die Augen fest zusammenkniff und betete, dass sie nicht abstürzten. Als er seine Augen wieder öffnete, hingen sie im Seil. Rafael musste nun die Last von ihm und Ash tragen, weshalb ein enormes Gewicht auf ihm lastete.

„Mann, das ist doch um einiges anstrengender, als ich gedacht hatte", erkannte Rafael, der keuchend das Seil nach unten kletterte.

Plötzlich bemerkten sie, wie einige Elektranea durch die offenen Aufzugstüren in den Schacht kletterten.

„Schneller", rief Ash.

„Ich klettere ja schon so schnell ich kann", sagte Rafael genervt.

Ron war zur gleichen Zeit endlich bei Mike angekommen.

„Beeilt euch", rief Ron, der besorgt nach oben blickte. „Wenn die Spinnen die Seile berühren, leiten sie ihren Strom über diese ab."

Der Schacht füllte sich immer weiter. Rafael blickte nach oben und anschließend zu Mike und Ron nach unten.

„Wir müssen springen", beschloss Rafael, der den Ernst der Lage erkannt hatte.

„Waaaaas", rief Ash entsetzt, der von Rafaels Plan nicht besonders begeistert war. „Das sind mindestens noch vier Meter bis zum Aufzug".

„Wir haben keine andere Wahl", betonte Rafael. „Bis die Spinnen das Seil berühren schaffen wir es niemals rechtzeitig zum Aufzug".

Mike hatte in der Zwischenzeit die Klappe des Aufzugs geöffnet.

„Bist du bereit?" fragte Rafael Ash, nachdem er das Dach des Aufzugs noch einmal inspiziert hatte, um einen geeigneten Landepunkt festzulegen.

„Bringen wir es einfach hinter uns", knirschte Ash.

Rafael blickte ein letztes Mal nach oben und fixierte anschließend seinen Landepunkt auf dem Aufzug.

„Pass auf, dass du nicht auf einer unebenen Stelle landest, sonst brichst du dir deine Sprunggelenke", belehrte er Ash.

„Danke für die Information, aber ich glaube das hätte ich mir auch denken können".

Rafael warnte Mike vor, dass sie jetzt springen würden. Mike nickte. Ron war zur gleichen Zeit damit beschäftigt in den Aufzug hinein zu klettern.

„Okay", sagte Rafael zu Ash, „wir springen auf drei. Eins, Zwei,…"

„Warte", rief Ash.

„Drei", sagte Rafael und ließ das Seil los.

„Aahhh", schrie Ash, der sich von Rafaels Rücken abgestoßen hatte und nervös nach unten starrte. Er zappelte mit seinen Beinen wild umher, um das Gleichgewicht während der Flugphase nicht zu verlieren. Ash spürte beim Aufprall, wie die Kraft auf seine Knie drückte und für einen Moment kam es ihm so vor, als hätte der Aufzug beim Aufkommen leicht nachgegeben.

„War doch gar nicht so schlimm oder?" fragte Rafael, der nur einen Meter neben ihm landete.

„Bis auf das, dass ich das Gefühl habe, dass ich mir beim Aufkommen beide Kniescheiben ausgekugelt habe nicht", antwortete Ash leicht humpelnd.

„Jetzt stell dich nicht so an", sagte Rafael mit leicht verdrehten Augen.

„Zeit bis Invasionsupload eine Minute fünf Sekunden".

„Los, in den Aufzug", hetzte Mike, der neben der Klappe hockte.

Die Spinnen hatten in der Zwischenzeit damit begonnen Netze zu spannen, um an das Aufzugseil zu gelangen.

„Los, los", drängte Mike Ash, der mit seinen Füßen bereits im Aufzug hing. Auf einmal bemerkten sie, wie eine der Spinnen einen Blitz über das Netz in Richtung Seil leitete. Ash war nun bei Ron im Aufzug angelangt. Mike und Rafael sahen nach oben zum Seil, das nun unter Strom stand. Rafael und Mike blickten sich an, bevor Rafael durch die Luke sprang. Der Blitz war inzwischen beim unteren Seilende angekommen.

„Verdammt", dachte sich Mike, der nun ebenfalls mit den Füßen im Aufzug hing.

„Schließ die verdammte Luke", schrie Rafael.

Mike sah, wie der Blitz nun das Aufzugdach erreichte. Mike griff nach der Luke, doch sie klemmte.

„Sie klemmt", rief Mike. „Komm schon du scheiß Ding."

Die Spinnen hatten sich nun bis zum Seil vorgearbeitet und begannen nach unten zu klettern. Mike zog mit aller Kraft an der Metallluke.

„Verdammt Mike, komm jetzt da runter", rief Rafael nun etwas besorgt. Der Blitz hatte sich nun fast auf dem kompletten Aufzugdach verteilt, so dass dieses nun unter Strom stand.

„Jennifer", rief Mike in seinen Gedanken. „Ich brauche dich jetzt, bitte hilf mir."

Er zog weiter mit seinem gesamten Körpergewicht an der Luke. Die Spinnen hatten nun das Dach des Aufzugs erreicht und zischten Mike wütend mit ihren Fangzähnen an. Mike zog unermüdlich weiter, bis er sie schließlich lockern konnte. Als die Spinnen gerade die Luke erreicht hatten, zog Mike sie mit letzter Kraft zu.

„Danke Jennifer", sagte Mike innerlich.

„Es hat funktioniert", jauchzte Ron, als er bemerkte, wie die Knöpfe im Aufzug zu leuchten begannen.

„Wir haben wieder Strom."

„So wie es aussieht, lag ich mit meiner Vermutung richtig", grinste Mike.

„Was für eine Vermutung"?, fragte ihn Ron leicht irritiert.

„Als wir die Aufzugtüre öffnen sollten, dachte ich mir schon, dass wir an den Seilen nach unten klettern würden. Die Monster sollten uns folgen, was sie schon von sich aus taten, um den Aufzug unter Strom zu setzen."

„Wie immer gut kombiniert", lobte ihn Ron grinsend.

„Um mit dem Aufzug in den Serverraum gelangen zu können, muss man einen sechsstelligen Code eingeben und diesen anschließend mit einem Schlüssel bestätigen", sagte Ash und holte dabei Ron und Mike zurück auf den Boden der Tatsachen. Ash tippte den Code am Bedienfeld ein und holte den Autoschlüssel aus seiner Uniform, an welchem auch der Aufzugschlüssel befestigt war.

„Zum Glück habe ich bei der Flucht vor Tauros den Autoschlüssel aus dem brennenden Haus gerettet, sonst wäre der Aufzugschlüssel in den Flammen untergegangen und die ganze Aktion wäre umsonst gewesen", fügte er noch mit Blick in Rons Richtung hinzu.

Er steckte den Schlüssel in die Vorrichtung und drehte ihn anschließend um hundertachtzig Grad, bis ein Klickgeräusch zu hören war.

„Serverraum", ertönte nachfolgend eine elektronische Stimme und auf der Anzeigetafel erschienen die Buchstaben *S* und *R* in Rot leuchtender Schrift. Als sich der Aufzug wenige Sekunden später in Bewegung setzte, konnte die Erleichterung in ihren Gesichtern kaum größer sein. Sie hielt jedoch nicht lange an, da der Aufzug kurz darauf mit einem Ruck stoppte.

„Was ist jetzt schon wieder los?", rief Rafael genervt. Ein Warnsignal ertönte.

„Ich bin mir nicht sicher, aber ich vermute, dass die Elektranea die Treibscheibe verstopfen, um den Aufzug zu stoppen", überlegte Ron laut.

*„Zeit bis Invasionsupload fünfunddreißig Sekunde*n".

„Das wars", stöhnte Ash niedergeschlagen. „Wir haben den Kampf verloren."

„Oh nein, das haben wir nicht", widersprach ihm Mike. „Beim Militär gibt es ein Sprichwort, welches lautet": „Es ist erst vorbei, wenn der letzte Soldat gefallen ist. Wir sind der letzte Soldat, der die Hoffnung in seinen Händen hält", philosophierte Mike.

„Aber wie sollen wir es jetzt noch rechtzeitig zum Serverraum schaffen, wenn die Spinnen den Aufzug blockieren?", fragte Ash verzweifelt.

„Ich habe eine Idee", sagte Mike. „Wenn Rons Vermutung stimmt, dann blockieren sie die Treibscheibe, in welche das Aufzugseil gepresst wird.

Wenn wir es schaffen das Gegengewicht vom Seil zu trennen, dann fällt der Aufzug im freien Fall nach unten."

„Mike hat Recht, durch die dadurch entstehende Reibung wird der Aufzug abgebremst, bevor er auf dem Boden aufschlägt und die Spinnen wären wir dadurch auch los", ergänzte Ron.

„Da gibt es nur einen kleinen Haken", trübte Ash die euphorische Stimmung.

„Wir haben nichts, womit wir das Seil durchtrennen können und die Zeit dafür haben wir erst recht nicht."

„Eine andere Möglichkeit haben wir aber nicht", murmelte Mike. „Ich glaube ich habe auf dem Dach des Aufzugs eine Axt oder so etwas gesehen, mit der man das Seil durchtrennen könnte. Los, helft mir zur Lucke hoch."

Rafael und Ron bildeten eine Räuberleiter, mit dessen Hilfe Mike zur Luke gelangen konnte.

„Pass auf", sagte Ron etwas besorgt zu Mike, der ihn daraufhin beruhigend angrinste.

„Keine Sorge, das mach ich doch immer." Er drückte die Luke auf und wurde auch schon von den Elektranea empfangen.

„Ihr schon wieder", begrüßte Mike sie mit entschlossenem Blick.

Er holte sein Maschinengewehr vom Rücken und lud nach. Die Spinnen blickten ihn mit aufgerissenen Mäulern an, aus welchen Speichel floss. Durch ihre aufrechten Haare, fuhren blaue Blitze.

„Sorry Jungs, aber im Aufzug ist leider kein Platz für geladene Fahrgäste." Er begann mit dem Maschinengewehr auf die Spinnen zu schießen, während er sich nach der Axt umsah.

„Da bist du ja", dachte Mike, als er sie erblickte.

„Mike beeil dich, wir haben nur noch fünfzehn Sekunden Zeit, bis der Upload startet", drängte Ash.

Mike lief zu der Stelle, wo sich die Axt befand und hob sie auf. Sie lag zwischen zwei Metallplatten, die verhinderten, dass sich die Axt auf dem Aufzugdach frei bewegen konnte.

„Ich hab sie", schrie Mike erleichtert, während sich die Spinnen noch einmal aufgerappelt hatten.

„Ihr habt wohl noch nicht genug", forderte sie Mike mit funkelnden Augen heraus.

Sie liefen erneut auf ihn zu, doch sie konnten gegen Mikes Kugelhagel nicht viel unternehmen. Er lief hinüber zum Seil, blickte nach oben, atmete noch einmal tief ein und holte anschließend mit der Axt aus.

„Ich kappe jetzt das Seil", warnte Mike die anderen vor, bevor er es mit einem Schrei durchtrennte. Im Bruchteil einer Sekunde, befand sich der Aufzug im freien Fall. Mike wurde durch das plötzliche Absinken des Fahrstuhls zu Boden geworfen. Er hörte, wie Ron und Ash im Aufzug schrien. Sie hatten sich reflexartig zusammengekauert und hofften, dass sie die Gesetze der Physik nicht im Stich ließen.

„*Invasionsupload eingeleitet*", ertönte schließlich der Satz, den jeder gehofft hatte nicht hören zu müssen.

Der Aufzug wurde nun langsamer und man konnte das unerträgliche Quietschen des Metalls hören, dass gegen die Aufzugsschachtwand gepresst wurde. Mike konnte Funken erkennen, die am Aufzug emporsprangen. Sie waren nun im Untergeschoss angekommen. Als der Aufzug wenig später zum Stehen kam, kletterte Mike durch die Luke wieder zurück ins Innere des Aufzugs.

„Das wars", rief Ash niedergeschlagen, „wir haben den Kampf verloren".

„*Invasionsupload bei fünf Prozent*".

„Nein", rief Ron. „Wir haben noch Zeit. Es ist erst vorbei, wenn der Upload die hundert Prozent erreicht hat."

Die Aufzugtüre öffnete.

„Los, bringen wir es zu Ende", sagte Ash nun wieder etwas zuversichtlicher.

„Endlich, der alte Ash ist zurück", freute sich Ron und grinste.

KAPITEL 27
DER
SERVERRAUM

Sie stiegen aus dem Aufzug und liefen auf den Eingang des Serverraumes zu, der mit einem Sicherheitscode und einer Iriserkennung gesichert war.

„Leute, wir bekommen mal wieder Besuch", bemerkte Rafael.

„Wie sollte es auch anders sein", witzelte Ash.

„Der Stick ist wie ein Magnet. Er zieht die Viecher an, wie das Licht die Motten."

„Wir haben nicht mehr viel Munition, also müssen wir die Monster so lange vom Stick fernhalten, bis der Virus eingeleitet wird", sagte Mike.

„Invasionsupload bei fünfundvierzig Prozent".

„Los, gebt den Code ein, ich kümmere mich solange um sie", hetzte Mike.

Ron und Ash liefen zum Bedienfeld und gaben den Sicherheitscode ein. Anschließend bestätigte Ash den Code mit dem Irisscann, während Mike die Monster mit dem Maschinengewehr in Schach hielt.

„Zugang gewährt", ertönte eine Stimme und die Türe begann sich zu öffnen.

„Verdammt, da kommen immer mehr", rief Mike nervös. Er wechselte das Magazin und folgte den anderen in den Serverraum. „Los, verriegelt die Tür."

Sie blickten angespannt in den Vorraum, wo die Monster auf die Türe zustürmten.

„Komm schon", bettelte Ash.

„Türe verriegelt", ertönte die Stimme erneut und sie konnten ein Klickgeräusch vernehmen.

„Puh", stöhnte Ash erleichtert. „Es scheint, als hätten wir es tatsächlich geschafft."

Sie hörten, wie die Monster wütend gegen die Türe drückten.

„Warnung, Eingang instabil, unerlaubter Zutritt. Aktiviere Sicherheitsmaßnahmen".

Sie hörten einen Alarm, woraufhin der gesamte Raum durch eine Art Metallwand abgeschottet wurde.

„Was ist jetzt los?", fragte Rafael verwirrt.

„Das ist das Sicherheitssystem des Serverraums. Es soll verhindern, dass Hacker in den Serverraum gelangen. Im Raum gibt es einen Server, der sämtliche Daten umliegender Server sammelt und speichert. Ihre Daten können allerdings nur direkt am Hauptserver up -oder gedownloaded werden, weshalb es unmöglich ist von außerhalb auf die Daten zuzugreifen", erklärte Ron.

Plötzlich hörten Sie ein wütendes Brüllen, das aus einer Ecke des Serverraumes kam. Als das Brüllen näherkam, konnten sie das Monster schließlich erkennen.

„Was zum Teufel ist das?", fragte Rafael. Das Monster besaß ein gewaltiges Horn auf der Nase und riesige Zähne. Seine Haut war gepanzert und an seinem Schwanz war eine Art Keule angebracht.

„Ich glaube das ist der Endgegner", sagte Mike mit einer Mischung aus Faszination und Respekt.

„Es muss aus der Fusion mehrerer Monster entstanden sein", vermutete Ron.

„Invasionsupload bei sechzig Prozent".

„Na toll, jetzt sind wir hier drin gefangen wie ein Gladiator in einer Arena", meckerte Ash.

„Ja, bloß, dass wir zu viert sind und er allein“, fügte Ron hinzu.

„Meine Großmutter hat mal zu mir gesagt“: Rechne immer mit dem Schlimmsten und hoffe auf das Beste“, versuchte Rafael die Situation zu lockern.

Im selben Moment begann das Monster auf Ron zu zu rennen.

Mike versuchte es mit seinem Maschinengewehr in seine Richtung zu lenken, damit Ron und Ash zum Server gelangen konnten. Das Monster riss wütend sein Maul auf und drehte sich zu Mike um.

„Das ist unsere Chance“, rief Ron zu Ash, der entschlossen nickte.

Sie liefen zum Server und gaben erneut ein Passwort ein, um auf die Cloud zugreifen zu können.

„Mist“, rief Mike.

„Was ist los?“, fragte Rafael.

„Das war mein letztes Magazin.“

Das Monster änderte nun seinen Kurs und steuerte stattdessen auf Ash und Ron zu.

„Passt auf“, warnte sie Mike mit einem Schrei.

Als sich Ash und Ron daraufhin umdrehten, erwischte sie die Keule des Monsters und schleuderte sie durch den Raum.

„Ah, verdammter Mist“, fluchte Ash, der sich kurze Zeit später mit schmerzverzerrtem Gesicht wieder aufrichtete. Auch Ron schien die Keule ordentlich getroffen zu haben.

„Alles Okay?,“ fragten Rafael und Mike etwas besorgt.

„Ja", antworteten sie.

„Passt auf, es kommt wieder direkt auf euch zu", rief Rafael.

„Denkst du dasselbe, was ich denke?", fragte Ron Ash und holte den Stick aus seiner Tasche.

„Spielen wir wieder Monster in der Mitte", sagte Ash zu Ron.

Sie warteten noch bis das Monster sie fast erreicht hatte.

„Los", brüllte Ash. Er schnappte sich den Stick und machte einen Sprung zur Seite, während sich Ron duckte. Das Monster sprang über Ron ins Leere, machte allerdings sofort wütend kehrt, als es bemerkte, dass Ash nun den Stick hatte.

„Rafael, fang!", rief Ash, als es ihn fast erreicht hatte. Rafael blickte zu Ash hinüber.

„Alles klar".

Ash und Ron wagten einen zweiten Versuch und liefen zum Server.

„Mike", rief Rafael. Mike nickte und fing den Stick.

„Invasionsupload bei neunzig Prozent".

„Bringt es zu Ende", rief Mike. Er warf den Stick zurück zu Ash und Ron.

„Das Spiel war deine Idee, also sollst du auch derjenige sein, der es wieder zerstört", sagte Ron und überreichte Ash den Stick.

„Nein", widersprach ihm Ash. „Wir haben es gemeinsam erschaffen, also werden wir es auch gemeinsam zerstören."

„Invasionsupload bei achtundneunzig Prozent".

Sie steckten den Stick in den Server.

„Invasionsupload bei neunundneunzig Prozent. Virus wird eingeleitet.

Invasionsupload bei achtundneunzig Prozent, siebenundneunzig Prozent…."

„Es funktioniert, wir haben es geschafft", jubelte Ash.

„Passt auf", rief Mike.

„Ash, runter", schrie Ron, er warf Ash blitzschnell zur Seite und wurde vom Horn des Monsters mit voller Wucht getroffen. Er flog durch eine Glasscheibe und krachte anschließend gegen die Metallwand, bevor er bewusstlos auf dem Boden aufschlug.

„Virusupload erfolgreich. Invasionsupload bei null Prozent".

Das Monster begann auf einmal blau zu leuchten und löste sich kurz darauf auf. Auch die Monster, die zuvor noch gegen die Türe geschlagen hatten, schienen verschwunden zu sein.

„Ron", schrie Ash entsetzt und rannte zu ihm hinüber. Auch Mike und Rafael machten sich auf den Weg zu ihm.

„Verdammt, Ron", rief Ash mit zitternder Stimme. „Wach auf".

Mike fasste Ron an die Pulsschlagader. „Er hat keinen Puls", rief er hektisch.

„Was sollen wir machen?", fragte Ash verzweifelt.

„Dreht ihn auf den Rücken“, wies Mike Rafael und Ash an. Sie gehorchten Mikes Anforderungen und drehten Ron auf den Rücken.

„Wir müssen seinen Brustkorb frei machen“, rief Mike.

„Oh Gott“, stöhnte Ash, der kurz davor war auszuflippen.

„Ash, beruhige dich, er wird es schaffen.“ Ash blickte Mike an. „Er wird es schaffen“, wiederholte er sich mit festem und ruhigem Blick.

„Okay“, sagte Ash schließlich. „Ich vertraue dir.“

In der Zwischenzeit hatte Rafael Rons Brustkorb freigelegt.

„Also gut, wenn ich es dir sage, dann drückst du dreißig Mal kräftig auf seinen Brustkorb, hast du mich verstanden?“, fragte er Ash mit ernster Stimme.

Ash nickte kleinlich. „Ja“.

„Los“.

Ash drückte so fest er konnte mit zusammengekniffenen Augen auf Rons Brust und zählte laut bis dreißig. Er konnte den Anblick seines regungslosen Körpers nicht ertragen. Als er fertig war, beatmete ihn Mike zwei Mal und prüfte anschließend Rons Puls.

„Nochmal“, sagte er anschließend. „Er hat immer noch keinen Puls.“

„Ich glaube es wäre besser, wenn ich die Lungenmassage übernehmen würde“, mischte sich Rafael ein.

„Gut“, bestätigte Mike nickend.

Ash trat zur Seite und überließ Rafael seinen Platz. Als sie fertig waren, überprüfte Mike noch einmal Rons Atmung.

„Komm schon Ron", bettelte Mike, der sich mittlerweile ebenfalls Sorgen machte.

Kurz darauf spürte Mike ein leichtes Lebenszeichen von Ron.

„Er atmet", rief Mike erleichtert. „Aber er muss schnell ins Krankenhaus".

Mike und Rafael packten Ron an den Armen und trugen ihn zur Türe, während Ash das Sicherheitssystem abschaltete, sodass sich die verbeulte Türe wieder öffnete.

KAPITEL 28

DIE HELDEN

Vor dem NVIW-Center hatte sich bereits eine große Menschenmasse versammelt, die sich jubelnd in die Arme viel. Dutzende Radio- und Fernsehsender hatten sich ebenfalls vor dem Center niedergelassen, um von dort zu berichten.

„Ich stehe hier gerade live vor dem NVIW-Center, wo sich vor wenigen Augenblicken noch ein gigantisches Monster befand. Es scheint so, als hätten es die Spieleentwickler und das Militär tatsächlich geschafft dem Albtraum ein Ende zu setzen. Die Menschen um mich herum fallen sich glücklich in die Arme. Sie sind froh die Apokalypse überlebt zu haben.“

Als Ash, Ron, Rafael und Mike das NVIW-Center verließen, erwarteten sie bereits die Medien und ein Krankenwagen. Clara kämpfe sich durch die Menschenmassen hindurch, bis sie zu Ron und den anderen stieß. Als sie Rons schlaffen Körper erblickte, verflog ihre Euphorie, die in Bestürzung umschlug.
„Ron“, rief sie entsetzt.
Die Sanitäter liefen ihnen bereits mit einer Trage entgegen.
„Er atmet, ist jedoch nicht bei Bewusstsein“, informierte Mike die Sanitäter, während er und Rafael ihn vorsichtig in die Trage legten.
„Ron“, schluchzte Clara.
Sie folgten den Sanitätern zum Krankenwagen.

„Es sieht so aus, als hätten nicht alle den Einsatz unbeschadet überstanden. Hoffen wir mal, dass es ihr oder ihm bald wieder besser geht".

Sie schlossen Ron an ein Beatmungsgerät an. „Sein Puls hat ausgesetzt, bringen Sie mir den Defibrillator", forderte einer der Sanitäter. Der andere Sanitäter hetzte nach hinten und holte aus einem orangen Koffer den Defibrillator.

„Achtung, treten Sie zurück", warnte er die anderen, bevor er Ron defibrillierte.

„Defibrillation erfolglos, ich werde eine neue Defibrillation einleiten".

„Ron, du hast mir bei unserem letzten Treffen etwas versprochen, erinnerst du dich?", fragte Clara ihn, während ihr Tränen die Wangen herunter kullerten. Sie nahm Rons Hand, bevor sie fortfuhr. „Du hast mir versprochen nicht zu sterben."

Der Sanitäter hielt einen Moment inne. Auch die anderen brachten Claras Worte zur Rührung. Sie mussten bei ihrem Anblick gegen die Tränen ankämpfen. Mike erinnerte die Situation an ihn und Jennifer, als er sich im Krankenhaus für immer von ihr verabschiedete.

„Ich werde jetzt eine erneute Defibrillation unternehmen", sagte der Sanitäter, „bitte treten sie zurück."

Clara nickte, wischte sich mit der Hand die Tränen aus dem Gesicht und ließ Rons Hand los.

„Komm zu mir zurück", flüsterte sie.

„Defibrillation erfolgreich", rief der Sanitäter.

Es schien so, als hätten Claras Worte Ron den Überlebenswille zurückgebracht.

„Ron", rief Clara überglücklich, als er wenig später seine Augen öffnete.

„Clara?", flüsterte Ron. „Bist du das?".

„Ja, ich bin es", sagte Clara nun unter Freudentränen.

„Willkommen zurück Alter", sagte Ash.

Ron war noch vollkommen neben sich und seine Brust fühlte sich so an, als würde sie gleich zerspringen.

„Schön, dass du wieder da bist. Ich hatte schon die Befürchtung dich neben dem Kommandanten beerdigen zu müssen", sagte Mike.

„Wo bin ich?", stotterte Ron.

„Im Krankenwagen, wir bringen Sie jetzt ins Krankenhaus", antwortete ihm der Sanitäter. Ron war so schwach, dass er kurz darauf einschlief.

Als er erwachte, lag er in einem Krankenhaus. Er hatte mehrere Rippen gebrochen und innere Blutungen erlitten.

„Seht mal, Dornröschen ist aus seinem hundertjährigen Schlaf erwacht", sagte Mike, der mit den anderen neben seinem Bett stand.

„Und wie fühlst du dich?", fragte Clara mitfühlend.

„Besser", antwortete Ron. „Was ist passiert?"

„Nachdem dich das Monster ausgeknockt hatte, haben wir dich zuerst reanimiert und anschließend zum Krankenwagen gebracht."

„Wie lange war ich weg?", wollte Ron nachfolgend wissen.

„Etwa acht Stunden", antwortete Mike.

Kurze Zeit später betrat der Arzt das Zimmer. „Sehr schön, Sie sind wach. Der Präsident der Vereinigten Staaten ist hier und würde gerne mit Ihnen sprechen", verkündete er.

„Als ich vor etwas mehr als neun Stunden die Information bekam, dass wir den Kontakt zum Militär verloren hatten und es keinerlei Lebenszeichen von Ihnen gab, rechnete ich bereits mit dem Schlimmsten", begann der Präsident, als er in das Zimmer trat. Er blickte in die etwas verdutzten Gesichter der anderen, die nicht damit gerechnet hatten, dass sie der Präsident im Krankenhaus besuchen würde. „Doch irgendetwas in mir gab mir die Hoffnung darauf zu vertrauen, dass der Krieg noch nicht verloren war", erzählte er weiter. „Aus diesem Grund wollte ich mir selbst ein Bild von der Lage verschaffen, in die ich Sie gebracht hatte. Als ich schließlich beim NVIW-Center angekommen war, traf mich der Anblick der zerstörten Helikopter und Kampfjets schwer. Doch die vielen glücklichen Menschen, die sich um das NVIW-Center versammelt hatten und sich in die Arme fielen, riefen mir wieder in Erinnerung, dass sie nicht umsonst ihr Leben gelassen hatten. Ich realisierte, dass wir den Krieg gewonnen hatten und dass es sich manchmal lohnt auf die Hoffnung zu vertrauen, denn sie stirbt bekanntlich ja zuletzt." Er machte eine Pause und ließ seinen Blick über die nachdenklichen Gesichter der anderen

schweifen, die seine Rede gerade in sich aufnahmen.
„Nachdem ich bemerkte, wie Sie in den Krankenwagen getragen wurden, erkannte ich, dass dies mein Verschulden gewesen war." Während er dies sagte, blickte er in Rons Richtung. „Ich möchte mich hiermit bei Ihnen allen für die unglücklichen Umstände entschuldigen. Als Präsident der Vereinigten Staaten bin ich dazu verpflichtet für das Wohl jedes einzelnen Bürgers zu sorgen, was mir bei Ihnen leider nicht gelungen ist", sagte er nun etwas schuldbewusster. „Um Ihnen meine Dankbarkeit für Ihren riskanten Einsatz zu erweisen, lade ich Sie hiermit herzlich zur Ehrung am Unabhängigkeitstag beim Washington Monument ein. Sie haben die Welt vor dem Untergang bewahrt und ich finde, dass sollte ausführlich gewürdigt werden."

„Vielen Dank für Ihre Einladung Mr. President", bedankte sich Mike. „Es wäre uns allen eine Ehre an der Ehrung teil zu nehmen." Die anderen nickten zustimmend.

„Sehr schön", freute sich der Präsident, nachdem ihm Mike diese positive Rückmeldung gegeben hatte.

„Ruhen Sie sich aus, wir werden uns dann vor dem Washington Monument wiedersehen", verabschiedete sich der Präsident daraufhin von den anderen.

Als er den Raum wieder verlassen hatte, konnte es Clara kaum glauben, dass sie gerade den Präsidenten persönlich getroffen hatte.

„Oh mein Gott“, rief sie fassungslos. „Ich hätte mir niemals erträumt einmal den Präsidenten live zu treffen. Das wird mir bestimmt keiner glauben.“

„Warum läufst du ihm nicht hinterher und fragst ihn, ob du ein Foto mit ihm machen darfst“, witzelte Mike daraufhin.

„Ich glaube dann würde ich mir meinen ersten Eindruck bei ihm versauen“, sagte Clara zu Mike und sie mussten alle lachen.

„Ja, ich glaube das würde tatsächlich nicht so gut bei ihm ankommen“, stimmte ihr Mike zu.

KAPITEL 29

DIE EHRUNG

Der Anblick des Washington Monuments war atemberaubend, als sie in einem schwarzen SUV begleitet von einer Polizeistreife ihm entgegenfuhren.

„Mann, ich komm mir gerade fast selbst wie ein Präsident vor", schwärmte Ash, der für diesen besonderen Anlass extra einen Smoking angezogen hatte.

„Die Betonung liegt hier aber eindeutig auf fast", sagte Ron.

„Was soll das jetzt schon wieder heißen?", fragte Ash etwas beleidigt.

„Glaubst du, dass ich als Präsident der Vereinigten Staaten nicht geeignet wäre?"

„Naja", mischte sich Mike nun ein. „Du würdest Amerika und die Welt aufs Spiel setzen, ohne es im ersten Moment zu erkennen. Denn du hast ja selbst gemerkt, dass eine falsche Entscheidung Millionen Menschen das Leben kosten kann."

„Ja, da ist was dran", stimmte ihm Ash schließlich zu. Er wusste, dass Mike mit der falschen Entscheidung das Spiel meinte, dessen Entwicklung sich in der Tat erst im Nachhinein als eine falsche Entscheidung entpuppt hatte.

Der Wagen stoppte schließlich vor einer großen Menschenmenge, die sich um das Washington Monument versammelt hatte.

„Ich glaube wir sind da", vermutete Ron aufgeregt.

„Sieht ganz so aus", stimmte Mike zu und blickte aus dem Fenster.

Kurz darauf öffnete auch schon der Chauffeur die Türe des Wagens. „Der Präsident erwartet sie bereits auf der Bühne", sagte er, nachdem alle ausgestiegen waren.

„Folgen Sie mir", rief auf einmal eine Männerstimme. Sie folgten dem Mann, der sie über einen abgesperrten Weg, an der Menschenmasse vorbei, zur Bühne führte.

„Das sind aber viele Menschen", staunte Ash, der langsam nervös wurde.

„Warten Sie hier", befahl ihnen der Mann schließlich.

Auf der Bühne befanden sich dutzende Bilder von gefallenen Soldaten. Darunter auch ein Bild des verstorbenen Kommandanten.

„Ich stehe hier gerade vor dem Memorialdenkmal in Washington, wo tausende Amerikaner um mich herum gespannt auf die Rede des Präsidenten zum Unabhängigkeitstag warten."

„Meine lieben Mitbürgerinnen und Mitbürger", begann der Präsident, der an einem Rednerpult stand. „1884 wurde das Memorialdenkmal als Symbol der Amerikanischen Unabhängigkeit nach dem Ende des Unabhängigkeitskrieges erbaut. Es ist das Symbol und der Grundstein unseres Landes. Heute am Unabhängigkeitstag ist es nicht nur ein Symbol unserer Unabhängigkeit." Er machte eine Pause und blickte in die Menschenmenge. „Heute ist es ein Denkmal für alle tapferen Menschen, die ihr Leben dafür gelassen haben, damit wir eine Renaissance unserer Unabhängigkeit erleben können." Er machte eine erneute Pause und blickte etwas schmerzlich auf die Bilder der verstorbenen Soldaten und Offiziere. „Die vergangenen Tage, waren mit dem elften September, die bisher schlimmsten in der Geschichte unseres Landes, wenn nicht sogar in der Geschichte der gesamten Menschheit", fuhr er schließlich fort. „Millionen unschuldiger Menschen wurden Opfer dieses Krieges, dem wir nicht gewachsen waren. Zum ersten Mal in der Geschichte schlossen sich die Länder zu einer Nation zusammen, um den Feind gemeinsam zu bezwingen. Zum ersten Mal arbeiteten alle Länder Hand in Hand zusammen, wie in einer großen Familie. Wenn wir aus diesem Krieg etwas gelernt haben, dann ist es, dass wir damit aufhören müssen uns gegenseitig zu bekriegen. Wir sollten vielmehr damit anfangen die Feinde zu bekämpfen, die die Existenz der Menschheit bedrohen. Denn gerade in den letzten Tagen, hat es sich einmal mehr gezeigt, dass wenn es darauf ankommt, Menschen aus unterschiedlichen Nationen zusammenhalten können."

Er machte eine Pause, als die Menschen anfingen zu jubeln. Nachdem sich die Menge wieder einigermaßen beruhigt hatte, führte der Präsident seine Rede fort.

„Ich möchte diesen Moment nutzen und mich noch einmal bei den Menschen bedanken, die es ermöglicht haben, dass wir hier heute alle zusammenkommen können."

Er drehte sich zu den anderen um, um ihnen ein Zeichen zu geben, dass sie vortreten sollen.

„Jetzt geht´s los“, sagte Ron aufgeregt.

Sie traten auf die Bühne und blieben neben dem Rednerpult stehen.

„Als Zeichen der Anerkennung verabreiche ich ihnen die Medaille für den Nationalen Verteidigungsdienst.“ Sie bemerkten, wie ein Mann mit Anzug dem Präsidenten eine hölzerne Schatulle brachte, in welcher sich vier goldene Medaillen befanden. Der Präsident nahm eine Medaille heraus.

„Bitte treten Sie vor, Ron Harold Miller.“

Ron machte vorsichtig einen Schritt nach vorne. Er spürte, wie ihm die jubelnde Menge Kraft verlieh. Nach allem, was er und Ash der Welt und Amerika angetan hatten, merkte er, dass sie ihn nun nicht mehr als Feind, sondern als Helden wahrnahmen. Sie hatten ihm vergeben.

„Als Zeichen meiner Dankbarkeit überreiche ich Ihnen die Medaille für den Nationalen Verteidigungsdienst. Amerika wird Ihren Einsatz für die Nationale Sicherheit für immer in Ehren halten.“

Er befestigte die Medaille an Rons Anzug.

„Vielen Dank Mr. President, es war mir eine Ehre.“

Als er zurücktrat, gratulierte ihm auch schon Clara zu seiner Auszeichnung.

„Ich bin stolz auf dich mein Held“, sagte sie und gab Ron einen Kuss auf die Wange.

„Danke, ich bin froh, dass du mitgekommen bist.“

„Machst du Witze", flüsterte Clara. „Das wollte ich auf keinen Fall verpassen."

„Naja, ich dachte mir, Essen oder ins Kino gehen wäre fürs erste Date etwas zu 08/15- mäßig", murmelte Ron.

„Ach das ist unser erstes Date?", fragte ihn Clara etwas überrascht und lachte.

„Ja, was dachtest du denn, dass ich dich zum Spaß mitnehme?", witzelte Ron.

Sie blickten sich lächelnd an, während der Präsident Ash nach vorne bat.

„Ash Scott, bitte treten Sie vor."

Kurz darauf kehrte Ash mit breitem Grinsen und einer Medaille zurück zu den anderen.

„Das war der bisher emotionalste Moment meines Lebens", sagte er glücklich.

Als nächstes war Rafael an der Reihe.

„Rafael Harris, bitte treten Sie vor. Sie haben dem Militär stets treu Ihren Dienst erwiesen. Als Sie aufgrund ihrer Kriegsverletzung das Militär verlassen mussten, hielt es Sie nicht davon ab, ihr Leben weiterhin für die Sicherheit ihrer Landsleute und unseres Landes zu opfern. Dafür gebührt Ihnen mein vollster Respekt."

„Vielen Dank Mr. President, Sir, ich fühle mich geehrt."

„Was würden Sie davon halten weiterhin für unser Land zu kämpfen?", fragte der Präsident Rafael daraufhin.

„Es wäre mir eine Ehre Sir", erwiderte Rafael, der vor dem Präsidenten als Anerkennung salutierte.

„Sehr schön, dann gratuliere ich Ihnen zur Wiederaufnahme in die US-Army."

„Vielen Dank Sir, ich versichere Ihnen, Sie werden Ihre Entscheidung nicht bereuen", versprach ihm Rafael.

„Sie können nun wegtreten", sagte der Präsident.

„Ja Sir".

Mike war der Letzte, der vom Präsidenten nach vorne gebeten wurde.

„Bitte treten Sie vor, Mike Davis", sprach der Präsident.

Er überreichte Mike die Medaille.

„Als Anerkennung Ihres opferbereiten Einsatzes, verleihe ich Ihnen die Medaille für den Nationalen Verteidigungsdienst. Amerika wird für immer in ihrer Schuld stehen."

„Vielen Dank Mr. President, ich fühle mich geehrt".

Der Präsident winkte seinen Assistenten herbei, der eine weitere Schatulle in der Hand hielt. Als er beim Präsidenten ankam, öffnete er sie und überreichte ihm das Abzeichen.

„Sie waren bei der Operation stellvertretender Kommandant der US-Army. Nach den Regelungen des amerikanischen Militärs wird dem stellvertretenden Kommandanten nach Tod oder Abdankung des Kommandanten die uneingeschränkte Beförderung zum Kommandanten der US-Army zu teil. Schwören Sie Ihrem Land die ungeteilte Treue, bis zu Ihrem Tod, so legen Sie nun Ihre Hand auf Ihr Herz und antworten mit Ja."

„Ja Sir", rief Mike entschlossen mit der Hand auf der linken Brust.

„Schwören Sie Ihre Kammeraden auch in aussichtslosen Situationen zu schützen und zu leiten, so antworten Sie mit Ja".

„Ja Sir".

„Ich überreiche Ihnen hiermit feierlich das Führungsabzeichen des US-Militärs. Möge es Ihnen beim Kampf für die Gerechtigkeit Kraft verleihen."

Als Anerkennung des Respekts, salutierte Mike vor dem Präsidenten.

„Ich werde Sie nicht enttäuschen, Mr. President".

„Das weiß ich", antwortete er sicher. „Sie können sich nun rühren."

„Mr. President, ich würde gerne ein paar Worte an die Menschen und das Militär richten".

Der Präsident nickte daraufhin verständnisvoll.

„Vor genau sieben Tagen verloren wir bei einem Angriff auf das Pentagon viele hochqualifizierte Offiziere und Minister des Verteidigungsschutzes. Die von uns allen gefürchteten Monster trafen das Herz unserer amerikanischen Verteidigung und ließen es ausbluten. Seit dem Angriff auf das Pentagon am 11. September 2001, rüsteten wir unsere Verteidigung noch weiter auf. Doch das, was uns vor sieben Tagen traf, zeigte uns, dass wir wesentlich verwundbarer sind, als wir es zuvor angenommen hatten." Er machte eine Pause und blickte in die erschöpften Gesichter der Soldaten. „Ich habe dem verstorbenen Kommandanten etwas versprochen", fuhr er fort. „Ich versprach ihm die Menschheit zurück ins Licht zu führen und das habe ich geschafft. Wir alle haben es geschafft." Er machte eine weitere Pause und erkannte, wie sich der niedergeschlagene Gesichtsausdruck der Soldaten allmählich in Zuversicht verwandelte. „Als zukünftiger Kommandant habe ich einen Eid abgelegt. Ich habe geschworen, dass ich Amerika bis zum letzten Atemzug mit jedem Muskel meines Körpers verteidigen werde. Ich werde dafür Sorge tragen, dass ich aus einem Einsatz mit genau so vielen Soldaten zurückkehren werde, wie ich zuvor verpflichtet habe. Der Krieg mag uns geschwächt haben, doch wir gehen aus ihm stärker hervor, als je zuvor. Denn jeder einzelne von uns trägt das Feuer der Freiheit und Gerechtigkeit in sich. Und es wird weiterbrennen, solange wir dafür kämpfen."

Ein Jubelschrei brach unter der Menschenmenge aus.

„Das war eine wirklich inspirierende Rede", lobte ihn der Präsident, nachdem er vom Pult zurückgetreten war.

„Vielen Dank Mr. President."

Auch die anderen lobten Mikes aufmunternde Worte, als er zu ihnen stieß.

„Besser hätte ich es nicht formulieren können", sagte Rafael und gratulierte Mike zur Beförderung.

„Ich gratuliere dir zur Wiederaufnahme ins Militär, aber hast du dir das auch wirklich gut überlegt?", fragte Mike Rafael mit leicht ironischem

Unterton. „Ich meine jetzt, wo ich der Kommandant bin, weht hier ein ganz anderer Wind. Ab jetzt ist Schluss mit Kindergeburtstag und Dosenschießen.“

„Hoffen wir´s, wobei du beim Dosenschießen sicherlich deine Treffsicherheit noch einmal besser üben könntest “, schmunzelte Rafael.

„Ich glaube da verwechselst du etwas“, konterte Mike zurück.

„Egal ob du jetzt Kommandant oder sonst etwas bist, es hat sich nichts geändert. Für mich bist und bleibst du immer der alte Mike.“

Mike grinste. „Keine Sorge, der werde ich auch immer bleiben.“

„Wie ich sehe, scheinen Sie sich prächtig zu amüsieren“, mischte sich der Präsident auf einmal ein. „Mir ist gerade aufgefallen, dass ich zwei von Ihnen vergessen habe.“ Er wandte sich zu Ron und Ash. „Sie haben wirklich hervorragende Computerkenntnisse. Was würden Sie beide davon halten für mich zu arbeiten?“

„Es gibt nichts, was ich lieber tun würde, als für Sie zu arbeiten Mr. President“, stotterte Ash vor Freude.

„Dem kann ich nur zustimmen Sir“, sagte Ron, der sich für Ashs Verhalten leicht schämte.

„Sehr schön, ich werde mich mit Ihnen in den nächsten Tagen in Verbindung setzen.“

„Oh mein Gott, wie cool ist das denn?“, rief Ash, als der Präsident außer Hörweite war. „Wir arbeiten bald für die wichtigste Person Amerikas.“

„Ich finde, das muss gefeiert werden", sagte Clara.

„Also ich hätte nichts dagegen einzuwenden", sagte Mike.

„Also schön, gehen wir feiern", entschied sich Ron.

KAPITEL 30
DIE ERKENNTNIS

„Was für ein vierter Juli", freute sich Clara, die mit Ron und den anderen auf einer Wiese saß und das Feuerwerk bewunderte. In ihrer linken Hand hielt sie einen Drink. Sie hatte sich an Rons Schulter gelehnt. Ron legte zustimmend seinen Arm um sie und blickte in den leuchtenden Himmel.

„Das Schicksal eines Menschen ist unvorhersehbar", überlegte Ron. „Es kann sich von einem Moment auf den Nächsten ändern, ohne, dass man es erwartet. Vor einer Woche war er noch ein gesuchter Schwerverbrecher und jetzt saß er mit einem Drink in der Hand auf einer Wiese und betrachtete das Feuerwerk zum Unabhängigkeitstag. So viel Schaden das Spiel auch angerichtet hat: Am Ende war es dafür verantwortlich, dass er Clara getroffen hatte. Auch den Job im Weißen Haus hatte er dem Spiel zu verdanken. Alles Schlechte, hat auch etwas Gutes, auch wenn das Gute im ersten Moment im Dunkeln zu liegen scheint, so kommt es doch früher oder später ans Licht."

EPILOG

Die Schlacht mögt ihr gewonnen haben, doch der Krieg ist noch lange nicht vorbei. Wir werden zurückkehren, stärker als ihr es euch jemals vorstellen könnt und Rache nehmen.

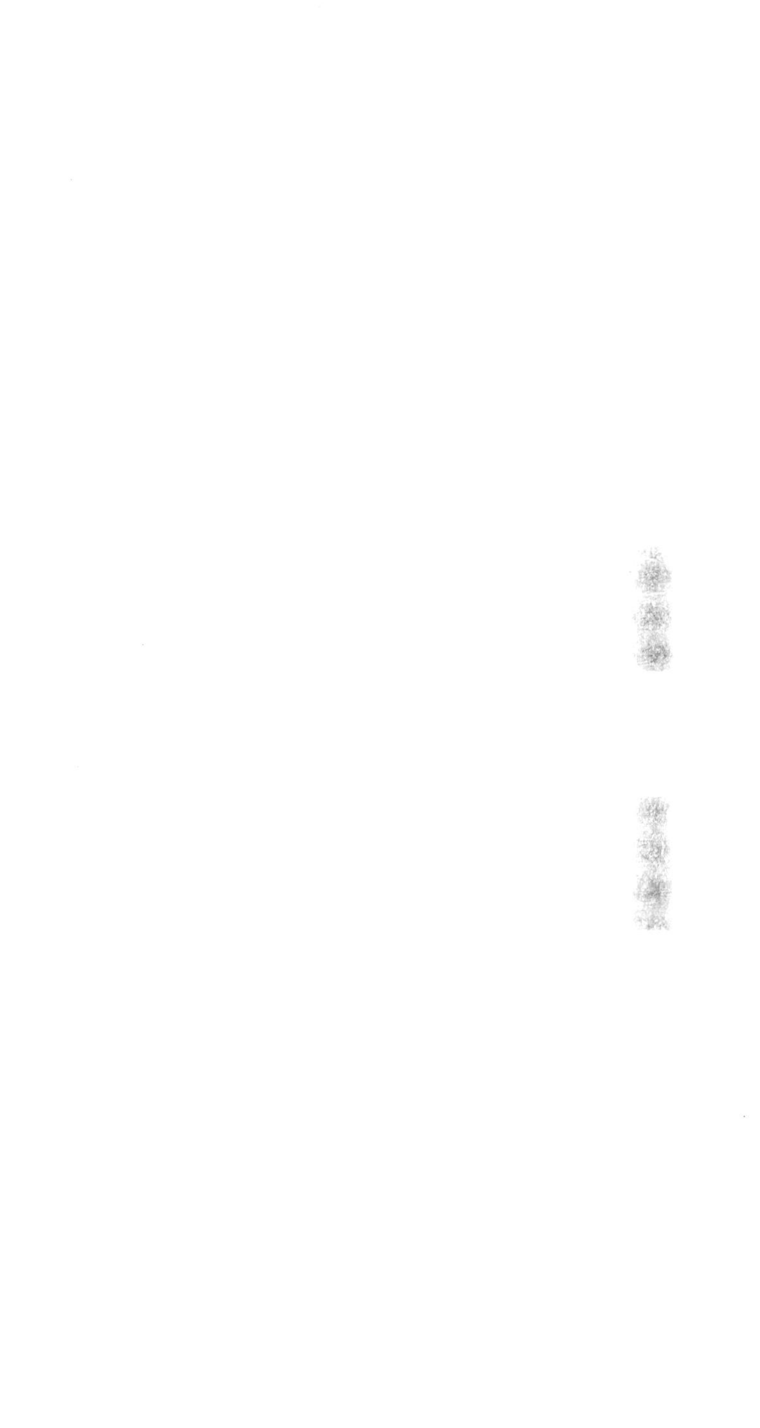